Cerateran

Cerateran

Dunkle Schatten über Terra

Intrigen bestimmen das Leben der Menschheit

von
Claude Peiffer

Wenn sich erwachsene Menschen darüber streiten,
wer den besseren imaginären Freund hat,
wird dies als Religion bezeichnet und
führt gerne zu sinnlosen Kriegen.

Sinnlose Kriege werden auch aus anderen Ursachen geführt.
Eifersucht, Gier, Streit um Ressourcen, Geld, Machtgelüsten
oder aus weitaus niedrigeren Beweggründen.

Kriege sind immer sinnlos, aber so menschlich.

Unbekannter Autor

Bibliografische Informationen der Deutschen Nationalbibliothek
Die Deutsche Nationalbibliothek verzeichnet diese Publikation in der Deutschen Nationalbibliografie; detaillierte bibliografische Daten sind im Internet über http://dnb.d-nb.de abrufbar

Dieses Buch widme ich meinem treusten Fan.
Danke dafür, dass Du mir deine Zeit schenkst, damit ich Dir meine Romane vorlesen kann.

© 2024 Claude Peiffer – cerateran@yahoo.de–www.cerateran.eu
Titelbild: Adobe Firefly / Claude Peiffer
Illustrationen: Sabrina Kaufmann
Lektorat: Jens Ossadnik – www.rundumtext.de
Verlag: BoD • Books on Demand GmbH, In de Tarpen 42, 22848 Norderstedt
Druck: Libri Plureos GmbH, Friedensallee 273, 22763 Hamburg
ISBN-13: 978-3-7583-2329-4

Kapitel 16

Finstere Einblicke

13. April 34 DNW (Der Neuen Weltordnung)

Es dauerte Sekunden, bis überhaupt eines der Besatzungsmitglieder auf der Brücke der *Samuel Baker* reagierte. Wertvolle Sekunden, die sich bei einem feindlichen Angriff als tödlich erwiesen hätten. Dies warf kein gutes Licht auf die Ausbildung, vor allem nicht auf die mentale Stärke der Männer und Frauen der stolzen Republic Space Force.

„Warum greifen die Flisser nicht an?", fragte sich Gordon Meroth. *„Worauf warten sie? Auf eine Einladung?"*

Beeindruckt von der überlegenen Größe des außerirdischen Raumschiffes, verfolgte er dessen Flug auf dem leicht gekrümmten Panoramaschirm des terranischen Forschungsraumers der Kyron-Klasse. Obwohl Meroth nicht der Raumflotte angehörte, verstand er genug von Angriffsmanövern, um zu erkennen, dass das fremde Schiff keines absolvierte.

Im Gegenteil!

Der etwa neunhundert Meter durchmessende Diskusraumer beschleunigte nur mit geringen Werten und blieb auf einem Parallelkurs zur *Samuel Baker*. Er hielt sich dezent abwartend im Hintergrund. Seine Besatzung schien die Gegebenheiten erst einmal aus sicherer Entfernung zu analysieren. Genauso hätte es Meroth auch gemacht.

„Funkspruch von der *Vulture-01*!", durchbrach Ensign Byduo Karanja die beschämende Untätigkeit auf der Brücke.

Der junge, dunkelhäutige Kom-Offizier der Beta-Schicht, der sich ebenfalls um die Ortungsanzeigen der aufgezeichneten Sensordaten kümmerte, fügte aufgeregt hinzu:

„Captain Johansson lässt fragen, ob wir uns am Angriff beteiligen werden."

„Angriff?", gab Meroth zu bedenken. „Es gibt keinen Grund, die Flisser anzugreifen", behauptete er von sich überzeugt. „Sollte der von uns gekaperte Satellit ihnen gehören, besäßen sie hingegen jedes Recht dazu, dies zu tun. In ihren Augen dürften wir nichts anderes sein als gemeine Diebe.

Außerdem glaube ich nicht, dass wir aus einem Gefecht mit einem so gewaltigen Schiff als Sieger hervorgehen würden. Ich würde zunächst eine friedliche Kontaktaufnahme vorschlagen und eine Auseinandersetzung vermeiden."

„Ich bitte Sie, sich nicht in die militärischen Abläufe der Raumflotte einzumischen, Mr Meroth!", wies Captain Abud Wambu den hochgestellten Gast auf seinem Schiff zurecht. „Dennoch stimme ich Ihnen zu! Mr Karanja, bevor der Wikinger anfängt, wild um sich zu ballern, stellen Sie bitte eine Sichtverbindung zu Captain Johansson her."

Kurz darauf erschien in der linken oberen Ecke des Panoramaschirms dessen Konterfei.

„Wambu!", grüßte er den Kommandanten des Forschungsraumer knapp. „Bleiben Sie mit der *Samuel Baker* in der zweiten Reihe und geben Sie uns, wenn nötig, Feuerschutz. Mein Geschwader übernimmt den Hauptangriff!"

„Halten Sie einen Angriff wirklich für sinnvoll?", versuchte Wambu den Eifer seines ranggleichen Kollegen zu bremsen. „Wir wurden ja noch nicht einmal bedroht."

„Wambu, das sind Flisser!", schrie Johansson ihn aufgebracht an. „Wir müssen diese amphibischen Ungeheuer auf der Stelle vernichten, bevor sie in Erfahrung bringen können, wer wir sind. Oder schlimmer noch, sie durch uns irgendwie in den Besitz der Koordinaten der Erde kommen."

Der blonde, raubeinige Skandinavier blickte den breitschultrigen Kenianer verächtlich an.

„Oder sind Sie ein Feigling, Wambu? Hat man Ihnen deshalb nur das Kommando über einen Forschungsraumer gegeben?"

Captain Wambu verzichtete auf eine Antwort. Stattdessen sagte er:

„Wir folgen Ihnen in den Kampf, Captain!"

„Gut!", nickte Johansson zufrieden und unterbrach die Verbindung.

„Sir, das ist ein Fehler!", mischte sich Gordon erneut ein.

„Bitte verlassen Sie auf der Stelle meine Brücke, Mr Meroth!", forderte ihn Captain Wambu mit deutlichem Nachdruck auf.

Gordon hasste es, hilflos zu sein! Zögerlich trottete er durch den Hauptkorridor der *Samuel Baker*. Er dachte an seine Leibwächterin, die er gegen ihren Willen auf dem Mond zurückgelassen hatte. Zum Glück! Lieutenant Prune hätte ihm in dieser Situation gar nicht helfen können. Somit würde seine Entscheidung wenigstens einen sinnlosen Tod verhindern.

Sterben jedoch wollte Meroth auch nicht!

Er musste etwas unternehmen, durfte nicht untätig zusehen, wie Johansson einen völlig unsinnigen Krieg vom Zaun brach. Egal, was Veegun ihnen über die Flisser berichtete, besser gesagt, in einer spektakulären holografischen Darbietung über den Dächern der Metropolen der Erde gezeigt hatte, Gordon würde stets einen friedlichen Erstkontakt bevorzugen.

„*Die astronomische Abteilung!*", fiel es ihm spontan ein. „*Von dort aus kann ich wenigstens unseren Untergang beobachten.*"

Über eine Notleiter erreichte Meroth in kürzester Zeit das Oberdeck des Schiffes. Nur ein paar Schritte vom Notschacht entfernt befand sich der Eingang zur astronomischen Abteilung. Meroth eilte auf die Tür zu, die sich bei seiner Annäherung automatisch öffnete.

Er hatte erwartet, einige der dort arbeitenden Wissenschaftler vorzufinden, doch er betrat einen verlassenen Raum. Wahrscheinlich folgten die hier arbeitenden Leute irgendwelchen dubiosen Gefechtsvorschriften. Verständlich, schließlich waren sie in erster Linie allesamt Soldaten der Raumflotte.

Meroth trat auf die Aussichtsplattform.

Die zweieinhalb Meter hohe, gebogene Wand aus Stahlglas lag oberhalb und etwas hinter der Brücke. Sie erlaubte Gordon den unheilvollen Angriff von Johanssons Geschwader der Fargan-Klasse, dem Captain Abud Wambu gehorsam hinterherflog, zu verfolgen.

Sie würden diese … Schlacht verlieren! Daran zweifelte Meroth keinen Augenblick.

Gordon fiel auf, dass das *Vulture*-Geschwader mit viel zu hohen Werten beschleunigte.

Was sollte diese Energieverschwendung?

Konnte es Captain Johansson nicht erwarten, dem Tod ins Auge zu sehen? Oder versuchte er, sich seiner Unterlegenheit bewusst, gar das Schiff der Flisser zu rammen? Es mit seinen sieben Aufklärern zu torpedieren? Ein wahnsinniges und völlig unnötiges Manöver, beim dem die *Samuel Baker* vielleicht ihrer Vernichtung entkommen könnte, wenn Wambu klug reagieren würde.

Doch das Gefecht endete, bevor es begann.

Das gegnerische Raumschiff entmaterialisierte und das *Vulture*-Geschwader stieß ins Leere. Der erste unvermeidliche Kampf zwischen den Flissern und der Republic Space Force hatte sich vertagt. Erleichtert atmete Gordon Meroth auf und kehrte kurz vor Mitternacht auf die Brücke der *Samuel Baker* zurück.

14. April 34 DNW (Der Neuen Weltordnung)

Der Abschied von Captain Wambu verlief weniger herzlich als die Begrüßung vor zwei Tagen. Der Kenianer schien sich für sein gestriges Verhalten zu schämen, fand dafür aber keine erklärenden Worte. Meroth machte dem leicht untersetzten Mann keine Vorwürfe. Natürlich hätte sich Wambu dem Befehl Johanssons widersetzen können. Doch was hätte es ihm eingebracht? Sicherlich nur Ärger mit der Admiralität der Raumflotte.

Den zweiundzwanzigstündigen Rückflug mit der *Vulture-04* zur Erde verbrachte Gordon in der kleinen Kabine, die ihm zugewiesen worden war. Selbst zwei Einladungen des Captains zu einem gemeinsamen Essen hatte Meroth dankend abgelehnt, was dieser wohl jedes Mal mit Erleichterung zur Kenntnis genommen hatte.

Meroth fühlte sich betrogen.

Sein erster Ausflug in die Weiten des interstellaren Raums hatte ihm nur wenig Freude bereitet. Dabei hatte alles so interessant angefangen. Selbst die Begegnung mit den Flissern hätte ein fantastisches Erlebnis werden können.

Die Mehrzahl der Menschen, vor allem jene, die der Republic Space Force angehörten, sahen dies nicht so. Für diese Leute bedeutete jedes Aufeinandertreffen mit einer außerirdischen Lebensform, egal ob es sich dabei um die Flisser oder eine andere Spezies handeln würde, sich einem tödlichen Kampf ums Überleben zu stellen.

Solche zutiefst abstoßenden Gedankengänge konnte Gordon nicht nachvollziehen, obwohl Überlegungen dieser Art nicht nur bei der Flotte zugegen waren. Es handelte sich um ein Phänomen, das sich immer mehr auf der Erde ausbreitete, was nicht nur an Veeguns provozierender Panikmache lag. Der sagorische Botschafter-Roboter nutzte diese tiefsitzenden Urängste der Menschheit vor dem Unbekannten nur, um damit seine eigenen Plane voranzutreiben.

Wie auch immer! Der erbeutete Flisser-Satellit würde bei den Ingenieuren und Wissenschaftlern von Meroth Industries bestimmt für große Aufregung sorgen.

Ebenso bei Gordons Vater.

Die zu erwartenden Erkenntnisse aus den Untersuchungen der fremden Technologie würden sich in vielerlei Hinsicht verwerten lassen. Kommerziell und wissenschaftlich!

So weit sollte es jedoch nicht kommen.

15. April 34 DNW (Der Neuen Weltordnung)

Der Summer seiner Kabinentür weckte ihn.

Ein verschlafener Blick auf den blau leuchtenden holografischen Chronografen auf dem Nachttisch verriet ihm die exakte Uhrzeit. 01:15:32 Uhr! Noch knapp drei Stunden bis zur geplanten Landung der *Vulture-04* auf dem Mond.

Warum weckte man ihn bereits jetzt?

„Herein!", rief Meroth, während er sich, nur mit einer Unterhose bekleidet, aus dem schmalen Bett seiner Unterkunft schwang und dort sitzen blieb.

Ein weiblicher Ensign mit blonder Pferdeschwanzfrisur betrat seine Unterkunft. Die junge Frau musterte ihn kurz, bevor sie verlegen auf die gegenüberliegende Wand starrte.

„Ent... entschuldigen Sie die frühe Störung, Mr Meroth!", stotterte die Kom-Offizierin schüchtern. „Der Captain war der Meinung, ich sollte Ihnen die wichtigen Neuigkeiten persönlich überbringen."

„Welche Neuigkeiten?", fragte Gordon müde.

„Die Admiralität hat sich über Gunarfunk gemeldet, Sir", berichtete Ensign Webber. „Wir sollen direkt zur Erde fliegen und den Satelliten unverzüglich dem Kartell übergeben."

„Wie bitte?"

Meroth winkte ab, als die Soldatin ihre Meldung wiederholen wollte.

„Schon gut, Ensign! Ich habe Sie verstanden. Gab es eine Begründung für diesen Befehl?"

„Nein, Sir!"

„Natürlich nicht!", brummte Gordon mürrisch vor sich hin. „Bitte, sprechen Sie dem Kommandanten meinen Dank für die persönliche Benachrichtigung aus, Ensign Webber."

„Gern geschehen, Sir!", verabschiedete sich die junge Frau mit einem freundlichen Lächeln.

Zum Glück hatte Gordon seinen Vater auf der Erde noch nicht über den Flisser-Satelliten informiert. Der alte Mann wäre über den unerwarteten Verlust des Geräts sicherlich nicht begeistert gewesen.

✶

Fünf Minuten vor der Landung der *Vulture-04* auf dem Containerraumhafen Kelso, mitten in der Mojave-Wüste, erlaubte sich Gordon dennoch einen Besuch auf der Brücke.

Captain Wolter nickte ihm beim Eintreten kurz zu und verfolgte weiterhin aufmerksam die Landung seines Schiffes auf dem Frontschirm. Das Landefeld wurde von zahlreichen Flutlichtern hell erleuchtet. Meroth erkannte unter den dort liegenden Schiffen Frachter von Meroth Industries und der erst kürzlich gegründeten Mars Cargo seines Bruders Edward. Letztere bereits mit den entsprechenden neuen Logos versehen, was dank der verwendeten Nanotechnologie in den Außenhüllen der Schiffe eine leicht zu lösende Aufgabe gewesen war.

Wie gewöhnlich herrschte auf dem sich ständig ausweitenden Raumhafen reger Betrieb. Der wachsende Frachtverkehr zwischen der Erde und ihrem Trabanten sowie mittlerweile dem Mars verlief zum größtenteils über Kelso.

Es war schon ziemlich beeindruckend zu sehen, was rund um die ehemalige Geisterstadt im Staate Nevada in den letzten Jahrzehnten aus dem Boden gestampft worden war.

„Antigrav-Triebwerke ausschalten!", befahl Wolter dem Piloten, nachdem das Schiff sicher auf den Verankerungsgriffen seines Landeplatzes zur Ruhe gekommen war. „Geben Sie den Bots der zuständigen Wartungseinheit Bescheid", wandte er sich an Ensign Webber. „Sie können sich um das Schiff kümmern. Teilen Sie ihnen mit, dass wir unsere Fankton-Speicher auf *Defender-One* auffüllen werden."

„Aye, Sir!", bestätigte Webber und gab die Anordnungen pflichtbewusst weiter.

„Und fragen Sie im Tower nach, wo die Leute des Kartells bleiben! Ich möchte nicht die ganze Nacht hier tatenlos herumsitzen."

„Jawohl, Captain!"

„Na, Meroth?", erkundigte sich Captain Hans Wolter mit einem Hauch von Sarkasmus in seiner tiefen Stimme. „Nicht zu sehr enttäuscht, dass sich das Kartell den Flisser-Satelliten unter den Nagel reißt?"

„Die Kartellräte haben meinen Vater schon öfters um Hilfe gebeten, wenn ihre eigenen Leute wieder mal nicht weiterkamen", nahm es Gordon sportlich. „Ich bin mir sicher, dass wir auch diesmal unser Stück von diesem Kuchen bekommen werden."

„Wir sollen unverzüglich den oberen Frachtraum öffnen", leitete die blonde Kom-Offizierin die von der Flugsicherung erhaltenen Befehle weiter. „Ein Frachtgleiter des Kartells befindet sich bereits im Anflug!"

Wolter gab dem Tech-Offizier einen Wink.

„Öffnen Sie dem Kartell die Türen, Mr Trapper!"

„Türen geöffnet!", grinste der junge Mann.

„Gleiter im Anflug!", meldete Webber.

„Die Verankerungen des Satelliten lösen, Mr Trapper!"

„Sind gelöst, Captain!"

„COS, Ansicht der oberen Schiffshülle auf den Frontschirm!"

Das Bild auf dem Panoramaschirm wechselte und zeigte vier verschiedene Ansichten des geöffneten Frachtraums.

„Was ist das denn?", deutete der kleine Pilot der *Vulture-04* auf ein Flimmern der Luft, das auf dem Schirm plötzlich zu erkennen war.

Keine drei Meter über dem Frachtraum des republikanischen Aufklärers wurde der goldene Rumpf eines nur allzu gut bekannten Raumschiffes sichtbar. Ein weißblauer Traktorstahl ergriff den erbeuteten Satelliten und beförderte ihn langsam ins Innere des goldenen Schiffes, das kurz darauf wieder unsichtbar wurde.

„Jetzt möchte ich gerne die enttäuschten Gesichter der Kartellräte sehen!", grinste Gordon spitzbübisch, fragte sich aber gleichzeitig, welches Interesse der sagorische Botschafter-Roboter am Flisser-Satelliten haben könnte.

✳

„Für wen hält sich diese verdammte Maschine eigentlich?", tobte Stefan Lobb durch das Wohnzimmer seines luxuriösen Appartements im Administration-Tower der Metropole Koblenz.

„Für denjenigen, der das Sagen hat!", verriet Lady Gillian dem aufgebrachten Anführer des Kartellrats mit ruhiger Stimme.

„Vorsicht, Direktorin!", warnte Stefan Lobb die Überbringerin der schlechten Nachricht. „Heute werden Köpfe rollen. Passen Sie auf, dass Ihrer nicht mit dabei ist."

Die im Jahre 1973 der alten Zeitrechnung geborene Frau, die immer noch aussah wie eine jung gebliebene 60-Jährige, hatte es sich auf dem breiten Sofa niedergelassen und kreuzte lässig ihre Beine.

„Sie wissen ganz genau, dass Drohungen bei mir nicht wirken, Sir", erwiderte sie unbeeindruckt. „Deshalb gaben Sie mir schließlich meinen Job. Und weil ich mich nicht davor fürchte, Ihnen die Wahrheit ins Gesicht zu sagen, egal wie ungern Sie diese hören möchten. Wir haben ein viel größeres Problem mit Veegun als diesen kleinen Diebstahl. Obwohl, ich glaube, irgendwie hängt alles zusammen!"

Die Nachricht vom Verlust des Flisser-Satelliten verdeutlichte Lobb wieder einmal, auf welch wackligen Füßen, die Macht des Kartells stand. Sie alle waren der Gnade eines Kunstgeschöpfs ausgesetzt, das ein den Menschen völlig unbekanntes Volk vor fast zweihundert Jahren als Botschafter und Entwicklungshelfer zur Erde entsendet hatte.

Aber waren die Kartellrate nicht selbst schuld an dieser unerträglichen Situation?

Kurz nach dem aus dem Ruder gelaufenen Zweiten Weltkrieg empfingen die damaligen Mitglieder des Rats den Gesandten der Sagorer mit offenen Armen. Seine spektakuläre Landung nahe dem Städtchen Roswell wurde hingegen schnell vertuscht. Vor allem, nachdem die Räte erkannten, wie sehr nicht nur ihr Kartell, sondern auch sie persönlich von dieser Begegnung profitieren würden.

Mithilfe der sagorischen Technologie und der großzügigen Geschenke, die Botschafter-Roboter Veegun in seinem Diplomaten-

Gepäck mit sich führte, gelang es dem Kartell schnell, seine globale Macht dauerhaft zu festigen. Und dies nicht nur, wie einst bei der Gründung des Kartells geplant, im wirtschaftlichen Sinne.

Die Räte waren nun in der Lage, ihre politischen Gegner unbemerkt auszuspionieren und für ihre Zwecke zu manipulieren. Aber auch der Rest der Menschheit ließ sich dank der bevorstehenden Computerrevolution leichter überwachen und lenken.

Nichts blieb dem Kartell und seinen Schergen verborgen, genauso, wie nichts, was die Räte taten, dem sagorischen Botschafter vorenthalten werden konnte.

Dafür erhielten die Räte jedoch den Schlüssel für eine einzigartige Zukunft. Interstellare Raumfahrt, unbegrenzte Energie aus dem Hyperraum, Heilmittel gegen fast jede Krankheit. Ein Segen, wie man glauben sollte. Dass sie damit auch ihre eigene Freiheit aufgaben, realisierten die Kartellräte erst viel später.

Stefan Lobb war ein Mann, der schnell seine Beherrschung verlor, sich aber ebenso schnell wieder beruhigte. Einige seiner Ratskollegen führten seine emotionale Sprunghaftigkeit auf seinen brillanten Verstand zurück.

Noch bevor Lobb vom Kartell erfuhr, gelang es ihm im letzten Viertel des 20. Jahrhunderts mit ein paar kleinen technischen Bauteilen, die jemand ihm anonym zugeschickt hatte, die gesamte Computer- und Kommunikationswelt auf den Kopf zu stellen.

Erst Jahrzehnte später, nach seiner Aufnahme in den Inneren Kreis des Kartells, erkannte er die Verbindung seiner Produkte zur Technologie der Sagorer. Seine Arbeit, wie die von einigen anderen berühmten Persönlichkeiten auf der ganzen Welt, hatte dazu beigetragen, heimlich den Weg für diese bahnbrechende Kommunikationsmöglichkeiten zu ebnen.

Der hagere, leicht ergraute Mann mit dem Drei-Tage-Bart trug einen schwarzen seidenen Morgenmantel und starrte die ihm gegenübersitzende Frau eine Weile lang schweigend an.

„Alles hängt irgendwie zusammen!", wiederholte Stefan Lobb den letzten Satz seiner Besucherin.

„Genau, Sir!", äußerte sich Lady Gillian, die gelangweilt ihre weiß lackierten Fingernägel betrachtete. Mit einem leichten Tippen auf den Nagel des Zeigefingers ihrer linken Hand veränderte sie die Farbe in ein dezentes Rot.

Der Kartellrat ließ sich von ihrer Gleichgültigkeit nicht täuschen. Er war einmal auf dieses hinterfotzige Miststück reingefallen, das würde ihm nie wieder passieren. Sie hatte ihm vor Jahren eine schmerzhafte Lektion erteilt. Er hatte daraus gelernt und war daran gewachsen.

Es hatte eine Weile gedauert, bis Lobb ihr diese Angelegenheit verziehen hatte, vergessen würde er die erlittene Schmach jedoch nie.

Er schätzte Lady Gillian für ihre Aufopferungsbereitschaft und für alles, was sie seit ihrer Zeit im Inneren Kreis geleistet hatte. Sie war eine der zuverlässigsten und erbarmungslosesten Frauen, die er kannte. Dazu besaß sie den Ruf einer eiskalten Geschäftsfrau, die selbst einen Harry Meroth in Verlegenheit bringen konnte.

Am wichtigsten war Lobb jedoch ihre Treue zum Rat, wobei Lady Gillian nie einen Hehl daraus machte, dass sie eine Mitgliedschaft im selbigen stets ablehnen würde, ohne dabei ihre Beweggründe zu offenbaren.

Lobb war dies egal.

Es gab so schon genug Schaumschläger, die alles tun würden, um eine Position im Rat zu ergattern. Gerade jetzt, wo durch den heimtückischen Verrat von Cyrus Stellumo ein Sitz frei geworden war.

„Lassen Sie hören!", forderte er die immer noch sehr attraktive Frau mit dem vollen, nackenlangen hellblonden Haar auf.

Lady Gillian erhob sich, prüfte kurz den Sitz ihres schwarzen, knielangen Lederrocks und schritt auf ihren gut zehn Zentimeter hohen High Heels hinüber zum Positronikterminal des Wohnzimmers. Sie griff mit zwei Fingern in eine der kleinen, kaum auffallenden Taschen ihrer schnittigen Lederjacke und förderte einen flachen, roten Kristall zutage.

Ohne um Erlaubnis zu bitten, legte die Direktorin des Kartellgeheimdiensts den Datenträger auf die schwarzglänzende Oberfläche des Terminals. Augenblicklich schaltete sich das Gerät ein und reagierte auf das externe Speichermedium.

Ein Versuch, ihn zu scannen oder eine Datenübertragung zu verhindern, scheiterte. Die machtlose Positronik konnte nicht einmal eine Warnung abgeben.

Eine grünliche Energieentladung huschte über die leuchtende Oberfläche des Terminals und wanderte weiter durch den gesamten Raum, hin zu allen mit ihr verbundenen Geräten. Kameras, Mikrofone, Holoprojektoren, sogar die in den Wänden versteckten Bots mit ihren unterschiedlichen Funktionen wurden von grünen Energiepeitschen genötigt, kurzzeitig ihre geheimen Positionen zu verraten.

„Was haben Sie getan?", wunderte sich Lobb. „Mein positronisches Überwachungssystem übernommen? Wie kann das sein? Ich habe es selbst programmiert. Es ist unmöglich, meine Sicherheitsmaßnahmen zu überlisten."

„Jeder großer Meister wird eines Tages von einem seiner Schüler übertroffen."

„Von Ihnen?"

„Wohl kaum!", lächelte Lady Gillian amüsiert und fügte verführerisch hinzu. „Sie kennen ja meine unverwechselbaren Talente!"

„Ja, schon gut!", überging Lobb die eindeutige Anspielung.

„Wie Ihnen bekannt sein dürfte, arbeiten für den Jalar die besten Spezialisten der Erde. Darunter eine ganze Abteilung, die nur damit beschäftigt ist, zu versuchen, die sagorische Technik zu überlisten beziehungsweise sie so zu überarbeiten, dass sie nicht mehr … sagorisch ist."

„Und das funktioniert?"

„Nicht so gut wie erhofft", antwortete Lady Gillian leicht enttäuscht. „Aber wir machen Fortschritte, wenn auch nur sehr kleine. So wie mit dieser Phasenverschiebungs-Technik."

„Berichten Sie weiter!", verlangte Lobb.

„Bitte verlangen Sie jetzt kein Techno-Gebabbels von mir", wehrte sich Lady Gillian gegen ein solches Anliegen. „Ich verstehe nicht das Geringste von dieser Sache."

Das entsprach wohl nicht ganz der Wahrheit, was Stefan Lobb wusste. Dennoch akzeptierte er ihre Zurückhaltung. Sie war schließlich keine Expertin auf diesem Gebiet, obwohl sie bestimmt genügend technisches Verständnis besaß, um ihm die Funktionsweise dieser Phasenverschiebungs-Technik zu erklären.

„Es ist uns gelungen, die sagorische Positronik-Technologie so zu beeinflussen, dass wir sie weiterhin problemlos benutzen können, sie aber in eine Art Unterprogramm verwandelt haben, über das wir allein die Kontrolle besitzen. Auch über die Daten, die von außerhalb des Systems abgerufen werden können."

„Was eigentlich nur auf Veegun zutrifft!", hielt Lobb fest.

„Genau!", nickte Lady Gillian anerkennend. „Eine von uns programmierte künstliche Intelligenz, die nicht von sagorischen Elementen beeinflusst werden kann, stellt sicher, dass nur unverfängliche beziehungsweise von uns manipulierte Daten weitergeleitet werden."

„Wäre es nicht klug, ab und zu ebenfalls etwas Wichtiges, etwas Wahres durchsickern zu lassen, nur damit Veegun keinen Verdacht schöpft?"

„Daran haben wir natürlich gedacht", nickte Lady Gillian zuversichtlich. „Entsprechende, leicht anzupassende Szenarios wurden bereits ausgearbeitet und werden bei Bedarf ins System eingespeist."

„Ich sehe, ich werde langsam alt!", behauptete Stefan Lobb. „Früher hätte ich mich selbst um solche Dinge gekümmert, sie selbst erfunden."

„Sie haben mittlerweile andere, wichtigere Aufgaben zu erfüllen, mein Lieber", erinnerte ihn Lady Gillian.

„Und diese Phasenverschiebungs-Technik ist bereits voll einsatzbereit?", fragte Lobb.

„Noch nicht ganz!", gab Lady Gillian ehrlich zu. „Wir sind dazu in der Lage, einzelne, kleine Systeme wie Ihre Hauspositronik zu übernehmen, die großen Verbundsysteme sind jedoch viel zu komplex und werden uns noch eine Weile beschäftigen. Einem vollständigen Ausspionieren durch Veegun können wir uns leider noch nicht entziehen. Wir sind aber zuversichtlich, eines Tages dazu in der Lage zu sein."

„Eines Tages?"

„Es ist ein Geduldsspiel, Sir", gab Lady Gillian zu, „bei dem wir darauf achten müssen, unsere Absichten nicht zu verraten. Sie können sich sicher vorstellen, wie der sagorische Botschafter darauf reagieren würde, wenn er herausfindet, dass wir damit beschäftigt sind, eigene Technologien zu entwickeln."

„Darum hat er uns den Satelliten weggenommen", erkannte Stefan Lobb die Verbindung. „Wahrscheinlich mögen es seine Herren nicht, wenn jemand mit anderen Sachen spielt als den ihren.

Aber warum? Wie gefährlich können andere Technologien schon für die Sagorer sein? Vor allem, da wir ja erst an deren Basiswissen kratzen. Hat die sagorische Technik vielleicht Schwachstellen, von denen wir nichts ahnen oder wissen dürfen?"

„Das glaube ich eher nicht, Sir!", bemerkte Lady Gillian. „Meiner Meinung nach geht es diesbezüglich nur um Abhängigkeit und Kontrolle."

„Inwiefern?"

„Na, ja! Stellen Sie sich mal vor, wir oder eine der anderen von den Sagorern unterstützten Rassen würden sich gegen sie auflehnen. Vielleicht sogar versuchen, sie zu bekriegen oder gar auszulöschen."

„In solch einem Fall bräuchten die Sagorer nur den sprichwörtlichen Stecker zu ziehen und der ganze Aufwand würde bereits im Keim erstickt werden", schlussfolgerte Lobb richtig. „So viel zu der großzügigen Entwicklungshilfe der Sagorer, die mir stets verdächtig vorkam. Niemand tut so etwas, ohne dafür eine Gegenleistung zu verlangen."

„Darum müssen wir versuchen, unsere Unabhängigkeit unbemerkt zurückzugewinnen, um nicht eines Tages von den Herren der Botschafter-Roboter einfach ausgeknipst zu werden."

„Schon wieder dieses ‚eines Tages' ", brummte Lobb unzufrieden. „Wie lange wird es dauern, bis wir uns von den Sagorern vollständig abnabeln können? Jahre? Jahrzehnte?"

„Wohl eher einige Jahrhunderte!", hielt ihm Lady Gillian die ungeschminkte Wahrheit vor Augen. „Wie gesagt, wir kommen nur sehr langsam voran und jeder noch so kleine Fortschritt, den unsere Wissenschaftler in Hinsicht auf die sagorische Technik machen, stellt uns vor neue Herausforderungen. Dennoch müssen wir weiterhin an ihr festhalten. Wir müssen lernen, sie zu kontrollieren, bevor wir sie ersetzen.

Es sei denn, uns gelingt ein unerwarteter Durchbruch", fuhr Lady Gillian zögernd fort.

„Wie darf ich das verstehen?"

„Einer meiner Agenten bei Republic Genetic ist auf etwas gestoßen, das mein Interesse geweckt hat!"

„Republic Genetic?", wiederholte Lobb verwundert. „Dort wird am Projekt Zuchthof gearbeitet. Ich dachte, Sie hätten sich um die Sicherheitslücken in diesem Unternehmen gekümmert? Hat dieser schmierige Reporter von The Voice wieder was aufgedeckt, was uns in Verlegenheit bringen könnte?"

„Das Sicherheitsleck wurde eliminiert!", versicherte Lady Gillian dem Kartellrat. „Nur Niki van Dengscht haben meine Leute nicht erwischt. Eine zufällig anwesende Ärztin konnte den bereits vergifteten Journalisten retten. Eine seltsame Geschichte, um die sich meine Leute bereits kümmern.

Aber zurück zu Republic Genetic", lenkte Lady Gillian die Aufmerksamkeit Lobbs wieder auf ihr ursprüngliches Gespräch.

Sie wollte vermeiden, dass Lobb oder sonst einer der anderen Räte mehr als das Nötigste über Gordon Meroths Beteiligung an der Geschichte mit dem Reporter erfuhr.

„Bei den dortigen Forschungen wurden in einigen Gehirnen der freiwilligen Testpersonen, bei denen es sich ausschließlich um Soldaten der ehemaligen Schutztruppen der Metropolen handelt, aktive Bereiche entdeckt, die bei uns normalen Menschen brachliegen.

Die kurzsichtigen Wissenschaftler von Republic Genetic hielten ihre Entdeckung nicht für wichtig, da sie nichts mit ihrem Zuchtprogramm zu tun hatte. Außerdem schoben sie diese Anomalie der Herkunft der Soldaten zu, die ja ebenfalls das Resultat eines genetischen Eingriffes sind."

„Kommen Sie zum Punkt, Gnädigste!", verlangte Lobb mürrisch. „Die Wachen vor der Tür machen sich bestimmt schon ihre Gedanken darüber, weil wir schon so lange in trauter Zweisamkeit verweilen."

Lady Gillian schenkte ihm ein wohlwollendes Lächeln

„*Das hättest du wohl gerne, du kleiner Lustmolch*", dachte sie in Erinnerung daran, wie oft Lobb schon in den vergangenen Jahrzehnten vergeblich versucht hatte, mit ihr im Bett zu landen.

Warum sie gerade zu ihm so abweisend war, wusste sie selbst nicht. Vielleicht verglich sie ihn einfach zu sehr mit sich selbst. Jedenfalls, was einige seiner Charaktereigenschaften betraf.

„Nun, gut!", sagte Lady Gillian mit verhaltener Stimme. „Vielleicht fällt Ihrem genialen Hirn eine Lösung zu meinen Gedankengängen ein.

Können Sie sich vorstellen, mithilfe der Phasenverschiebungs-Technik, sagorischen Naniten eine programmierbare, biologische Komponente zu verpassen, und diese wiederum in einem Verbund arbeiten zu lassen?"

„Eine biotechnologische Schwarmintelligenz!", fuhr Lobb aufgeregt aus seinem Sessel hoch. „Was für ein fantastischer Gedanke! Natürlich, das wäre eine Möglichkeit. So könnten wir auch die Probleme, die wir mit unseren eigenen Naniten haben, lösen. Bei Meroth haben sie jedenfalls nicht lange funktioniert."

Das zu hören beruhigte Lady Gillian sehr. Einen vom Rat manipulierten Gordon Meroth hätte sie für ihre eigenen Pläne nicht gebrauchen können.

„Wir erschaffen eine Art Superhirn", fuhr Lobb begeistert fort, „mit dessen Hilfe wir unsere eigene Technologie entwickeln können, die alles, was die Sagorer je vollbracht haben, in den Schatten stellen wird."

„Und dies vor ihren Augen und Ohren!", lächelte Lady Gillian bei der Vorstellung an einen blinden und tauben Veegun. Der wäre über solch eine Entwicklung sicher nicht erfreut.

✳

Gordon kehrte mit einem Shuttle von Meroth Industries von Kelso aus zum Mond zurück. Kurz nach Mittag lunarer Zeit erreichte er sein Büro, wo er gleich von drei Frauen im Vorzimmer von Meroth Industries in Beschlag genommen wurde.

Zuerst fiel ihm seine Freundin Allison um den Hals und küsste ihn ungeniert ab, so als hätte sie ihn eine halbe Ewigkeit lang nicht mehr gesehen.

Gordon Meroth genoss den zärtlichen Austausch von Intimitäten mit seiner Lebensgefährtin, der von den beiden anderen Frauen schweigsam und verständnisvoll geduldet wurde.

Seine Leibwächterin hatte sich inzwischen an solche Liebesbezeugungen von Allison Cross gewöhnt. Sigrun Svensdottir, die auf Wunsch von Gordon erst seit kurzem die Geschäfte von Meroth Industries auf dem Mond zusammen mit ihm leitete, nahm es eher gelassen.

„Wow!", löste sich Gordon nach einer knappen Minute von seiner Freundin und atmete erst einmal kurz durch. „Was für eine herzliche Begrüßung! Hoffentlich sind die beiden anderen Damen etwas zurückhaltender."

„Du Schuft!", boxte ihn Allison Cross freundschaftlich in die Rippen.

Sie kannte Gordon gut genug, um Bemerkungen dieser Art nicht allzu ernst zu nehmen. Außerdem, so nahm sie jedenfalls an, entsprachen weder die vollbusige und hochgewachsene Sigrun mit ihren roten, hochgesteckten Haaren noch die kleinere, sportliche Sandrine mit dem leicht kantigen Kinn seinem Frauengeschmack.

„Ich werde euch nicht weiter stören", schmiegte sich Allison ein letztes Mal an Gordon. „Als ich von deiner Rückkehr erfuhr, nutzte ich meine Mittagspause, um dich zu sehen. Ich verlange aber von dir, dass wir heute Abend essen gehen. Die Moon-Ranch hat ein paar neue Rezepte auf ihrer Speisekarte. Darunter einen sehr pikanten Chili-Burger."

„Klingt verlockend!", stimmte Gordon dem Abendessen zu. „19:00 Uhr? Passt dir das?"

„Sicher!", sagte Allison und verabschiedete sich mit einem weiteren Kuss von ihrem Liebsten.

„Ach je!", seufzte Mrs Svensdottir mit rollenden Augen. „Junge Liebe ist doch was Schönes!"

Lieutenant Sandrine Prune schloss sich ihrem Stöhnen unverzüglich an.

„Schon gut, ihr beiden!", beendete Gordon Meroth kurzerhand ihr rührseliges Theaterspiel. „Fehlt nur noch, dass unser Archie hier gewesen wäre und ein paar Tränen vergossen hätte. Wo ist der Kerl überhaupt? Hält er es nicht für nötig, seinen Boss zu begrüßen und mir zu berichten, was ich in den letzten Tagen so verpasst habe?"

„Mr Stoneclipper erlaubt sich ebenfalls, seine ihm vertraglich zugesicherte Mittagspause zu nutzen!", verriet ihm Sigrun. „Ein Pad mit allen wichtigen Ereignissen liegt auf Ihrem Schreibtisch. Es ist aber nichts dabei, was Ihre Aufmerksamkeit benötigt. Verschaffen Sie sich bloß einen Überblick."

„Danke, Sigrun! Ich werde mir das gleich anschauen!", versprach er seiner Stellvertreterin und begab sich, gefolgt von Lieutenant Prune, in sein Büro.

„Kann ich noch etwas für Sie tun, Sandrine?", fragte er seine Leibwächterin, nachdem sie die altmodische Tür hinter ihnen geschlossen hatte.

„Der TND hat einen Bericht verfasst, in dem Ihre Beziehung zu Ombudsmann Grillenwind analysiert wurde", gab Lieutenant Prune zögernd von sich.

„Sollte mir das Sorgen bereiten?"

„Solange Ihre Zusammenarbeit mit der WWKA bisher den Richtlinien entspricht, nein!", behauptete Prune ernsthaft. „Dennoch, Mr Grillenwind ist eine Person, mit der sich der terranische Nachrichtendienst seit einiger Zeit näher beschäftigt."

„Warum?", fragte Gordon verwundert. „Haben Ihre ehemaligen Kollegen herausgefunden, dass er bestechlich ist? Das würde mich nicht wundern!"

„Nein, Mr Grillenwind ist in dieser Hinsicht eine absolut integre Person."

„Aber ...?"

„Aber er verschwindet öfters für kurze Zeit vom Radar des TND", fügte Sandrine ihren spärlichen Andeutungen hinzu. „Genauso überraschend taucht er wieder auf. Die Agenten des Terranischen Nachrichtendienstes sind diesbezüglich ratlos. Sie vermuten, dass eine technische Spielerei für Grillenwinds Verschwinden verantwortlich ist. Eventuell aus den Beständen des Jalars."

„Oder aus dem Fundus von Meroth Industries, einem Unternehmen, zu dem Mr Grillenwind dem Anschein nach ein überdurchschnittlich gutes Geschäftsverhältnis besitzt", erkannte Gordon. „Verständlich und nachvollziehbar! Aber dies ist nicht der Fall. Für uns ist Grillenwind nur ein Werkzeug, das wir hin und wieder für unsere Geschäfte benutzen. Möglicherweise ab und zu am Rande der Legalität. Mehr auch nicht."

„Zu dem Ergebnis kam der TND ebenfalls", verriet Sandrine ihrem Schützling. „Dennoch, seien Sie auf der Hut, mir zuliebe!"

Gordon blickte sie überrascht an, ging aber nicht weiter auf ihre Bitte ein, sondern nickte nur.

16. April 34 DNW (Der Neuen Weltordnung)

Mitten in der Nacht wurde Gordon vom Vibrieren seines flachen Multikoms, das er an der Rückseite seiner linken Hand trug, geweckt.

„Ja!", meldete er sich leise, um die schlafende Allison neben ihm nicht zu wecken.

„Mr Gordon? Hier spricht Dr. Akasi!"

„Einen Moment, bitte!", unterbrach Meroth die japanische Ärztin und eilte hinüber ins Wohnzimmer, wo er das Gespräch an einen Holoprojektor weiterleitete und annahm.

„Dr. Akasi!", meldete der junge Mann sich, nachdem sich eine abhörsichere Verbindung aufgebaut hatte. „Was kann ich für Sie tun?"

„Entschuldigen Sie die Störung!", sprach das fast lebensecht wirkende Hologramm der attraktiven Neurochirurgin ihn an. Die Frau schien sich an Meroths halb nacktem Erscheinungsbild nicht zu stören. „Es geht um den *Schwarzen Geist*. Das Mädchen ist aufgewacht und verlangt Sie zu sprechen."

„Verstehe!", murmelte Gordon in sich gekehrt. „Ich muss mich vorher bloß um ein paar Kleinigkeiten kümmern. Rechnen Sie in etwa drei Stunden mit meinem Erscheinen, Dr. Akasi. Ich hoffe, die Kleine kann so lange warten."

„Sie erscheint mir zurzeit sehr geduldig, aber auch ungewöhnlich schweigsam!", teilte ihm Dr. Akasi Misaki mit leichter Besorgnis mit. „Wir sehen uns!"

„Verdammt!", fluchte Gordon leise vor sich hin, als das Hologramm der Ärztin erloschen war.

Schnell hinterließ er ein paar Sprachnachrichten für Mrs Svensdottir, seinen Sekretär Archibald Stoneclipper und natürlich für Allison. Um Lieutenant Prune brauchte er sich nicht zu kümmern. Sie trat gerade einsatzbereit aus dem Gästezimmer des Appartements, in das sie Gordon einquartiert hatte.

Bevor er wieder in seinem Schlafzimmer verschwand, meldete Meroth den Flug nach Toshima noch bei der Luna-Flugkontrolle an. Wenige Minuten später kehrte er, bekleidet mit einem schicken farngrünen Anzug und einem Hemd der gleichen Farbe, ins Wohnzimmer zurück.

Kurz vor dem Anflug auf den sonnigen Südstrand der japanischen Izu-Insel Toshima überließ Gordon Meroth vorschriftsgemäß die Steuerung des Firmen-Shuttles der Positronik. Von einer Zentraleinheit auf dem japanischen Festland geleitet, setzte das Gefährt der Alandra-Klasse sanft auf einer kreisrunden, weiß lackierten Landeplattform auf, die rund fünfzig Meter vor dem Ufer im Meer lag. Ein drei Meter breiter Steg verband die Landezone mit dem vierstöckigen Kadochi-Komplex, der ebenso mehrere Etagen in die Tiefe hinabreichte.

Bereits während des schwungvollen Landeanflugs des Shuttles entdeckte Meroth die schlanke, 35-jährige Oberärztin, die normalerweise am Republic Hospital der Metropole Tokio ihren Dienst versah. Sie stand wartend auf dem Steg, innerhalb einer durch gelbe Signalleuchten markierten Sicherheitszone. Sobald sich das blinkende Gelb in ein stetes Grün verwandelt hatte, schritt Dr. Akasi dem Shuttle entgegen.

„Schön, Sie wiederzusehen, Mr Meroth! Lieutenant Prune", begrüßte sie freundlich die Ankömmlinge.

„Danke, Dr. Akasi, und nennen Sie mich bitte Gordon."

„Misaki!", antwortete die Freundin von Kadochi Hiromi mit einer leichten Verneigung. Es wirkte beinahe schüchtern und wurde begleitet von einem charmanten Lächeln, das über ihre dezent geschminkten, vollen Lippen huschte.

„Hat sich zwischendurch etwas am Zustand Ihrer Patientin verändert?", kam Meroth gleich zur Sache, während sie sich dem Eingang des Forschungskomplexes näherten.

„Nein!", antwortete die Neurochirurgin, die über ihrer weißen Kleidung einen pastellblauen, knielangen offenen Kittel trug. „Das Mädchen ist friedlich, folgsam, hat gut gegessen, was nicht verwunderlich ist nach einem mehrtägigen Koma, hat ausgiebig gebadet und kann es kaum erwarten, Sie zu sehen."

„Na, hoffen wir, dass sie mich diesmal nicht gleich wieder vernaschen möchte."

Dr. Akasi errötete, was bei ihrem bleichen Teint ihres schmalen Gesichtes besonders gut auffiel. Lieutenant Prunes Lippen zuckten bei Gordons Worten ebenfalls verdächtig. Misaki kannte natürlich die Geschichte, wie der *Schwarze Geist* durch Sex mit Meroth Erleuchtung erfahren wollte, was seine Leibwächterin nicht hatte verhindern können. Vielleicht fand dieses sonderbare Verhalten heute Aufklärung.

„Erwartet uns Miss Kadochi im Innern?", erkundigte sich Gordon.

„Hiromi ... Miss Kadochi befindet sich auf einer Geschäftsreise und lässt sich entschuldigen", antwortete die Ärztin in einer Manier, die dem Geschäftsmann Meroth nur allzu gut bekannt war. „Soll ich ihr etwas ausrichten? Oder ist Ihr Anliegen eher privater Natur?"

„Ganz schön neugierig, die Frau Doktorin!", dachte Gordon amüsiert. „Eher von geschäftlichem Interesse", erwiderte er laut.

„Seitens Ihnen oder Ihrem Herrn Vater?"

„Weder noch!", antwortete Gordon. „Mein Bruder Edi könnte für den Bau der Mars-Metropole jegliche Unterstützung gut gebrauchen. Kadochi Enterprises könnte einige Versorgungslücken schließen. Wenn ich aber so darüber nachdenke, dem Mond würden Miss Kadochis Dienste ebenfalls gut bekommen. Ein kleines Sushi-Restaurant in Lunar-City wäre sicher eine kulinarische Abwechslung."

„Ich werde Miss Kadochi Ihre Anliegen übermitteln."

„Danke! Sehr freundlich!"

„Ihnen dürften allerdings die Spannungen zwischen Kadochi Enterprises und Meroth Industries bekannt sein", erinnerte Misaki ihren Gast. „Ich befürchte, es wird schwer werden, Hiromi von einer Zusammenarbeit zu überzeugen."

„Ja, diese leidige Geschichte ist mir bekannt", bedauerte Gordon die lächerlichen Umstände, wie es zu dieser Kontroverse gekommen war.

„Die Versuche, Kadochi Enterprises zu übernehmen, wird mein Vater wohl nie aufgeben", erklärte er weiter. „Dabei liegt ihm gar nichts an Hiromis Firma, sondern eher an ihr persönlich. Seit ihrem rasanten Aufstieg in der Geschäftswelt versucht er, Hiromi irgendwie auf die Lohnliste von Meroth Industries zu bekommen oder sie mit einem meiner Brüder zu verkuppeln. Wahrscheinlich hält er sie für geeigneter, Meroth Industries zu leiten, als einen seiner eigenen Söhne."

„Eine interessante Sicht auf das fragwürdige Verhalten Ihres Herrn Vaters", räumte Misaki ein. „Ich kann Ihnen versichern, dazu wird es nie kommen."

„Was ich nur zu gut verstehen kann", erwiderte Gordon. „Selbst ich würde meiner Familie manchmal am liebsten den Rücken kehren."

Bevor sie das vor ihnen liegende Gebäude betraten, hielt die hochgewachsene Japanerin an und griff kurz nach Gordons rech-

tem Arm, was Gordon Meroth und seine Leibwächterin überraschte. So viel offene Intimität hätten sie der attraktiven Frau nicht
zugetraut.

„Nachdem ich Sie von den Naniten des Kartells befreit hatte
und nach Tokio zurückkehrte", erklärte sie sich, „wurde mir von
mehreren Kollegen am Republic Hospital berichtet, dass sich bestimmte Leute nach mir erkundigt hätten."

„Polizei oder Jalar?", wurde Lieutenant Prune sofort hellhörig.

„Ich tippe auf den Jalar!", äußerte sich Dr. Akasi zögerlich.

„Sie können offen reden, Misaki!", versicherte Gordon der frei-
beruflichen Ärztin, die nicht dem obersten Staatsdienst angehörte.
„Lieutenant Prune ist zwar eine ehemalige TND-Agentin, die nun
für Vice-Admiral McFain von der Raumflotte arbeitet, doch sie ist
mir treu ergeben."

Provozierend blickte der ein Meter fünfundneunzig große Meroth auf die Soldatin herab.

„Zumindest behauptet sie dies!"

„Mit dem, was Sie mir schon anvertraut haben, hätte ich Sie
längst an den Galgen bringen können!", erwiderte Prune respekt-
los.

„Verstehen Sie jetzt, warum ich diese Frau an meiner Seite,
dulde, Misaki? Sie hat so einen herzerfrischenden Humor!"

Dr. Akasi schien zunächst leicht verwirrt über die sonderbare
Beziehung, die Meroth zu seiner Leibwächterin pflegte. Doch dann
erinnerte sie sich an das spezielle Verhältnis zwischen Hiromi und
ihrem Neo-Samurai und beschloss, ihren Gästen zu vertrauen.

„Die Fragen der angeblichen Agenten", fuhr Misaki mit ihrem
Verdacht fort, „waren eher nebensächlicher Natur, so als würden
sie nur Grundinformationen sammeln. Ich glaube nicht, dass es
sich um eine dieser gefürchteten Durchleuchtungen handelte."

„Da wollte Ihnen wohl jemand eine gut gemeinte Warnung
übermitteln!", vermutete Sandrine. „Wären Sie durchleuchtet worden, hätte der Jalar Sie inzwischen verhaftet. Allein schon, dass
Sie diesem fragwürdigen und widerlichen Reporter das Leben gerettet haben, würde dazu ausreichen."

„Lieutenant, ich darf doch bitten!", mischte sich Gordon ein. „Sie sprechen von einem meiner besten Freunde."

„Der Sie sehr leicht in Schwierigkeiten bringen kann, wie Sie selbst nur zu gut wissen."

An Dr. Akasi gewandt meinte Prune:

„Beherzigen Sie lieber meinen Ratschlag."

„Als Ärztin bin ich dazu verpflichtet, Leben zu retten", verteidigte sich Dr. Akasi.

„Glauben Sie mir, weder der Jalar noch der TND, das Kartell oder unsere zweifelhafte Regierung sind Verfechter von Ihrem hippokratischen Eid."

„Nur keine Panik!", versuchte Gordon Meroth die eingeschüchterte Ärztin zu beruhigen. „Ich werde mich beim Geheimdienst umhören. Ich habe gute Verbindungen zum Jalar!"

„Bis ganz nach oben!", präzisierte Sandrine spottend.

„Lieutenant!", verwarnte Meroth seine Leibwächterin mit einem Fingerzeig. „Sie sind heute etwas vorlaut!"

„Verzeihung, Sir!"

„Es ist meine Schuld!", behauptete Dr. Akasi leise. „Ich hätte Sie nicht mit meinen Problemen belästigen dürfen."

„Das haben Sie nicht, Misaki!", widersprach ihr Gordon behutsam. „Und obwohl Miss Prune vielleicht etwas übermotiviert ihrem Job nacheifert, hat sie dennoch recht. Seien Sie demnächst einfach vorsichtiger! Ich weiß nicht, wie regierungs- oder kartelltreu Sie und Miss Kadochi sind, ich würde mich jedoch in nächster Zeit mit spektakulären oder auffallenden Aktionen etwas zurückhalten."

„Danke für Ihre Verbindlichkeit, Gordon!", deutete Misaki eine leichte Verbeugung an und nahm erfreut zur Kenntnis, dass nicht jeder Meroth auf der Seite des Kartells zu stehen schien. „Normalerweise würde ich mich mit solchen Angelegenheiten an Mr Anko wenden. Doch er begleitet Hiromi auf ihrer Reise."

„Verstehe!", brummte Gordon und bemerkte einen vorübergehenden Ausdruck von Enttäuschung, der über das Gesicht seiner

Leibwächterin huschte, als diese von der Abwesenheit des mürri-
schen Neo-Samurais erfuhr.

„Aber lassen Sie uns jetzt meine Patientin aufsuchen", schritt
Dr. Akasi wieder zügig voran. „Sicherlich fragt sie sich schon, wo
wir bleiben."

✳

„Mr Meroth! Endlich!", sprang das nur mit einem dünnen Nacht-
hemd bekleidete Mädchen aufgeregt vom Medo-Bett auf und lief
auf Gordon zu. „Ich bin so froh, dass ich Ihnen keinen Schaden
zugefügt habe."

Sofort stellte sich ihr die ein paar Zentimeter kleinere Sandrine
in den Weg und hielt sie an den Schultern fest.

„Lieutenant Prune!"

Das zierliche Mädchen mit der knabenhaften Figur – dessen
südländische Abstammung nicht zu verleugnen war, obwohl
ihre helle Haut eher auf skandinavische Wurzeln schließen ließ –
blickte Gordons Leibwächterin aus ihren tiefbraunen Augen erleichtert an.

„Für Sie gilt natürlich das Gleiche! Es tut mir schrecklich leid,
was ich Ihnen angetan habe. Sie müssen mir glauben! Ich wurde
dazu gezwungen."

„Das haben wir bereits vermutet!", schob Meroth seine Beglei-
terin sanft beiseite. „Hast du einen Namen?"

„Man nennt mich Schwester Gabrielle!", teilte ihnen das Mädchen gut gelaunt mit. „Oder einfach nur Gabrielle oder Gaby, wenn
Sie mögen."

„Gehörst du der Neuen Irdischen Kirche an?", fragte Lieutenant
Prune im typischen Ton eines Militärverhörs.

„Ja!", gab das braunhaarige Mädchen eingeschüchtert zu. „Aber
nicht aus freien Stücken. Die Kirche ist sozusagen mein Geburts-
ort. Ist das schlimm?"

„Darüber müssen wir uns erst Klarheit verschaffen!", bemerkte
Meroth und schaute sich um. „Aber das ist im Moment nicht so

wichtig." Er sah Misaki fragend an. „Gibt es irgendwo einen Platz, wo wir uns ruhiger und gemütlicher unterhalten können?"

„Sicher! Folgen Sie mir, bitte!"

„Ach ja, Dr. Akasi!", fügte Meroth seinem Wunsch hinzu. „Hätten Sie vielleicht vernünftigere Kleidung für unsere junge Freundin?"

„Ich sehe, was sich machen lässt!", lächelte Misaki verständnisvoll und rief einen Serv-Bot herbei. „Der Bot wird Sie und Lieutenant Prune in die Küche von Miss Kadochis Wohnung führen. Gaby, du kommst mit mir. Es gibt da einen Lagerraum voll mit Sachen zum Anziehen. Dort werden wir bestimmt etwas für dich finden."

Ein halbes Stündchen später betrat ein junges, hübsches Mädchen mit langem, leicht gewelltem Haar den Raum, in dem Gordon und Sandrine warteten. Es hatte kaum noch Gemeinsamkeiten mit dem *Schwarzen Geist* oder Schwester Gabrielle.

Gaby trug jetzt moderne, flache Sportschuhe, dazu hellgrüne Shorts und ein körperbetontes buntes Oberteil, mit einiger Bauchfreiheit, an der deutlich zu erkennen war, dass am Körper des Mädchens kein einziges Gramm Fett zu finden war.

„Wo haben Sie diese Sachen so schnell aufgetrieben?", wollte Gordon von Misaki wissen, die gleich hinter Gaby eintrat. „Die Shorts und das Shirt stehen der Kleinen wirklich gut."

„Beides hat Hiromi mal vor einer halben Ewigkeit gekauft, aber nie getragen", lautete Misakis stichhaltige Antwort. „Damals war sie elf. Kurz darauf kam sie in die Pubertät und die Sachen wurden ihr förmlich über Nacht zu klein."

„Aha!", begnügte sich Gordon mit dieser weitreichenden Erklärung und versuchte nicht, sich die heutige Hiromi in diesem Outfit vorzustellen.

Interessant fand er hingegen, dass Misaki und Hiromi anscheinend bereits seit ihrer Kindheit eine enge Freundschaft verband.

Wahrscheinlich hatten sie sich während ihrer ersten Bildungsstufe kennengelernt und diese, wie vom Staat verlangt, getrennt von ihren Eltern gemeinsam durchlitten.

Es gab so einiges, das Meroth am Bildungssystem der Republik ändern würde, wenn er dazu in der Lage gewesen wäre, aber dies war nicht die Zeit und der Ort, sich solche Gedanken zu machen. Vor allem, da er überzeugt war, dass Gaby Schrecklicheres erlebt hatte.

„Setzen wir uns doch an den Tisch!", schlug Misaki vor und machte gleich den Anfang. „Das Obst in der Schüssel ist frisch und essbar! Bedient euch nach Belieben!"

Während Sandrine und Gordon das Angebot höflich ablehnten und Platz nahmen, griff Gaby gierig nach einem rosigen Pfirsich und biss herzhaft hinein.

Ein Serv-Bot schwebte ins Zimmer und stellte Krüge mit Wasser und Säften sowie ausreichend Gläser auf den Tisch. Auch einige Dosen Life fügte der Bot hinzu.

„Was wollt ihr von mir wissen?", sprach Gaby mit vollem Mund.

Sie war nicht mehr wiederzuerkennen. Wirkte irgendwie … glücklich.

„Ich dachte, du hättest mir etwas Wichtiges mitzuteilen!", erinnerte sie Gordon.

Irgendetwas kam Meroth in diesem Augenblick seltsam vor, mahnte ihn zur Vorsicht. Doch bevor er sich mit seinen Gefühlen beschäftigen konnte, fing Gaby an zu reden.

„Ich war ein richtiges, fieses Monster! Eine künstlich erzeugte Kreatur! Aber mit Sicherheit kein Geschöpf Gottes. Erschaffen wurde mein Leib im Jahre 4 DNW aus den genetischen Erbanlagen von zwölf Schwestern des Ersten Ordens der Neuen Irdischen Kirche! Geklont unter der Anleitung von Veegun und dessen überragenden genetischen Kenntnissen, die alles übertrafen, was den an diesem Experiment beteiligten Nonnen bekannt war.

Eigentlich müsste ich heute den Körper einer Dreißigjährigen besitzen. Sein Alterungsprozess wurde allerdings stark verlangsamt, sodass ich heute aussehe wie fünfzehn, drei Jahre älter als zum Zeitpunkt meiner Geburt."

„Wie ich bereits vermutet habe!", unterbrach Dr. Akasi das Mädchen. „Körper und Gehirn wurden getrennt herangezüchtet."

„Stimmt!", fuhr Gaby emotionslos fort. „Während mein Körper in einem Medo-Tank zu einer Art Superklon heranwuchs, experimentierten die Nonnen des Ersten Ordens bei vollem Bewusstsein an den Hirnen von jungen Mädchen herum. Dabei erlitten viele ihrer Opfer einen grausamen Tod. Das Implantieren positronischer Schnittstellen, die als Verbindungen zwischen den Gehirnen und speziell dafür gezüchteten Klonkörpern dienen sollten, verursachte ihnen nämlich große Probleme.

Erst im Jahr 17 DNW gelang den Schwestern der Durchbruch mit der Nummer 207, dem Gehirn eines 14-jährigen Mädchens aus den verwahrlosten Randbezirken der Metropole Lissabon. Meinem Gehirn! Nach dessen Kopplung mit dem Superklon programmierten die Nonnen meinen Verstand mit den unterschiedlichsten Kampftechniken samt Umgang mit allen Arten von Waffen, Sprachen und allem, was für eine Attentäterin meines Kalibers sonst noch nützlich war.

Am 24. Dezember 17 DNW wurde ich schließlich offiziell geboren. Anscheinend ein denkwürdiger Tag, was man mir aber nie näher erklärte. Mein Gehirn und der Klonkörper waren inzwischen erfolgreich zusammengewachsen und ich trat meinem bereits ungeduldig wartenden Herrn und Meister entgegen."

„Veegun!", stieß Lieutenant Prune voller Verachtung hervor.

„Mitnichten!", zischte Gaby weitaus geringschätzender. „Ich war nicht nur zu einer perfekten Killerin herangezogen worden, sondern ebenfalls zu einem Sex-Spielzeug für einen perversen alten Sack, dem ich dank meiner geistigen Konditionierung blind gehorchen musste.

Das Schwein, von dem ich spreche, ist das Oberhaupt der Neuen Irdischen Kirche höchstpersönlich, der verdammte Papst Jean-René Dolleresch.

In seinem Auftrag unternahm ich in den folgenden Jahren mehrere Anschläge gegen die Regierung der Republik Terra, wobei ich nie erwischt wurde. Schnell eroberte ich unter dem Namen *Schwarzer Geist* den ersten Platz auf den Fahndungslisten des Jalars.

Aber ebenfalls in den Reihen der NIK war ich ziemlich aktiv und lehrte so manchem unbeugsamen Geistlichen oder einfachen Gläubigen das Fürchten. Schließlich forderte der Glaube eine strenge Folgsamkeit.

Ich war ziemlich erfolgreich bei meinem Schaffen und machte mir keinerlei Gedanken über meine Taten und mein Leben, das mir großzügigerweise von der Neuen Irdischen Kirche und Gott geschenkt worden war. Alles war so, wie es sein sollte.

Dann passierte das Unmögliche!

Ich versagte bei dem Auftrag, Sie zu töten, Mr Meroth. Und das gleich zweimal.

Zwischen den beiden Anschlägen auf Sie wurde ich repariert, upgedatet, oder was sie sonst noch alles mit mir anstellten. Aber diesmal war es anderes. Durch die Berührung mit Ihrer göttlichen Aura hatte sich etwas in mir grundlegend verändert. Ich konnte frei und uneingeschränkt denken, konnte mich an Bruchstücke meines früheren Lebens erinnern.

Bevor ich erneut aufbrechen sollte, um Sie zu ermorden, rief mich der Papst zu sich, um sich mit mir zu vergnügen. Es war das erste Mal, in dem sich ein sonderbares Gefühl in mir breitmachte. Ekel! Ekel vor einem dicken, fetten, alten Mann, der meinen kindlichen Körper schon so oft missbraucht hatte. Nach und nach erinnerte ich mich an alles.

In meiner emotionalen Verwirrtheit weigerte sich mein Verstand, diesem Dreckskerl zu gehorchen, was Dolleresch natürlich bemerkte. Was ich nicht wusste: Er besaß eine Art Notschalter, um mich zu deaktivieren. Was er auch tat, bevor ich ihm eine reinwürgen konnte. Die Schwestern des Ersten Ordens kümmerten sich erneut um mich. Sie schafften es jedoch nicht, wieder die vollständige Kontrolle über mich zu erlangen.

Wiederum verspürte ich Zweifel an meiner nächsten, göttlichen Mission."

„Dem Attentat auf mich bei der Hinrichtung von Cyrus Stellumo, bei dem du vorübergehend vom Jalar gefangen genommen wurdest", ergänzte Meroth.

„Richtig!", nickte Gaby eifrig. „Und wieder versagte ich aufgrund Ihrer göttlichen Aura, die diesmal von Ihnen bewusster eingesetzt wurde."

„Ich habe keine Ahnung, wovon du sprichst, Kleines!", verriet Meroth dem Mädchen.

Er erinnerte sich an die Vielzahl an Informationen über das Thema Religion, die er bei seinem Aufenthalt in der Clausura erhalten hatte. Besonders viel hielt er nicht von diesen teilweise absurden Geschichten, die ihm von einem gesichtslosen, holografischen Mönch vermittelt worden waren.

„Und mit einer fiktiven übergeordneten Macht habe ich bestimmt nichts zu tun."

Gordon ahnte nicht, wie sehr er sich irrte. Und die Macht, die ihn unbemerkt beschützte, war alles andere als fiktiv.

„Schließlich fielen mir die Worte des Papstes ein, die er jedes Mal sprach, bevor er mich schändete", erzählte Gaby ihre Geschichte weiter. *„Vereine dich mit mir und dir wird Erleuchtung widerfahren!* Und tatsächlich, nach quälend langsam verstreichenden Minuten, in denen ich vom geistlichen Führer der NIK mehrmals auf abartige und schmerzhafte Weise vergewaltigt wurde, lud sich mein verwirrter Geist mit einer Fülle an neuen Erkenntnissen auf, die mir wahrhaftig Erleuchtung brachten.

Gleiches versuchte ich bei Ihnen, Mr Meroth.

Doch Ihre göttliche Aura verhinderte eine körperliche Vereinigung zwischen uns. Ich erkannte plötzlich, was ich war, und nahm mir vor, mich endgültig vom Einfluss der Neuen Irdischen Kirche zu befreien, indem ich ihre Anhänger töten würde. Ich fing bei den Schwestern des Ersten Ordens an, wodurch der Papst alarmiert wurde und sich wie ein armseliger Feigling mit seinen Dienern aus dem Staub machte.

Bei meiner Suche nach Dolleresch stieß ich auf Veegun!

In meinem Tötungsrausch gerieten wir aneinander.

Natürlich hatte ich nicht die geringste Chance gegen den sagorischen Roboter. Er vermöbelte mich nach Strich und Faden, bis ich mein Bewusstsein verlor.

Wahrscheinlich hätte er mich ebenso leicht ausschalten können wie der Papst. Aber er tat es nicht! Es machte Veegun Spaß, mich zu verprügeln, genauso wie es Dolleresch stets gefallen hat, sich an mir zu vergehen.

Besinnungslos brachte mich Veegun schließlich auf die *Amusgan*, sein Raumschiff, wo ich zwischendurch immer wieder kurz zu mir kam und mit ansehen musste, wie er an mir herumdokterte. Schließlich erwachte ich, grundlegend verändert, an diesem Ort.

Sofort erkannte ich meine begangenen Fehler, bereute meine schrecklichen Taten und sah meine neue, ehrenvolle Bestimmung klar vor mir.

Wiedergutmachung!

Ich möchte an Ihrer Seite stehen, Mr Meroth! Sie vor Ihren Feinden beschützen."

„Die Kleine möchte meinen Job!", staunte Lieutenant Prune über Gabys Dreistigkeit. „Glaubst du wirklich, Mr Meroth würde dich mit offenen Armen empfangen, nachdem du ihn mehrmals umbringen wolltest?"

„Aber dafür konnte ich nichts!", beteuerte Gaby wiederholt ihre Unschuld.

„Außerdem hinterlässt deine sehr farbenfroh geschilderte Geschichte eine Menge offene Fragen!", teilte Sandrine dem Mädchen ihre Bedenken mit.

„Wie zum Beispiel, warum Botschafter Veegun gerade der Neuen Irdischen Kirche eine Waffe wie Schwester Gabrielle zur Verfügung stellte", wunderte sich Dr. Akasi.

„Weil er gleichzeitig die NIK sowie das Kartell unterstützt und sie gegeneinander ausspielt", behauptete Gordon Meroth überzeugt. „Widersetzten sich die Räte seinen Wünschen, hetzte er die Kirche auf sie, wozu diese natürlich eine entsprechende Waffe brauchte.

Nebenbei verfolgte die NIK außerdem ihre eigenen Ziele. Eines davon war zum Beispiel der Überfall des zehnten Chors auf den Lebenspakt meines Bruders Edward, dessen vollständige Aufklärung wahrscheinlich nie stattfinden wird.

Doch zurück zum *Schwarzen Geist*! Veegun bemerkte die Veränderungen bei seinem Geschöpf und bevor es durch meine angebliche göttliche Aura völlig außer Kontrolle geraten konnte und dabei die NIK ausgelöscht hätte, griff er ein und programmierte seinen Klon um."

„Und da Gaby Sie jetzt nicht mehr töten möchte, tritt Ihre geheimnisvolle Aura nicht mehr in Erscheinung", reimte sich Dr. Akasi zusammen. „Aber, was soll jetzt mit dem Mädchen geschehen?"

„Ich weiß es nicht!", gab Gordon ehrlich zu. „Allein ihr Wissen über die Neue Irdische Kirche wäre wertvoll für das Kartell. Sie kennt sicherlich ihren gesamten strukturellen Aufbau und all ihre Mitglieder. Einige davon nehmen bestimmt hohe Positionen innerhalb der politischen und wirtschaftlichen Führungsriege der Republik ein. Diese zu enttarnen könnte selbst die Machtstrukturen des Kartells erschüttern."

Gordon sah das Mädchen fragend an.

Sie hielt es nicht für nötig, ihm beizupflichten oder alles abzustreiten. Sie saß nur schweigend auf ihrem Stuhl und verzehrte in aller Ruhe eine Banane.

„Ich würde davon abraten, sich zu sehr auf ihre Informationen zu verlassen", warnte Lieutenant Prune Meroth. „Es besteht die Gefahr, dass Veegun sie zu seinen Gunsten manipuliert hat. Womöglich benutzt er Gaby dazu, Sie auszuspionieren."

„Ich gehe davon aus, dass er dazu auch ohne das Mädchen in der Lage wäre!", verriet ihr Gordon und tippte sich dabei auf die Innenseite seines linken Unterarms, wo sich, wie fast bei jedem Menschen, sein ID-Chip befand. „Daran hat der Botschafter erst kürzlich herumgespielt. Zu meinen Gunsten, versicherte er mir. Aber wahrscheinlich nicht nur!"

„Nett, dass Sie mich auch schon darüber in Kenntnis setzen!", beschwerte sich Sandrine.

„Ich hielt es nicht für wichtig", wehrte Meroth ihren Protest ab. „Veegun ist nicht unser Feind. Er passt sich nur den politischen Gegebenheiten auf der Erde an und macht sich diese zunutze. Natürlich verfolgt er dabei eigene Ziele. Eines davon ist die Ausbreitung der Menschheit im All. Ein anderes der Flisser-Krieg "

„Dieser Krieg bereitet mir Sorgen", verkündete Dr. Akasi ihre Bedenken zu den undurchsichtigen Plänen des sagorischen Botschafters. „Er wird viele Menschen den Tod bringen. Miss Kadochi arbeitet bereits daran, ihr Unternehmen und dessen Mitarbeiter so gut wie möglich aus dieser Tragödie herauszuhalten."

„Noch befinden wir uns nicht im Krieg", meinte Gordon, verschwieg der Ärztin jedoch, wie nahe dran die Menschheit an einem solchen erst vor ein paar Stunden gestanden hatte.

„Aber das Kartell rüstet sich dafür!", ließ Misaki nicht locker. „Allem voran Meroth Industries und Ihre Werftanlagen auf dem Mond, Gordon. Aber dadurch wird Ihre Familie ja nur reicher und mächtiger. Haben Sie schon mal an das Leid gedacht, das Sie mit dem Bau all dieser Kriegsschiffe verursachen werden?"

„Das habe ich!", verteidige Meroth sein Tun. „Ich bin ebenso davon überzeugt, dass Veegun nur Panik verbreitet, damit die Menschen einen Erstschlag gegen die Flisser führen. Aber was, wenn nicht? Was, wenn die Flisser wirklich die von ihm geschilderten Aggressoren sind und wir völlig unvorbereitet der Kolonisierung des Alls nachgehen?"

„Gut!", akzeptierte Misaki seine Betrachtungsweise. „Es könnte aber auch sein, dass Veeguns Kolonialpolitik nur dazu dient, ein mächtiges Reich aufzubauen, von dem aus er weitere Kriege führen kann. Weshalb auch immer."

„Ebenfalls denkbar!", musste Gordon der engagierten Ärztin zugestehen. „Sie sehen selbst, diesem Dilemma ist nicht leicht beizukommen."

„Bei einer Wette würde ich meine sämtlichen Credits auf Dr. Akasi setzen", beurteilte Lieutenant Prune die Lage. „Innerhalb der Admiralität werden nämlich bereits Planspiele ausgearbeitet, wie die Republic Space Force am besten in die Kolonisierung fremder Welten eingebaut werden kann. Dabei steht Nikong ganz oben auf ihrer Liste."

„Das beweist nicht, dass Veegun dahintersteckt", nahm Gordon den Botschafter-Roboter in Schutz. „Wir Menschen führten, bis zur Ergreifung der Macht durch das Kartell, untereinander viele unsinnige Kriege. Bestimmt gibt es gerade bei der Raumflotte einige Leute, denen die glorreichen alten Zeiten fehlen und die sich Schlachten im All und auf exotischen Planeten herbeisehnen."

„Da bin ich mir ziemlich sicher, Sir!", stimmte Lieutenant Prune ihm zu.

Meroth schmunzelte!

„Habe ich etwas Falsches gesagt?", fragte ihn seine Leibwächterin.

„Im Gegenteil!", beruhigte Gordon die 27-jährige Brünette mit den ausgeprägten weiblichen Formen, die sie gerne zur Geltung brachte, um gegebenenfalls damit Angreifer abzulenken. „Es ist mir nur gerade aufgefallen, dass ich seit meinem Antritt bei Meroth Industries meist nur mit kompetenten und klugen Frauen zu tun habe."

„Vergessen Sie das Wort attraktiv nicht", erweiterte Dr. Akasi seine Definition der modernen Frau um ein weiteres, nicht minder wichtiges Adjektiv.

„Natürlich!", beeilte sich Meroth seinen kleinen Fauxpas zu entschuldigen. „Früher führte ich Gespräche über Politik und die Welt nur innerhalb der Familie, wobei ich größtenteils meinen beiden Brüdern und meinem Vater zuhören und ihren Anordnungen folgen musste."

„Sie haben Verantwortung übernommen und sind erwachsen geworden!", resümierte Dr. Akasi seine Ausführungen.

„Zum Glück für Ihre Freundin!", fügte Lieutenant Prune spöttisch hinzu.

„Warum beschützen Sie mich eigentlich mit Ihrem Leben, wenn Sie mich nicht ausstehen können?", wollte Gordon von Sandrine wissen.

„Ich … ach, vergessen Sie es", winkte Sandrine ab. „Ich befolge nur Befehle!"

„Ich finde Sie großartig, Mr Meroth!", machte Gaby abermals auf sich aufmerksam. „Ich wäre gerne Ihre Leibwächterin. Ich glaube, Veegun hat mich nur geheilt, damit ich Ihnen dienen kann."

Gordon schüttelte verständnislos den Kopf.

„Nun, wir leben zu unserem Glück in einer Zeit, die nicht mehr vom Geschlechterkampf geprägt sein sollte", wandte sich Dr. Akasi mit ihrer Kritik wieder dem wohl nie endenden Konkurrenzkampf zwischen Mann und Frau zu. „Und dennoch wird eine friedliche und produktivere Zusammenarbeit aufgrund hormoneller Schwankungen bei beiden Geschlechtern wohl nie richtig funktionieren."

„Dies gilt ebenso für gleichgeschlechtliche Beziehungen", brachte Meroth seine Meinung dazu ein. „Die haben es in dieser Hinsicht nicht besser!"

„Wie Recht Sie doch haben!", beklagte sich die Japanerin und nippte an ihrem Glas mit dem frischen Kokosnusswasser. „Vor der neuen Zeitrechnung soll es sogar Menschen gegeben haben, die sich keinem der beiden Geschlechter zugehörig fühlten. Stellen Sie sich mal deren Probleme vor.

Aber nach der großen Säuberung sind solche Fälle nicht mehr aufgetreten. Liegt wohl an der elitären Auswahl, mit der das Kartell die Bewohner seiner Metropolen aussortiert hat."

„Ich möchte zum Strand gehen!", sprang Gaby völlig unerwartet von ihrem Stuhl hoch.

Ihr schien dieses diffuse Gerede über die Definition der Geschlechter wohl nicht geheuer zu sein. Sie lief hinüber zu der an die Küche grenzenden Terrasse und blickte sehnsüchtig vom Geländer hinaus aufs blaue Meer.

Die drei Erwachsenen sahen sich gegenseitig an.

„Von mir aus!", gab Gordon sein Einverständnis und blickte an sich herab. „Obwohl ich nicht gerade passend für einen Spaziergang im Sand angezogen bin."

Dr. Akasi erhob sich von ihrem Stuhl, entledigte sich ihres knielangen Kittels sowie ihres flachen Schuhwerks und zog ihre seidene Bluse aus. Nur noch bekleidet mit einem weißen Minirock und einem riemenlosen weißen Oberteil, das ihre runden Brüste schön formte, stand sie vor ihren staunenden Gästen.

„Ich wäre bereit für den Strand!", fügte sie gelassen ihren handfesten Taten hinzu.

Meroth warf ihr einen anerkennenden Blick zu und folgte ihrem Beispiel. Er stand auf, zog seine Jacke und sein Hemd aus, hing beides über seinen Stuhl, krempelte seine Hosenbeine bis über die Knie hoch und entledigte sich seiner teuren Markenschuhe sowie der integrierten Socken. Er stemmte seine Hände in die Hüften und meinte:

„Ich ebenso!"

Gespannt richteten sich Gordons und Misakis Augen auf Lieutenant Prune, die in einer langen, braunen Stoffhose, einem weißen Shirt, einer braunen Weste und festen, knöchelhohen Schuhen vor ihnen stand.

„Nein!", enttäuschte sie die beiden. „Ich ziehe mich nicht aus! Oder könnt ihr mir verraten, wo ich danach all meine Waffen verstecken soll?"

„Apropos Sicherheit!", bemerkte Meroth. „Toshima wird doch bestimmt von Satelliten der Regierung überwacht?"

„Natürlich!", antwortete Dr. Akasi. „Aber keine Sorge! Die Qualität der von ihnen angefertigten Bilder ist nicht besonders gut. Durch die geothermische Energiegewinnung aus dem Miyatsuka-Vulkan liegt in einer gewissen Höhe immer eine diesige Schicht Wasserdampf über der Insel."

„Das ist aber nicht wirklich beruhigend!", meinte Lieutenant Prune.

„Dem Wasserdampf hat einer von Hiromis Angestellten noch ein unschädliches Silikat hinzugefügt, was das Ausspionieren zusätzlich erschwert."

„Gab es nie Beschwerden von Seiten der Regierung?", grinste Gordon.

„Bisher nicht! Wie Ihnen bekannt sein dürfte, liegt keine zwanzig Kilometer nördlich von Toshima – auf der kleinen Insel Izu-Oshima – das Energiezentrum der Metropole Tokio. Diesem schenken die Überwachungssatelliten ihre gesamte Aufmerksamkeit. Niemand interessiert sich dafür, was Kadochi Enterprises auf Toshima treibt, um auch weiterhin die Ernährung aus den Weltmeeren zu gewährleisten."

„Und wenn jemand die sich in letzter Zeit häufenden Besuche von Mr Meroth verdächtig findet?", fragte Sandrine.

„Miss Kadochi hat Gerüchte in Umlauf gebracht, dass zwischen Kadochi Enterprise und Gordon Meroth geschäftliches Interessen liegen würde, was von Ihnen ja vorhin sogar vorgeschlagen wurde."

„Wie passend!", scherzte Gordon. „Im Notfall könnte ich ja immer noch behaupteten, ein privates Interesse an Miss Kadochi zu haben."

„Aber Mr Meroth, schämen Sie sich!", spielte Dr. Akasi die Empörte.

„Kommt ihr endlich?", kehrte Gaby jammernd in die Küche zurück. „Ich möchte gerne ins Meer schwimmen gehen."

„Ist das Wasser um diese Jahreszeit nicht viel zu kalt?", fragte Gordon und folgte Dr. Akasi über eine Holztreppe hinunter zum Strand. „Draußen in der Sonne sind es bestimmt locker fünfundzwanzig Grad. Das Meer dürfte jedoch um einiges kühler sein."

„Hängt davon ab, wie abgehärtet Sie sind", beantwortete Misaki seine Frage. Stolz fügte sie hinzu. „Miss Kadochi geht das ganze Jahr über ins Meer schwimmen, wenn es ihre Zeit gestattet. Egal bei welchem Wetter."

„Mit einem temperaturregelnden Hotsan-Anzug nehme ich an!", vermutete Gordon.

„Weit gefehlt!", versicherte ihm Misaki. „Miss Kadochi und Mr Anko lassen sich nicht von ein wenig Kälte davon abhalten, ihr wöchentliches Schwimmtraining nackt zu absolvieren."

„Beeindruckend!", kommentierte Lieutenant Prune die sportliche Leistung der Direktorin von Kadochi Enterprises. „Selbst die härtesten Elite-Soldaten der Raumflotte mögen diesen Teil ihrer Ausbildung nicht besonders."

Gordon hingegen konnte sich gar nicht vorstellen, dass ein vernünftiger Mensch mitten im Winter, völlig nackt, im Meer baden gehen würde.

„Bitte!", nörgelte Gaby weiter. „Ich möchte ins Wasser!".

„Aber du hast ja keinen Badeanzug dabei!", versuchte Meroth sie zurückzuhalten.

„Brauch ich nicht!", meinte das Mädchen, stand innerhalb weniger Sekunden unbekleidet vor ihnen und lief kreischend ins Wasser."

„Scheiße!", fluchte Lieutenant Prune schockiert. „Habt ihr die Narben auf ihrem Rücken gesehen? Stammen die von ihrem Kampf mit Veegun?"

„Sie sind alle eindeutig neueren Ursprungs!", bestätigte Dr. Akasi die Vermutung der Soldatin.

„Was hat dieser verrückte Roboter dem Kind nur angetan", bedauerte Sandrine das furchtbare Schicksal des Mädchens.

„Das ist es, was mich die ganze Zeit über an Gaby stört", fiel es Gordon wie Schuppen von den Augen. „Sie dürfte gar kein Kind mehr sein. Wenn wir ihrer Geschichte Glauben schenken – und Misaki hat diese größtenteils bestätigt –, altert ihr Körper nur langsam, aber er altert. Ihr Verstand hingegen muss jedoch all ihre Erfahrung verarbeitet haben. Dementsprechend sollte ihr geistiges Alter vergleichbar mit dem von uns sein."

Er deutete mit dem Kopf auf Gaby, die völlig übermütig im leichten Wellengang herumtobte.

„Gaby verhält sich dagegen immer noch wie ein Teenager."

„Sie spielt uns etwas vor!", schlussfolgerte Lieutenant Prune aus seinen Worten.

„Erinnern Sie sich an die Scans, Gordon, die Sie vom *Schwarzen Geist* haben machen lassen", gab Dr. Akasi zu bedenken. „An denen konnte ich deutlich erkennen, dass an bestimmten Stellen seines Gehirns mehrmals Löschungen und Neuprogrammierungen vorgenommen wurden. Gaby könnte vieles einfach nur vergessen haben. Zum Beispiel Erfahrungen, die das Erwachsenwerden prägen."

„Reicht das aus, um Gaby jedes Mal wieder zu einem Kind werden zu lassen?", zweifelte Gordon.

„Möglich wäre es!", hielt Dr. Akasi an ihrer These fest. „Aber ich hege ebenfalls meine Zweifel."

„Mir kommt da ein schrecklicher Gedanke", erschauerte Sandrine. „Eigentlich müsste ihr Körper doch ebenfalls ältere Narben aufweisen. Wenigstens ein paar. Doch sind solche an ihr nicht zu erkennen. Findet ihr das nicht seltsam?"

„Schon!", gab Meroth zu. „Worauf wollen Sie hinaus?"

„Stellt euch vor", forderte Sandrine die Ärztin und Meroth auf, „dieser verrückte Papst hätte den Körper des *Schwarzen Geistes* nach jedem Einsatz wieder in seinen Urzustand zurückversetzen lassen."

„Warum hätte er das tun sollen?", fragte sich Dr. Akasi.

„Weil er stets eine neue, unversehrte Puppe für seine Sexspielchen brauchte", antwortete Lieutenant Prune.

„Ich verstehe nicht! Was …"

„Ich schon!", unterbrach Gordon die Neurochirurgin. „Papst Dolleresch wollte für sein perverses Treiben jedes Mal einen jungfräulichen Körper schänden. Körperlich und geistig!"

„Langsam kann ich nachvollziehen, warum das Kartell bei der Gründung der Republik ein komplettes Religionsverbot erlassen hat", schüttelte Misaki angewidert ihren Kopf. „Wenn ihre Anhänger alle solch widerliche Schweine sind."

„Das liegt nicht an den Religionen!", behauptete Meroth. „Nicht jeder Gläubige ist ein Unmensch. Es liegt an der Macht, die Religionsführer über diese Menschen besitzen. Mit der Verbreitung von Furcht und Angst kontrollieren diese ihre braven Schäfchen und nutzen deren Gutmütigkeit aus. Diese Macht zwingt sie förmlich zu solchen Taten. Ihre Gewaltverherrlichung, der sich niemand entgegenzustellen wagt, hilft ihnen dabei."

„Klingt, als würden Sie vom Kartell reden."

„Das haben Sie gut erkannt, Misaki!", lobte Gordon die Japanerin. „Warum glauben Sie, haben die Räte sonst ihre stärkste Konkurrenz ausgeschaltet? Aber das Schlimmste am Verhalten beider Machtstrukturen ist, so etwas bezeichnet man nur zu gerne als menschlich."

„Wie kann ich eine Außerirdische werden?", fragte Lieutenant Prune völlig humorlos.

Während sie weiter am Strand entlang spazierten, sahen sie schweigend zu, wie Gaby sich im Wasser amüsierte. Wahrscheinlich war es das erste Mal, dass sie so etwas Ähnliches wie spielen erleben durfte.

„Bleibt die Frage, was wir mit ihr machen sollen", sorgte sich Dr. Akasi um die Zukunft des Mädchens.

„Ich hätte eine Idee!", gab Meroth fast flüsternd von sich. „Ich möchte Gaby gerne, soweit wie möglich, aus dem Einflussbereich der NIK oder des Kartells bringen. Auf der Erde ist sie nicht sicher. Ich habe mir gedacht, sie bei meinem Bruder auf dem Mars unterzubringen."

„Wie soll das funktionieren?", wollte Dr. Akasi Misaki wissen. „Sie können das Kind nicht einfach abschieben. Es hängt an Ihnen, wenn auch nicht ganz freiwillig!"

„Ich möchte sie nicht abschieben", erklärte Gordon weiter. „Und ich gebe zu, mein Plan hat einige Schwachstellen, die es auszubessern gilt.

Vorerst so viel!

Auf Meroth Manor arbeitet seit Jahrzehnten ein älteres Ehepaar, das bereits für meine Brüder und mich eine Art Elternersatz darstellte. Ihr könnt euch sicher vorstellen, dass vor allem mein Vater wenig Zeit für uns hatte. Und meine Mutter … lassen wir dieses Thema lieber.

Diese Leute könnten meinen Bruder als Hausangestellte auf den Mars begleiten, offiziell um ihm zu dienen, sobald er sich dort eingerichtet hat. Dabei würden sie sich auch um Gaby kümmern, eine entfernte Nichte von ihnen, deren Eltern im Gürtel arbeiteten und dort ums Leben kamen.

Die notwendigen Papiere sowie eine perfekte Hintergrundgeschichte lassen sich problemlos besorgen. Auf dem Mars könnte Gaby sich in aller Ruhe einige Jahre entwickeln, vielleicht einen Beruf erlernen, mit anderen Worten, ein völlig neues Leben finden."

„Wann wird Ihr Bruder umziehen?", fragte Misaki.

„Theoretisch in sechs Monaten!"

„So lange könnte ich Gaby in ein künstliches Koma versetzen."

„Klingt durchdacht", musste Lieutenant Prune zugestehen. „Fragt sich nur, was Gaby von dieser Idee hält."

„Was denkt ihr denn?", fragte das Mädchen, das plötzlich wie aus dem Nichts vor ihnen auftauchte.

Sie lächelte vielsagend und deutete mit beiden Zeigefingern auf ihre Ohren.

„Extrem gutes Hörvermögen! Die Augen stehen dem in nichts nach. Ebenso der Geruchsinn. Und bei den Friedensspielen würde ich nicht nur bei sämtlichen Laufwettbewerben die bestehenden Rekorde mit Leichtigkeit brechen.

Mit anderen Worten: Ihr könnt vor mir nichts verbergen und ich bin jedem menschlichen Wesen haushoch überlegen. Aber das wusstet ihr schon alles.

Ganz ehrlich! Der Mars klingt nach Spaß. Nur Ihr Bruder, Mr Meroth, ist ein Spießer. Aber wir werden uns sicher aneinander gewöhnen."

„Das klingt so ganz und gar nicht nach Veegun!", bemerkte Lieutenant Prune.

„Mein Gedanke!", wunderte sich Gordon ebenfalls.

Der Abschied von Gaby war Meroth erstaunlich leichtgefallen. Das Mädchen hatte sich, nach einem ordentlichen Abendessen, ohne jegliche Gegenwehr von Dr. Akasi ins Koma versetzen lassen. Zuvor hatte sie Gordon mehrmals versichert, seine Entscheidung für die einzig richtige zu halten, und dass sie sich schon auf ein Leben auf dem Mars freuen würde. Meroth versprach ihr, sie dort öfters zu besuchen, erhielt dafür von ihr ein Küsschen auf die Wange und das war's.

Gordon und Sandrine warteten noch, bis Dr. Akasi die Kleine ins künstliche Koma versetzt hatte, bevor sie sich begleitet von der Ärztin auf den Weg zu ihrem Shuttle machten.

„So ganz traue ich dem Frieden nicht!", bemerkte Meroth nachdenklich. „Das ging viel zu einfach. Wir übersehen etwas Wichtiges."

„Dem kann ich mich nur anschließen!", stimmte ihm seine Leibwächterin zu.

„Wir werden sehen!", gab sich Dr. Akasi optimistisch. „Im Moment kann sie jedenfalls keinen Schaden anrichten."

„Was mir zusätzlich nicht besonders gefällt ist die Tatsache, dass bereits einige Personen über Gabys wahre Identität Bescheid wissen", wies Sandrine auf diesen nicht unbedeutenden Umstand hin.

„Auf Miss Kadochi und ihre Leute können Sie sich verlassen!", versicherte ihnen Misaki.

„Was ist mit diesem fetten Kerl?", wollte Lieutenant Prune wissen, wobei sie Gordon einen bedeutsamen Blick zuwarf. „Diesem Matt Stoma!"

„Mr Stoma ist bloß ein einfacher Frachterpilot, der Hiromi irgendwie am Herzen liegt", regte sich Misaki ein wenig auf. „Ich weiß auch nicht, was sie an diesem Mann findet. Für mich ist er ein nervender Möchtegern-Frauenheld und ein Trottel", beschrieb sie den fetten Kerl genau so, wie Sandrine Prune ihn in Erinnerung hatte.

Die Soldatin hätte der Ärztin ohne Weiteres zugestimmt, wenn es da nicht dieses kleine Geheimnis, Stoma betreffend, gegeben hätte, von dem nur sie und Gordon wussten.

So nickte sie nur zustimmend.

„Da Gaby einiges an Oberweite fehlt, das ihn an sie erinnern würde, hat Stoma die Kleine wahrscheinlich längst vergessen", fügte Misaki ihrer Beschreibung von Matt hinzu. „Aber, was ist mit Ihren Leuten, Gordon?"

„Das ältere Ehepaar und mein Bruder machen keine Schwierigkeiten. Sie werden nicht einmal erfahren, dass Gaby der *Schwarze Geist* war. Ich werde Allison einweihen, sonst aber niemanden."

„Und Ihren Freund, diesen Reporter?"

„Ebenso wenig! Außerdem kümmert sich Niki gerade um eine viel bedeutsamere Geschichte, an der er sich wahrscheinlich mehr als nur die Finger verbrennen wird."

„Entschuldigen Sie, Lieutenant Prune, dass ich weiterhin an Ihrem guten Leumund zweifle", rechtfertigte Dr. Aksai vorsichtshalber ihre Frage. „Sind Sie nicht dazu verpflichtet, Ihren Vorgesetzten bei der Raumflotte über die Aktivitäten von Mr Meroth zu unterrichten?"

Bevor die Soldatin ihr eine Antwort geben konnte, meinte Gordon:

„Machen Sie sich um Sandrine keine Sorgen, Misaki. Es gibt keinen Bericht, in dem sie sich nicht über meine Sprunghaftigkeit und mein unmögliches Benehmen beschwert. Aber sie ist keine Verräterin. Das kann ich Ihnen versichern."

Diese unerwartete Wertschätzung überraschte sogar die kleine Französin selbst.

„Danke!", brachte sie verlegen über ihre Lippen.

„Wir werden uns spätestens in sechs Monaten wiedersehen", reichte Gordon Dr. Akasi zum Abschied die Hand.

Eine Geste aus fernster Vergangenheit, die der Ärztin zwar bekannt war, die sie aber selbst noch nie angewendet hatte, da sie aus einer Zeit stammte, wo Menschen sich noch davor fürchten mussten, sich über derartige Kontakte mit gefährlichen Krankheiten anzustecken. Eine Vertrautheit, die genauso außer Mode gekommen war wie das Austauschen freundschaftlicher Küsse.

Ohne zu zögern, ergriff Dr. Akasi die dargebotene Hand. Sie wusste, in Gordon einen guten Freund gewonnen zu haben, mit dem sie diese Geste gerne teilte. Und anstecken konnte sie sich dadurch bestimmt nicht mehr. Das verhinderte schon allein die

desinfizierende Nanotechnologie, die allen täglichen Gebrauchs-
gegenständen anhaftete.

Kapitel 17

Geschäfte mit Piraten

16. April 34 DNW (Der Neuen Weltordnung)

„Ich halte es immer noch für eine blöde Idee", knurrte Matt Stoma, der mehr im Pilotensitz der *Hatahata* lag als saß.

In seiner pastellblauen und völlig zerknitterte Uniform erinnerte er Kadochi Hiromi an einen dieser stinkenden Müllsäcke, die vor über hundert Jahren die Straßen der Großstädte säumten. Zum Glück besaß ihr Findelkind aus der Zukunft einen angenehmeren Körpergeruch. Selbst in jenen Momenten, wenn seine übermäßige Körperfülle ihm zu schaffen machte, was eigentlich ziemlich oft vorkam.

Das Frachtschiff von Kadochi Enterprises war im Zielsektor seiner Reise aus dem Gunarraum zurück ins Standard-Universum gestürzt. Irgendwo im Asteroiden-Gürtel zwischen den Umlaufbahnen von Mars und Jupiter.

Kurz darauf hatte Hiromi das Quartier der Frachtbegleiter verlassen, indem Stoma sie und ihren Leibwächter für die Dauer des Fluges untergebracht hatte. Sie hatte angenommen, damit sie ihn nicht von seiner Arbeit ablenken würde. Beim Betreten des Cockpits erkannte sie jedoch den wahren Grund für Stomas angebliche Fürsorglichkeit. Dieser beengte Teil des Frachters der Jedon-Klasse verdiente, wie sonst üblich bei diesem Schiffstyp, die Bezeichnung Brücke tatsächlich nicht.

„Noch könnten wir das Treffen mit Mackay absagen!", nervte Stoma die Direktorin von Kadochi Enterprises weiter.

Sie bemerkte, wie die beiden anderen Besatzungsmitglieder im Cockpit der *Hatahata* angestrengt taten, als würden sie wichtige Aufgaben erledigen.

Hiromi schmunzelte.

Japaner verhielten sich seit jeher in der Gegenwart ihrer Vorgesetzten immer etwas eigenartig. Selbst Stomas eher legerer Umgang mit seinen Untergebenen hatte daran nichts geändert, was Hiromi erfreut zu Kenntnis nahm. Mehrere Exemplare der Gattung Stoma hätte sie in ihrer unmittelbaren Umgebung nämlich nicht verkraftet.

„Außerdem ist dieses Piratennest für eine Dame deines Stands kein Ort, um Geschäfte zu machen", nörgelte Matt weiter. „Und auf diesen Mackay …"

„… auf diesen Mackay bin ich schon sehr gespannt", unterbrach ihn Hiromi, die direkt hinter ihm stand. „Was mir so über ihn berichtet wurde …"

„Aber die Berichte, die du gelesen hast, stammten alle von mir und …"

„… und du hast kein einziges gutes Haar an dem armen Mann gelassen. Allein schon aus diesem Grund muss Mackay ein netter Kerl sein. Im Gegensatz dazu stehen deine Beschreibungen von Tortuga. Denen zufolge muss dieser … Ort seinen Bewohnern einen modernen und sauberen Unterschlupf bieten, was man von den meisten Bergwerkskolonien der Minengesellschaften im Gürtel nicht behaupten kann."

„Dennoch, die Gefahr, einem Kriegsschiff der Republik oder einem Schiff der CPU in die Hände zu fallen, ist …"

„… ist ziemlich gering", widersprach die ein Meter siebzig große Frau mit den, für ihren sportlichen Körperbau, überzeugenden weiblichen Rundungen dem Piloten. „Es reicht jetzt, Matt! Ich weiß, was ich tue. Behalte du lieber deine Navigationskonsole im Auge. Da blinkt bereits seit ein paar Sekunden eine Anzeige auf."

„Der Annäherungsalarm!", schreckte Stoma hoch. „Verdammt! Da haben wir die Scheiße! Sag nachher nicht, ich hätte dich nicht gewarnt."

„Zwei Jäger der Alandra-Klasse nähern sich uns", meldete der Co-Pilot Akeno Higa eifrig, der das blinkende Warnlicht auf seiner Konsole ebenso wenig bemerkt hatte.

Hiromi fragte sich, ob allein ihre Präsenz im Cockpit der Grund für die Unaufmerksamkeit der Piloten war. Wäre dem nicht so, müsste sie sich ernsthaft Gedanken um die Professionalität ihrer Frachter-Crews machen.

„Die Jäger senden keine automatische Kennung!", stellte Stoma erleichtert fest. „Also handelt es sich nicht um Einheiten der Republic Space Force oder der Republic Police. Höchstwahrscheinlich sind es Piraten."

„Ein Geleitschutz!", vermutete Hiromi völlig entspannt. „Eine nette Geste von Mackay! Findest du nicht?"

Stomas Antwort bestand aus einem unverständlichen Brummen.

Wenige Sekunden später bestätigte ein Funkspruch der sich nähernden Jäger Hiromis Annahme. Die *Hatahata* wurde freundlich aufgefordert, den kleinen Schiffen zu folgen.

„Na dann wollen wir mal!", änderte Stoma den Kurs nur geringfügig.

„Sie haben sich ein größeres Büro zugelegt!", schaute sich Stoma neugierig in dem technisch hochmodern eingerichteten Raum um. „Kommt mir eher vor wie eine kleine Kommandozentrale. Möchten wohl Eindruck bei Ihren Kumpels schinden, Josh!"

„Sie haben mich voll durchschaut, Matt!", lächelte Mackay und ließ seine Gäste an einem ovalen Tisch Platz nehmen.

Anko Daisuke blieb, mit der Hand am Griff seines Schwertes, hinter Hiromi stehen.

„Das war ich Ihnen schuldig!", klopfte Josh dem übergewichtigen Mann kameradschaftlich auf die Schulter, wobei er der attraktiven Japanerin flüchtig zuzwinkerte. „Ihr letzter Besuch hat mich davon überzeugt, ein paar umfangreiche Änderungen auf Tortuga vorzunehmen."

„Gesponsort durch Überfälle auf harmlose Frachter, nehme ich an", missbilligte Stoma weiterhin die Geschäfte von Mackays Bande. „Ihre Piraten haben es letzte Woche sogar in die Holo-Nachrichten von The Voice geschafft."

„Jemand muss sich halt um die notleidenden Gürtler kümmern", verteidigte der bärtiger Mike Burner die Überfälle auf die irdischen Frachtschiffe. „Euch Erdlinge interessieren nur die Profite, die von den Minengesellschaften eingefahren werden. Vom Elend der Menschen, die hier im Gürtel leben, will auf der Erde niemand etwas hören. Ich möchte nur mal auf die sklavereiähnlichen Arbeitsbedingungen in den Minen, die unverschämten Einfuhrzölle der Republik auf Arzneien, Wasser und Lebensmittel oder das widerliche Fehlverhalten der Beamten der Republic Police hinweisen."

„Ich kann Ihnen versichern, Mr Burner", widersprach Hiromi dem Piraten, „wenn uns nichts am Schicksal der Gürtler liegen würde, wären wir nicht hier."

„Es gibt keinen Grund, sich zu streiten!", hielt Mackay seinen Stellvertreter, dem er eigentlich nur beipflichten konnte, zurück. „Wir sind doch alle Freunde, die gemeinsam daran arbeiten wollen, die unmöglichen Zustände im Gürtel zu ändern."

„Davon muss ich erst überzeugt werden!", ließ sich Burner nicht von seiner kritischen Einstellung abbringen.

„Das würde ich gerne tun!", unterstrich Kadochi Hiromi ihre Sympathie mit den Piraten und schob Mackay ein flaches Pad zu. „Die Frachtliste der *Hatahata*!"

Josh warf einen Blick auf den Warenindex und reichte das Gerät weiter an Burner.

„Beeindruckend!", musste dieser anerkennen. „Und was verlangen Sie dafür?", fragte er misstrauisch. „Unsere Ergebenheit? Mit Credits können wir Ihnen nämlich nicht dienen."

„Sehen Sie die Waren als ein Geschenk an", bot ihm Hiromi eine weitere Möglichkeit an.

„Quidquid id est, timeo Danaos et dona ferentes!", grinste Mike Burner sie spöttisch an.

Josh blickte seinen Stellvertreter überrascht an.

Stoma machte zu dem Spruch in einer ihm völlig unverständlichen Sprache nur ein bedeppertes Gesicht. Er fragte sich, warum die in seinen Gehörgängen lebenden sagorischen Dolmetscher-Raupen ihm keine Übersetzung lieferten. Sonst arbeiteten diese Schmarotzer doch stets zuverlässig.

„Was es auch ist, ich fürchte die Danaer, auch dann, wenn sie Geschenke bringen", übersetzte Hiromi sinngemäß Mikes Worte. „Auch mir ist die Aeneis bekannt, Mr Burner. Übrigens, Ihr Vergleich hinkt. Ich bin Japanerin, keine Griechin, bin jedoch überrascht, dass Vergils antikes Werk es bis in den Gürtel geschafft hat."

„Nicht jeder, den es hierher verschlagen hat", behauptete Burner mit versteinerter Miene, „entstammt dem Abschaum der irdischen Metropolen, wie es die irdische Regierung und ihre Schergen so gerne mit ihren sonstigen Lügen verbreiteten."

„Wer sind die Danaer?", fragte Matt völlig verwirrt.

„Als solche bezeichnete der alte Homer seine Griechen!", antwortete ihm Mackay, womit er seine literarischen Kenntnisse ebenfalls unter Beweis stellte.

„Und wer war Homer?"

Stoma blickte nicht mehr durch.

Er erinnerte sich wieder an einen Kneipenbesuch im Umfeld von Kelso, wo ihn jemand mal mit einem gewissen Homer Simpson verglichen hatte. Einem Namen, mit dem Matt auch nichts hatte anfangen können. Handelte es sich womöglich um denselben Homer?

„Heben wir uns dieses reflektierende Thema für ein gemütlichen Abend samt Buchbesprechung auf", schlug Hiromi vor. „Kehren wir lieber wieder zum eigentlichen Grund unseres Treffen zurück."

„Eine gute Idee!", stimmte Josh Mackay ihr zu. „Matt hat mir bei seinem ersten Besuch auf Tortuga schon ..."

Ein schriller Alarmton unterbrach den Anführer der Piraten.

Burner sprang von seinem Stuhl hoch und eilte zu einer der Wandkonsolen. Mackay folgt ihm und bemerkte aus den Augenwinkeln heraus, wie Anko Daisuke nach seinem Katana griff, das Schwert aus der Scheide zog und sich schützend vor Hiromi aufbaute. Stoma hingegen blieb regungslos auf seinem Stuhl sitzen und schenkte dem Alarm keinerlei Bedeutung.

„Was ist los?", fragte Mackay seinen Stellvertreter, der sich in den Funkverkehr der Piratenbasis eingeklinkt hatte.

„Penny kehrt von ihrer Mission zurück!", antwortete Burner aufgeregt. „Ihr Schiff wurde bei einem Gefecht mit der CPU beschädigt. Acht der zwölf Antigrav-Projektoren der *Liberty* sind ausgefallen. Die Andruckabsorber hat es ebenfalls erwischt."

„Das gibt eine harte Landung!", meldete sich Stoma mit seinem Fachwissen gelangweilt zu Wort. „Ich hoffe, Mackay, Ihr Laden ist gut versichert. Und wehe, Ihr alter Piratenkahn beschädigt meine *Hatahata*."

„Halt den Mund, Matt!", zischte Hiromi ihn böse an.

„Ich meine ja nur!", erwiderte Stoma, sah Ankos grimmigen Blick und hielt es für vernünftiger zu schweigen.

„Wird das Schiff verfolgt?", sorgte sich Mackay um die Sicherheit von Tortuga.

„Penny glaubt nicht, aber man kann nie wissen. Darum wurde der Alarm ausgelöst. Sobald die *Liberty* sicher gelandet ist, wird Tortuga runtergefahren."

„Gut!", nickte Mackay zufrieden darüber, dass er sich auf seine Leute verlassen konnte.

Auch ohne seine persönliche Präsenz oder seine direkten Befehle agierten die ehemaligen Minenarbeiter inzwischen wie ein eingespieltes Team, das es zweifellos mit einem republikanischen Pendant hätte aufnehmen können. Vor ein paar Jahren hätte ein solcher Zwischenfall noch in einer Katastrophe geendet.

Anko Daisuke

„Bitte entschuldigen Sie mich, Miss Kadochi!", wandte er sich an Hiromi. „Ich möchte gerne dabei sein, wenn die *Liberty* eintrifft."

„Natürlich!", erwiderte die schwarzhaarige Geschäftsfrau, die einen grauen Hosenanzug trug, verständnisvoll. „Dürfen wir Sie begleiten?"

Mackay wechselte einen Blick mit Burner. Der 41-Jährige zuckte nur mit den Schultern.

„Selbstverständlich!", gestattete Josh und sah sich kurz den Neo-Samurai an ihrer Seite an. „Um Ihre Sicherheit brauche ich mir schließlich keine Sorgen zu machen. Und Matt schlägt sich schon durch."

„Ich bin still! Ich bin still!", gab Stoma nur beleidigt von sich, schloss sich ihnen aber an. Er hatte es bloß nicht so eilig.

„Sie kommt!", schrie eine Wartungsarbeiterin in einem der typisch gelben Overalls ungeduldig auf.

Der beschädigte Frachter der Jedon-Klasse stieß in Schräglage durch den hellblau aufflackernden Schmiegeschirm, der dafür sorgte, dass die Luft nicht aus dem Hangar entwich. Hiromi entdeckte einige ungewöhnliche Anbauten an der weißen Hülle des Schiffes. Und vor der oberen Frachtluke war nachträglich ein Impulsgeschütz installiert worden.

Vier große Traktorstrahl-Projektoren, die im Boden außerhalb der Piratenbasis verankert worden waren, schoben die *Liberty* in den Hangar hinein.

„Das Schiff kommt zu schnell rein!", verfolgte Stoma mit störrischer Ruhe von der Empore oberhalb des Landefeldes aus das waghalsige Manöver.

Das hatte das Hangar-Personal ebenfalls erkannt.

Die Antigrav-Projektoren im Inneren des Hangars leisteten hörbar Schwerstarbeit. Sie versuchten das Schiff abzubremsen und es sanft auf dem Boden abzustellen. Letzteres gelang nicht ganz und die angeschlagene *Liberty* plumpste auf die schwarz glänzenden Sagorstahlplatten des Landefeldes hinab.

„Halb so wild!", kommentierte Stoma die unsanfte Landung eher teilnahmslos. „Nur ein paar Schrammen abbekommen. Lässt sich alles reparieren!"

„Es erweckt den Anschein, Matt, als hätten Sie Ähnliches bereits erlebt", bemerkte Mike Burner, den Stoma bereits bei seinem ersten Besuch auf Tortuga in der einzigen, namenlosen Kneipe auf dem Asteroiden kennengelernt hatte.

„Sie haben ja keine Ahnung, mein Bester!", baute Matt sich wichtigtuerisch und mit geschwollener Brust vor Burner auf, während Josh Mackay über eine Notleiter hinab in den Hangar stieg. „In den Jahren bei den Rebellen … Aua!"

Ein kräftiger, schmerzlicher Stoß in die Rippen brachte ihn zum Schweigen.

„He, was soll das?", regte sich Stoma über Hiromis Ellenbogencheck auf.

„Welche Rebellen?", wunderte sich Burner.

„Fragen Sie erst gar nicht", versuchte Hiromi wie schon so oft Matts fahrlässiges Geplapper abzuwerten. „Mr Stoma ist ein Freund von fantasievollen Geschichten, in denen er gerne den Helden spielt. Nachdem er von Kadochi Enterprises eingestellt worden war, berichtete er seinen Kameraden im Suff von einem interstellaren Krieg, an dem er einst teilgenommen hatte. Er ist zwar ein guter Pilot, aber ein völlig verrückter Kerl."

„Hört sich so an!", gab Burner vor, ihre Erklärung zu akzeptieren.

Er vermutete jedoch, dass hinter Stomas unsinnigem Gerede mehr steckte, als es den Anschein erweckte. Burner hielt Matts ganzes Getue für Show. Stoma war nicht die Person, die er vorgab zu sein. Seltsamerweise hielt er ihn aber nicht für jemanden, der eine Gefahr für die Piraten oder die Gürtler darstellte.

„Wow!", lenkte Matt mit einem begeisterten Aufschrei alle von seinem verbalen Ausrutscher ab. „Was für eine Granate!"

Aufgeregt zeigte er mit dem Finger auf eine hochgewachsene gut proportierte Frau mit einer platinblonden, fünf Zentimeter hohen Irokesenfrisur, die leicht taumelnd aus der Backbordschleuse der *Liberty* trat.

„Wer ist das?", wollte er unbedingt wissen.

Da Mike ihm nicht sofort eine Antwort gab, ergriff Stoma die Eigeninitiative, rutschte mit einer Eleganz, die ihm niemand zugetraut hätte, an der Notleiter hinab ins Hangar und erreichte die athletische Frau mit den attraktiven weiblichen Rundungen noch vor Mackay.

„Sind Sie die Pilotin der *Liberty*?", fragte er, ohne eine Antwort zu erwarten. „Eine prächtige Landung, die Sie da hingelegt haben. Darf ich Sie heute Abend zum Essen ausführen?"

Die Frau schubste ihn beiseite und wandte sich Mackay zu.

„Wer ist dieser Fettsack?"

„Ein Gast, der Miss Kadochi begleitet!", klärte Josh sie auf.

„Sie ist tatsächlich gekommen. Hätte ich nicht gedacht. Auf den Holo-Aufnahmen wirkt sie immer so zerbrechlich. Als würde sie den ganzen Tag über nur im Büro sitzen und sich maniküren lassen."

„Was ist passiert, Penny?", stellte Mackay endlich die weitaus gravierendere Frage.

„Die CPU hat uns aufgelauert!", antwortete Penny Perrine und deutete mit ihrem Kopf auf Stoma. „Aber lass uns das in einer etwas privateren Umgebung besprechen. Hier gibt es zu viele neugierige Ohren."

Es kostete Mackay einige Mühe, Penny davon zu überzeugen, Kadochi Hiromi und ihren Anhang an der Einsatzbesprechung in seinem neuem Büro teilnehmen zu lassen. Die auf dem Asteroiden Bamberga geborene Frau hatte ihre ganz persönlichen und meist negativen Erfahrungen mit Erdlingen von Hiromis Format gemacht. Erst als Josh ihr das Pad mit der Gratiswarenlieferung von

Kadochi Enterprises vorlegte, gab Penny ihre ablehnende Haltung zunächst auf.

„Zuerst verlief alles ganz normal", begann sie ihren ausführlichen Bericht. „Die *Liberty* lauerte im Ortungsschatten eines Asteroiden auf ihre Beute, einen vollgeladenen Talwenium-Frachter der Chang Shipping auf dem Rückweg zur Erde. Das Schiff der Kyron-Klasse schien es nicht eilig zu haben. Es kroch förmlich an uns vorbei. Das hätte mich bereits stutzig machen müssen. Kein vernünftiger Frachterkapitän hält sich gerne länger als nötig im Gürtel auf."

„Da hat sie Recht!", stimmte Stoma mit verklärten Augen der 30-jährigen Frau unnötigerweise zu.

Penny hatte sich inzwischen ihrer olivbraunen Lederjacke entledigt und Matts Blick haftete nicht auf ihrem anziehenden Gesicht, sondern deutlich tiefer.

Perrine ignorierte seinen Zwischenruf ebenso wie sein anstößiges Glotzen.

„Ich schickte unsere beiden Begleitjäger los, die den Raumer mit ein paar Warnschüssen zum Halten aufforderten. Wobei wie geplant mit einem gezielten Schuss seine Gunar-Funkeinheit zerstört wurde.

Vorsichtig näherten wir uns über Kopf mit der *Liberty* dem Chang-Schiff und öffneten unsere Frachtraumtore. Gleichzeitig verlangte ich von unseren wehrlosen Opfern, keinen Widerstand zu leisten.

Da wir von unserer Kontaktperson auf Bamberga über die Ladung des Schiffes unterrichtet worden waren, brauchten wir seine Talwenium-Kristalle nur mit Hilfe unserer Antigrav-Projektoren hinüber in die *Liberty* zu ziehen. Ein einfacher Job, den wir in Rekordzeit erledigten. Noch ein paar Warnschüsse vor den Bug des Frachters und wir machten uns aus dem Staub."

„Klingt nach sauberer Arbeit!", lobte Mike Burner die Gürtlerin, die erst vor ein paar Tagen seinen ehemaligen Job übernommen hatte.

„War es auch!", urteilte Penny ebenfalls. „Die Mannschaft der *Liberty* verdient zweifellos einen Bonus, Mackay!"

Josh nickte zustimmend.

„Bitte fahre fort!", forderte er Penny auf.

„Nun gut! Zufrieden machten wir uns auf den Heimweg, den gesamten Frachtraum voller Talwenium-Kristalle, die wir bei der Alten gegen lebenswichtigere Waren für die Gürtler eintauschen könnten."

„Bei der Alten?", horchte Kadochi Hiromi neugierig auf.

Burner warf Penny einen warnenden Blick zu.

Mackay meinte nur:

„Eine weitere Unterstützerin, deren Name, wie auch der Ihre, Miss Kadochi, nicht überall ausposaunt werden sollte. Das verstehen Sie sicher!"

„Nur zu gut!", stimmte Hiromi ihm zu.

Trotzdem war ihre Neugier geweckt worden. Und so viele ältere Geschäftsfrauen, die in der Lage gewesen wären, den Piraten zu helfen, gab es nicht. Ein Name, der in den letzten Wochen öfters in der sehr aktiven Geschäftswelt gefallen war und Hiromi gleich in den Kopf schoss, lautete Colleen Taylor-Whitesand. Ein sehr interessanter Gedanke, wie sie fand, bevor sie ihre Aufmerksamkeit wieder auf Pennys Bericht lenkte.

„Wir hatten bereits die Hälfte der Strecke hinter uns gebracht, als das Schiff der Crystal Police Unit auftauchte. Die *Hunter*, ein Aufklärer der Fargan-Klasse, keine militärische Bewaffnungsstärke, aber auch nicht zu unterschätzen."

„Besaß dieses Schiff eine Kennnummer?", wollte Burner wissen.

„Eine 04!", antwortete Penny. „Warum?"

„Weil das bedeutet, dass der Crystal Police Unit ein ganzes Geschwader von sieben Aufklärern zur Verfügung steht", erklärte der Amerikaner. „Nächstes Mal werden sie es uns nicht mehr so leicht machen."

„Leicht?", verteidigte Penny die Leistung der Mannschaft der *Liberty*. „So einfach war das gar nicht! Unsere Jäger versuchten uns so gut wie möglich zu beschützen, doch ihre schwachen Waffen konnten dem Schutzschirm des CPU-Schiffs nichts anhaben. Auch das Geschütz der *Liberty* war machtlos. Wir wurden mehrmals schwer getroffen, bevor wir in ein dichtes Asteroidenfeld hineinflogen, was uns aber nicht viel nutzte, da der CPU-Aufklärer um einiges wendiger war als unser Schiff.

Da kam uns der Zufall zu Hilfe!

Die Positronik der *Liberty* warnte uns gerade noch rechtzeitig vor einem hefigen Zusammenstoß zweier größerer Gesteinsbrocken. Wir konnten dem Gefahrenradius entkommen, während das CPU-Schiff mitten hineinflog.

Unsere Jäger nutzten die sich ihnen bietende Gelegenheit, beschossen den Gegner mit allem, was ihnen zur Verfügung stand, und überlasteten so dessen Schutzschirm. Der Aufklärer wurde von mehreren Fragmenten der kollidierten Asteroiden getroffen und schwer beschädigt.

So gelang es uns zu entkommen!"

„Noch einmal Glück gehabt!", kommentierte Stoma lapidar die Geschichte der Gürtlerin. „Es wäre auch schade gewesen, wenn eine Frau Ihres Kalibers bei solch einem waghalsigen Unternehmen in Gefangenschaft geraten wäre. Oder, schlimmer noch, ihr Leben verloren hätte. Josh, Sie müssen unbedingt besser für die Sicherheit Ihrer Leute sorgen."

„Liefern Sie uns schwere Impulswaffen und wir werden sehen, was sich machen lässt", antwortete Mike Burner anstelle seines Chefs.

„Das würde nur zu einer ständigen Aufrüstung beider Parteien führen und den Gürtel in einen Kriegsschauplatz verwandeln", gab Hiromi zu bedenken.

„Was ich unbedingt vermeiden möchte", schloss sich Josh Mackay ihr sofort an. „Hier kommt Ihr Projekt First ins Spiel, Miss Kadochi.

Ich habe sehr gründlich darüber nachgedacht, welche Möglichkeiten sich für die Gürtler aus einer Zusammenarbeit mit Ihnen ergeben würden. Ich kam zu dem Entschluss, Sie bei Ihrem Vorhaben zu unterstützen. Hauptsächlich in Form von Arbeitskräften. Weiteres wird sich finden."

„Bedenken Sie jedoch, unter welch schwierigen Bedingungen diese Menschen anfangs arbeiten müssten", erinnerte die Direktorin von Kadochi Enterprises das Piratenoberhaupt. „Einfach wird es nicht werden!"

„Ob unter Wasser oder auf atmosphärlosen Asteroiden, Gürtler sind hart im Nehmen", vertraute Mackay auf den Willen dieser Menschen, für ein besseres Leben einiges in Kauf zu nehmen. „Außerdem werden Ihre provisorischen Unterkünfte sowie die Verpflegung eindeutig besser sein als alles, was die kapitalistischen Minengesellschaften zur Verfügung stellen. Ganz abgesehen von den Zukunftsmöglichkeiten, die Sie den Gürtlern und ihren Familien bieten können."

„Wovon redet ihr?", fragte Penny interessiert.

„Vom Anfang einer Möglichkeit, die Welt zu verändern", antwortete Mackay für Hiromi ein wenig zu schwärmerisch.

Die weiteren Gespräche zwischen Kadochi Hiromi und Josh Mackay fanden unter vier Augen statt. Selbst Anko Daisuke erhielt den Befehl, sich auf Tortuga die Beine zu vertreten, wobei er ausdrücklich auf Stoma als Tourguide verzichtete.

Um schnellstens über diese Enttäuschung hinwegzukommen, schloss Matt sich Mike Burner an, der ihn zu einen Drink in der kleinen Bar von Tortuga einlud. Von einigen der Kneipenbesucher wurde Stoma wiedererkannt und herzlich begrüßt, was er nach seiner kleinen Spende vom letzten Mal natürlich erwartet hatte.

„Gibt es hier schon das neue Coral-Bier?", fragte er Bill, den Mann hinter dem Tresen.

„Hä? Nie von diesem Zeug gehört!", antwortete der schwer beschäftigte Wirt.

„Schade! Wenn ich das nächste Mal vorbeikomme, bringe ich euch einen Container davon mit", versprach er gönnerhaft. „Geiles Zeug!"

Der Wirt blickte die beiden neuen Besucher abwartend an.

„Dann eben zwei Piraten-Bier!"

„Kommen sofort!", kam der Wirt Matts Wunsch nach.

„Wie geht es eigentlich der kleinen Dublin?", erkundigte sich Stoma nach der CPU-Polizistin, die seit ihrer Enttarnung als Under-cover-Agentin durch die Piraten auf Tortuga festgehalten wurde. „Ist sie immer noch so überzeugt von ihren republikanischen An-sichten?"

„Wir mussten sie leider einsperren!", erzählte ihm Mike, nach-dem sie ihr Bier erhalten und sich zugeprostet hatten. „Sie konnte es einfach nicht lassen, ständig irgendetwas kaputt zu machen. Eine richtige Saboteurin, das junge Ding. Sie hat sogar versucht, sich Zutrifft zu unserem Funkraum zu verschaffen. Aber Matt, Sie wollten uns doch eine Arznei mitbringen, die Springlove von ihrer angezüchteten Treue zur Republik befreien könnte."

„Ich würde es eher als eine Kräutermischung bezeichnen!", erwiderte Stoma. „Schließlich handelt es sich um einen Cocktail aus natürlichen Zutaten, die von Kadochi Enterprises genetisch etwas aufgepeppt wurden. Hiromis mürrischer Leibwächter hatte die Idee dazu. Angeblich benutzten die alten japanischen Samu-rai-Krieger solche Mittel schon, um sich gegen die Beeinflussung durch Drogen zu schützen. Gehörte damals im alten Japan zur mo-dernen Kriegsführung."

„Aha!", ließ Burner seiner mäßigen Begeisterung über Stomas Geschichte freien Lauf. „Haben Sie das Zeug nun bei sich oder nicht?"

„In meiner Hosentasche!", klopfte sich Soma bedeutungsvoll auf seinen rechten Oberschenkel.

„Austrinken und mitkommen!", forderte Mike ihn auf. „Vor uns liegt Arbeit!"

Dem ersten Teil der Aufforderung kam Matt nur allzu gerne nach.

„Aber ich hatte noch keinen Space-Dog!", beschwerte er sich.

Burner packte ihn am Arm und zerrte ihn mit sich.

„Früher war die Gastfreundlichkeit in diesem Laden erheblich besser", maulte er weiter. „Übrigens, Bill!", rief er dem Wirt vom

Ausgang her noch zu. „Die Bar braucht dringend einen Namen. Wie wär's mit *Astro-Matt?*"

„Das nennt ihr eine Gefängniszelle?"

Stoma hatte ein heruntergekommenes Verlies in einem Teil des Asteroiden erwartet, der noch seinen natürlichen Ursprung besaß. Ein paar verrostete Gitter davor, ein halbes, leeres Fass aus farbigem Kunststoff für die Notdurft und ein morsches Holzbett zum Ausruhen.

„Auf Tortuga gibt es keine Gefängniszellen", erläuterte ihm Mike die Philosophie der Piraten. „Wir möchten keine Menschen einsperren. Springlove bildet da eine Ausnahme!"

„Toll, ihr seid Freibeuter mit einer edlen Ideologie!", witzelte Stoma und betätigte den Summer der Kabinentür, in der Springlove Dublin seit ein paar Tagen verweilen musste.

„Lasst mich in Ruhe!", ertönte die Stimme der Polizistin aus der Sprechanlage.

„Hier spricht Burner. Bei mir ist Matt Stoma, der dich gerne sehen möchte."

„Stoma! Sag dem fetten Perversling, er soll mich in Ruhe lassen."

„Springlove!", versuchte es Matt selbst. „Ich bin gekommen, um dir zu helfen, dich zu retten!"

„Bringst du mich von hier fort?", erkundigte sie sich hoffnungsvoll.

„Später vielleicht! Erst einmal musst du geheilt werden!"

„Geheilt? Wovon? Ich bin nicht krank!"

„Nein, nur verwirrt!"

„Das Einzige, das mich verwirrt, ist dein dummes Gequatsche, Stoma!"

„Ich spreche von der Indoktrinierung während deiner Ausbildung."

„Ich war Jahrgangsbeste! Ich habe an der Polizei-Akademie keine Fehler gemacht!"

„Das stimmt! Du hast stets getan, was deine Ausbilder von dir verlangt haben! Aber deine Lehrer haben Fehler gemacht!"

Schweigen!

„Wir kommen jetzt rein!", warnte Mike Burner die Undercover-Agentin vor und entsperrte die automatische Tür, die sich augenblicklich öffnete.

Eine Blumenvase samt buntem künstlichen Inhalt kam den beiden Männern entgegengeflogen. Mike duckte sich rechtzeitig. Das Gefäß schoss an ihm vorbei und traf Matt voll ins Gesicht. Das Resultat war eine leicht blutende Nase.

„Au! Verdammt! Was soll das?"

Auch dem zweiten Geschoss, einem Pad, konnte Stoma nicht ausweichen. Es traf ihn an der Stirn und hinterließ eine leichte Schramme.

„Nun werde ich aber böse!", stürmte Stoma an Mike vorbei auf die überraschende Springlove zu. „Mach den Mund auf!", schrie er sie an.

Ob Dublin ihm nun gehorchte oder aus Empörung ihren Mund aufriss, war ihm egal. Bevor sie reagieren konnte, hatte er ihr bereits die sich sofort auflösende Pille in den Mund gesteckt.

„Was war das?", versuchte die CPU-Agentin die Arznei vergeblich auszuspucken. „Willst du mich vergiften?"

„Warum sollte ich so etwas Dummes tun?", fragte Stoma erstaunt. „Wir haben ja noch ein Date vor uns!"

„Ich bin plötzlich so müde!", fuhr sich Dublin mit der Hand an den Kopf.

„Schlaf wird dir guttun!", fing Stoma die taumelnde Frau auf, trug sie hinüber in den Schlaftrakt ihres Quartiers und legte sie aufs Bett.

„Das war's schon?", wunderte sich Burner.

„Gewiss nicht!", antwortete Stoma. „Das war nur die Vorbereitung."

Ein weiteres Mal griff er in seine Hosentasche und kramte ein grünes Pflaster hervor.

„Durch die kleine Pille wird Dublin die nächsten beiden Tage friedlich schlafen. Dieses Ding klebe ich ihr in den Nacken, wo seine Wirkstoffe nach und nach in ihr Nervensystem eindringen und sich in den nächsten achtundvierzig Stunden verbreiten. Danach wird sich zeigen, ob das Kräutergemisch seinen Zweck erfüllt und wir Springlove von der schädlichen, durch chemische Substanzen unterstützte Gedankenmanipulation der Republik befreien können."

„Die aber nicht immer wirkt, wie man an mir sieht!", vermutete Burner.

„Sie haben dieses Programm der Regierung gar nicht mit gemacht", klärte Stoma ihn kopfschüttelnd auf. „Erst ab dem Jahre 14 DNW verlangte das Kartell nach solchen Erziehungsmethoden, die zum Glück immer noch nicht ausgereift sind.

Springlove gehörte zu den ersten Probanden, was die Möglichkeit einer Heilung deutlich erhöht. Kinder, die nach 22 DNW geboren sind, werden wir mit diesem Mittelchen nicht so leicht helfen können. Und wenn erst die neuen Projekte des Kartells für die Aufzucht von Menschen anlaufen, sind wir sowieso geliefert."

„Mann, wovon reden Sie?", wollte Burner wissen.

Stomas rätselhafte Andeutungen gingen ihm langsam auf den Geist.

„Von einer Zukunft der Menschheit, die wir nicht verhindern können!", schmetterte Matt ihm sein Wissen entgegen.

„Wer sagt das?"

„Ich!", ging Stoma davon und ließ den verwirrten Piraten mit seinen Fragen zurück.

Kapitel 18

Schatten von morgen

17. April 34 DNW (Der Neuen Weltordnung)

„Mist!", fluchte Detective Inspector Kinina Armandez und beendete verärgert die Gunarfunkverbindung zur *Hunter-04*.

Die ehrgeizige Leiterin der noch jungen Crystal Police Unit fuhr aus ihrem Bürosessel hoch. Sie schritt hinüber zum großen Wandschirm, der nach ihrem Gespräch mit dem Captain des Aufklärers wieder als Fensterersatz diente. Nachdenklich betrachtete sie das Livebild der Erde, das ihr aus der Sicht der orbitalen Raumstation *Defender One* angeboten wurde.

Der CPU unterlag die Aufgabe, die zunehmenden Überfälle der Gürtelpiraten auf Talwenium-Frachter zu unterbinden. Am Anfang war alles vielversprechend gestartet. Die Undercover-Agentin Springlove Dublin hatte schnell Kontakt zu den Piraten hergestellt. Ob dies Zufall gewesen war oder an Springloves besonderem Geschick lag, war für Armandez nicht entscheidend. Für sie zählte nur der Erfolg.

In diesem Zusammenhang enttarnte D. I. Armandez eine Kollaborateurin der Piraten an Bord der *Chromit*, auf der ihre Agentin als Frachtbegleiterin im Einsatz gewesen war. Armandez verzichtete darauf, Kathy Bell, die irische Co-Pilotin des Talwenium-Frachters, zu entlarven, ließ sie jedoch von einer weiteren Agentin beschatten. Dies, obwohl dem Schiff, wie allen Frachtern der Taylor Cooperation, eine neue Flugroute zugewiesen worden war. Der Grund für ihre Entscheidung lag darin, dass sie Colleen Taylor-Whitesand, der Leiterin dieses Unternehmens, misstraute.

Seit Anfang April war der Kontakt zu Springlove abgebrochen. Aufgeben tat die Inspektorin sie nicht. Vielleicht brauchte das vermeintliche Wunderkind der Republic Police bloß mehr Zeit.

Die letzten Nachrichten aus dem Gürtel waren hingegen allesamt ernüchternd. Um den anfänglichen Erfolg der CPU fortzusetzen, plante Armandez, den Piraten eine Falle zu stellen. Dafür benötigte sie jedoch einen weiteren Talwenium-Frachter.

Da auf Anordnung der Erdregierung seit ein paar Tagen nur noch die Taylor Cooperation für den Abbau des wertvollen Kristalls zuständig war, geriet Armandez in eine Zwickmühle. Was sich noch verschlimmerte, als ein Teil der Talwenium-Sparte der Taylor Cooperation kurzerhand von Meroth Industries übernommen wurde.

Solche unerwarteten Geschäftstransaktionen weckten meistens das Interesse des Kartells und sorgten für interne Untersuchungen bei den betreffenden Firmen.

Diesmal blieb beides aus. Niemand muckte auf. Selbst nicht die Konkurrenz.

Sogar die strenge Weltwirtschaftsagentur schien dieses eher ungewöhnliche Geschäft nicht zu stören. Warum sollte es auch? Durch den Lebenspakt zwischen Edward Meroth und Tiffany Taylor, den Kindern der beiden Großkonzernbesitzer, blieb schließlich alles innerhalb der Familie.

Armandez benötigte daher für ihre Falle einen Köder, der nicht sofort die Meroths oder Taylors auf den Plan rufen würde. Sie fand einen Frachter der Chang-Shipping, die laut laufenden Verträgen noch ein halbes Dutzend Talwenium-Transporte absolvieren durfte, bevor sie von diesen lukrativen Fuhren ausgeschlossen wurde.

Die Vorbereitungen liefen perfekt und der Lockvogel erfüllte seinen Zweck. Doch dann ging alles schief und eine schwer beschädigte *Hunter-04* humpelte nun mit minimaler Geschwindigkeit zu einer der lunaren Reparaturwerften zurück.

Der gedehnte Rufton ihrer Büropositronik riss Armandez aus ihren Gedanken.

„Ja?"

„Mrs Taylor-Whitesand wünscht Sie zu sprechen, Mme!", meldete eine androgyne Stimme.

Armandez fluchte innerlich ein weiteres Mal.

„Wann?"

„Mrs Taylor erwartet Sie unverzüglich in ihren Räumlichkeiten auf *Defender One*."

„Bestätige!", wies Armandez die Positronik an.

Sie hasste solche unerwarteten Treffen.

Sie hasste vor allem die überheblichen und privilegierten Personen, die sie dort antraf.

Jene Menschen, die sich aufgrund ihrer gesellschaftlichen Position das Recht herausnahmen, diejenigen, die sie als minderwertig betrachteten, herumzukommandieren. Ironischerweise hatte Kinina Armandez gerade solchen Leuten ihren Aufstieg bei der Republic Police zu verdanken.

Die 37-jährige Chilenin aus der südamerikanischen Metropole Santiago verließ ihr Büro und durchquerte die ausgedehnten Räumlichkeiten der Republic Police auf *Defender One*. Sie machte sich auf den Weg zu ihrem unausweichlichen Termin, der hoffentlich dazu beitragen würde, mehr über die Talwenium-Raubzüge in Erfahrung zu bringen.

Ihr Instinkt sagte der Inspektorin, dass sie einer bedeutenden Sache auf der Spur war. Eine Sache, groß genug, um einige einflussreiche Persönlichkeiten ernsthaft in Bedrängnis zu bringen.

✳

„D.I. Kinina Armandez!", begrüßte die nur ein Meter vierundsechzig große Frau ihre herbeizitierte Besucherin mit übertriebener Freundlichkeit. „Schön, dass Sie es einrichten konnten. Bitte, nehmen Sie Platz!"

„Es ist mir wie immer eine Ehre!"

Die Polizistin betrat die luxuriöse Suite, in deren Wohntrakt ihr gesamtes Quartier auf *Defender One* viermal hineingepasst hätte. Dabei verdiente ihre Unterkunft auf der Raumstation bereits das Prädikat ‚geräumig'.

Armandez schnupperte unbemerkt.

Ein ungewöhnlicher Geruch lag in der Luft.

„Die verdammten Blumen sind echt!", erkannte sie erstaunt und blickte sich um.

Allein der Wert der unterschiedlichen Rosen im Wohnbereich dieses Quartiers überstieg ihr monatliches Sold um ein Mehrfaches. Angewidert von dem zur Schau gestellten Überfluss ließ sie sich in einem weißen Leder-Fauteuil nieder und schlug die Beine übereinander.

„Was kann ich für Sie tun, Mrs Taylor?"

„Gut! Sie kommen gleich zur Sache. Das freut mich!", nahm Collen Taylor-Whitesand zur Kenntnis.

Die ältere Frau trug eine dunkelrote, seidene Bluse. Dazu einen schwarzen knielangen Rock. Für den Geschmack der Polizistin war das Oberteil viel zu offenherzig und das Beinkleid deutlich zu eng.

Colleen nahm ihr gegenüber Platz. Kurz und völlig unnötig überprüfte sie den perfekten Sitz ihrer schulterlangen, schwarzen Haare.

„Ich bin etwas enttäuscht von Ihnen!", teilte die 70-jährige Frau Armandez ihre Sorgen schließlich mit.

Dank moderner Kosmetik und plastischer Chirurgie sah Colleen nicht älter aus als fünfzig. Die paar Kilos, die sie sichtbar zu viel auf ihren Hüften trug, schob sie ihren üppigen weiblichen Attributen zu.

„Mir ist zu Ohren gekommen, dass Sie sich nicht ganz an meine Anweisungen halten, meine Liebe", gab Colleen ihrem Gast unmissverständlich zu verstehen. „Nicht nur, was unsere Vereinbarung bezüglich der Talwenium-Überfälle betrifft. Sie haben sich mit Timothy Meroth zusammengetan, um mich auszuspionieren. Können Sie mir das erklären?"

„Was den Angriff der CPU auf die Gürtelpiraten angeht, kann ich Ihren Unmut verstehen", verteidigte sich Armandez mit ruhiger und fester Stimme. „Aber ich muss mit meiner Abteilung punkten, um nicht bei meinen Vorgesetzten in Ungnade zu fallen. Sie wissen ja, wie schnell so etwas passieren kann. Ein falsches Wort an falscher Stelle, und schon haben wir Probleme. Schließlich sind Sie nicht die einzige reiche und mächtige Person, die mit guten Beziehungen zur Republic Police, dem Senat oder gar dem Kartell aufwarten kann."

„Den Angriff auf das Piratenschiff und den Grund dafür kann ich nachvollziehen!", nahm Colleen ihre Entschuldigung an. „Aber ich frage mich, warum Sie versucht haben, eine Undercover-Agentin bei den Gürtelpiraten einzuschleusen?"

Das überraschte D. I. Armandez nun doch!

„Woher wissen Sie …?"

„Springlove Dublin ist sofort aufgeflogen und wurde festgenommen!", verriet Colleen der schwarz uniformierten Polizistin emotionslos.

Dass sie ihre Information vom Anführer der Gürtelpiraten persönlich bezog, behielt sie für sich. Zweideutig schmunzelnd fügte sie hinzu:

„Wie ich die Piraten kenne, werden sie sich angemessen um Ihre kleine Spionin kümmern. Gehörte ihr Einsatz auch dazu, bei Ihren Chefs Eindruck zu schinden?"

„Nein!", antwortete Armandez vorsichtig. „Auch dafür muss ich mich entschuldigen, Mrs Taylor. Der Einsatz der jungen Frau war im Nachhinein gesehen ein Fehler. Ich wollte mit ihr lediglich mehr Hintergrundinformationen über die Piraten sammeln."

„Warum?", fragte Colleen. „Um etwas über meine Beziehung zu ihnen zu erfahren?"

„Ja!"

„Wenigstens sind Sie ehrlich! Dieses Mal!"

Die Polizistin sparte sich eine Antwort.

„Warum versuchen Sie mich zu hintergehen, Kinina?", wollte Colleen Taylor wissen. „Tue ich nicht genug für Sie? Bezahle ich Ihnen zu wenig?"

„Darum geht es nicht!"

„Worum geht es dann?"

„Sie arbeiten gegen die Republik und gegen das Kartell", teilte D. I. Armandez ihrer zwielichtigen Gönnerin unverblümt mit. „In meinen Augen macht Sie das zu einer Verräterin!"

„Und Sie sind korrupt!", erwiderte Colleen eiskalt. „Sowie zahlreiche Beamte unserer lächerlichen Marionetten-Regierung, die im oberen Staatsdienst tätig sind."

„Ich habe Ihre Credits noch nicht angefasst. Dafür aber alle Daten über die monatlichen Überweisungen von Ihnen auf das geheime Konto, das Sie für mich eingerichtet haben, sorgfältig dokumentiert."

„Sie sammeln belastendes Beweismaterial gegen mich!", staunte Colleen Taylor über die Offenheit der leicht braunhäutigen Latina mit dem ovalen Gesicht. „Wow! Wollen Sie mich wirklich eines Tages bei Ihren Vorgesetzten anschwärzen? Dann, wenn Sie in Erfahrung gebracht haben, was hinter diesen Talwenium-Raubzügen steckt?"

„Das war der Plan!", gab Armandez zu. „Ich kann mir nämlich nicht vorstellen, dass Sie Ihr eigenes Talwenium stehlen lassen, nur um das Geld der Versicherung zu kassieren, um es dann erneut an die Regierung zu verkaufen. Darüber könnte ich sogar hinwegsehen. Aber Sie haben vor, das gestohlene Talwenium anders zu verwenden."

„Ein so kluges Kind wie Sie dürfte doch leicht von selbst darauf kommen, warum ich mein eignes Talwenium stehle, dessen Abbau und Transport von der Regierung penibel kontrolliert wird!", tadelte Colleen sie spöttisch und völlig unbeeindruckt von ihren Vermutungen.

„Sie benötigen das Kristall für Ihre eigenen Zwecke", fuhr Armandez fort. „Welche das sind, ist mir noch unklar. Es muss sich

D.I. Kinina Armandez

jedoch um ein größeres Projekt handeln, bei all den Mengen an Talwenium, die Sie dafür bereits gestohlen haben."

„Ich bewundere Ihre erfrischende Geradlinigkeit, Kinina. Aber sind Sie sich der Konsequenzen Ihrer Ehrlichkeit bewusst?"

„Ich glaube schon!"

Collen sah sie abwartend an.

„Ich sehe darin eine Art von Bewerbung!"

„Bewerbung? Wofür?"

„Kommen Sie, Colleen!" verzichtete D. I. Armandez ihrerseits ebenfalls auf jegliche Förmlichkeiten. „Es ist mir bewusst, wie sehr Sie jemanden in meiner Position für Ihre intriganten Spielchen gebrauchen können. Ich war bisher nur ein einfacher Bauer auf Ihrem ökonomischen Schachbrett. Leicht zu ersetzen.

Ich möchte innerhalb Ihrer Hierarchie aufsteigen, möchte mehr für Sie tun! Schließlich unterstützen Sie meine Karriere nicht nur, damit ich bei Ihren Raubzügen wegsehe. Sie waren sich bisher bloß nicht sicher, ob ich meine Regierungstreue für Ihre Pläne fallen lassen würde."

„Das bin ich immer noch nicht!", lächelte Colleen bedrohlich.

„Mag sein!", zuckte Kinina gleichgültig mit den Schultern. „Da mir derzeit zu wenig über Ihr Vorhaben bekannt ist, kann ich Ihnen nicht versprechen, ob ich Ihnen folgen oder Sie eines Tages ans Kartell verraten werde."

„Dennoch bieten Sie sich mir so großzügig an!", resümierte Colleen nachdenklich.

„Sie sind neugierig, Kinina!", erkannte die erfahrene Geschäftsfrau nach einem kurzen Schweigen. „Neugier ist der Katze Tod! Kennen Sie dieses alte Sprichwort?"

„Nein!"

„Das habe ich mir gedacht!", sah Colleen Taylor-Whitesand charmant über ihre Unwissenheit hinweg. „Lassen wir das vorerst mal so stehen! Erzählen Sie mir von Ihrer Begegnung mit Timothy Meroth. Haben Sie wenigstens mit diesem Lüstling gevögelt? Nein! Glauben Sie mir, es hätte sich für Sie gelohnt!"

„Ich kann diesen arroganten Kerl nicht ausstehen!"

„Was hat das damit zu tun?", wunderte sich Colleen Taylor ein wenig über ihren unerwarteten Gefühlsausbruch. „Seit Jahrtausenden werden Männer von ihren Gespielinnen im Bett beeinflusst. Und sei es nur, um festzulegen, wer am nächsten Morgen das Frühstück macht.

Wie auch immer!", grinste sie beim Anblick von Armandez verdutztem Gesichtsausdruck. „Berichten Sie! Aber Vorsicht, weichen Sie nicht vom Pfad der Ehrlichkeit ab."

„Viel kann ich Ihnen über Meroth nicht erzählen", ignorierte D. I. Armandez ihre Drohung.

Sie fragte sich, von wem die Taylor ihre Informationen über sie erhielt. Wurde sie vielleicht von einem ihrer Kollegen beschattet? Ihr Büro war jedenfalls sauber. Sie suchte es jeden Tag persönlich nach Überwachungsgeräten ab. An manchen Tagen sogar mehrmals. Und seit ihrer Beförderung zur Leiterin der Crystal Police Unit vermied sie private menschliche oder gar zwischenmenschliche Beziehungen.

„Ihr guter Freund Timothy war hauptsächlich an Ihrer Beziehung zu seinem Vater interessiert. Er ist davon überzeugt, dass Sie planen, irgendwie Einfluss auf Meroth Industries zu bekommen, und dafür den alten Harry verführen."

„Dieser Dummkopf!", lachte Colleen kurz auf. „Ich ficke bereits seit Jahrzehnten immer wieder mal mit Harry. Sind das Tims einzige Sorgen? Der arme Kerl! Er scheint seinen Vater wohl nicht gut zu kennen. Außerdem reicht es mir, wenn mein Enkelkind, dessen Entwicklung ich mit Sicherheit beeinflussen werde, eines Tages den ganzen Laden übernehmen wird."

„Er fragt sich ebenfalls, warum Sie so viel Talwenium horten und wo Sie die gestohlenen Kristalle schleifen lassen möchten."

„Natürlich tut er das! Aber er wird der letzte Mensch sein, dem ich dieses Geheimnis anvertrauen werde."

„Obwohl Sie ihn zu Ihrem Geschäftspartner gemacht haben?", wunderte sich Armandez.

„Sie müssen noch einiges über die Meroths lernen, Detective!", schlug Colleen Taylor der Polizisten ausweichend vor. „Harry ist der knallharte Geschäftsmann, würde aber nie über Leichen gehen. Edward, sein Ältester, ist ein Waschlappen, für den Harry eine helfende Hand sucht, sie bisher aber noch nicht gefunden hat. Gordon, Harrys Jüngster, wäre eigentlich die beste Wahl für Meroth Industries, doch er ist seinem Vater, trotz seiner letzten bemerkenswerten Erfolge, ein zu netter Kerl. Bleibt nur noch Tim, ein gefühlloser Hurenbock, der jeden, der ihm in die Quere kommt, aus dem Weg räumt, ohne dabei Spuren zu hinterlassen."

„Wie im Fall des ehemaligen Direktors der Eifel Hyper Power", fischte D. I. Armandez nach wertvollen Informationen, obwohl der dazu verfasste Bericht längst abgeschlossen war.

„Ach ja, der arme Buschhorn!", seufzte Colleen herzzerreißend. „Einer dieser üblichen Deppen, die einfach nicht begreifen, wie schädlich ihre fast schon peinlichen Moralvorstellungen für ihre Gesundheit sein können. Ihm wurde ein sorgloses Leben angeboten, doch er wählte den unsinnigen Widerstand gegen Meroth Industries."

„Timothy hat ihn also umbringen lassen?", wollte es Armandez genauer wissen.

„Dafür gibt es keine Beweise!", winkte Colleen ab. „Selbst Ihr oberster Chef, der Chief Constable der Republic Police, hat in der Öffentlichkeit bestätigt, dass es sich um einen bedauerlichen Unfall handelte. Tim kommt immer davon, mein Kind! Und wenn er mal unvorsichtig ist, räumt jemand hinter ihm auf."

„Wer?"

„Das Kartell!"

„Wer genau?"

Colleen lächelte geheimnisvoll.

„Das kann ich Ihnen nicht sagen! Es würde Ihren Tod bedeuten und ich benötige Sie noch!"

Das restliche Gespräch mit der Leiterin der Taylor Cooperation brachte Kinina Armandez nicht voran. In Gedanken versunken verließ sie die Suite der undurchschaubaren Geschäftsfrau. Ziellos zog sie durch die breiten, weißen Gänge der dreitausendvierhundert Meter hohen, hantelförmigen Raumstation des Typs Zycon-3-VS.

Es war kurz vor Mittag Stationszeit.

In den Korridoren herrschte ein reges Treiben. Besatzungsmitglieder, Wartungspersonal, Geschäftsleute, Angehörige der Raumflotte und einige Wissenschaftler begegneten der Inspektorin. Ab und zu liefen ihr ein paar Arbeiter in schmutzigen Overalls über den Weg. Sie gehörten zu jenem Gesindel, das die endgültige Fertigstellung der Station immer wieder mit fadenscheinigen Entschuldigungen hinauszögerte.

Die meisten Menschen, die ihr entgegen kamen, wichen Armandez aufgrund ihrer schwarzen Polizeiuniform respektvoll aus. Ein paar der zwielichtigeren Gestalten versteckten sich sogar vor ihr. Kaum jemand grüßte! Beamte der Republic Police wurden wegen ihrer harten Gangart gefürchtet und gemieden. So wie es sein sollte!

D. I. Armandez fragte sich, ob eine politische Gruppierung hinter Colleen Taylor und ihren Plänen stand. Für sie war es unvorstellbar, dass die alte Frau allein arbeitete. Das Kartell oder den Senat konnte die Polizistin von vornherein ausschließen. Ebenso den Jalar oder den Terranischen Nachrichtendienst, der mit der Admiralität der Raumflotte zusammenarbeitete. Die Neue Irdische Kirche wäre eine Möglichkeit gewesen, doch glaubte Kinina nicht, dass eine Colleen Taylor-Whitesand sich mit diesen verrückten Sektierern abgeben würde.

Gab es vielleicht so etwas wie eine Art Anti-Kartell? Eine eigenständige Gruppe von Großindustriellen, die dem Kartellrat nacheiferte, nur andere Ziele verfolgte?

Armandez verwarf diesen unsinnigen Gedanken sofort. Der Jalar hätte dies längst herausgefunden. Aber wie konnte sie hinter das Geheimnis von Colleen Taylor kommen?

Sicherlich würde ihr dabei ein Timothy Meroth keine Hilfe sein. Der glatzköpfige Scheißkerl sammelte Informationen, er gab keine preis.

Eine unwirkliche Erinnerung lenkte Armandez ab.

Da war es wieder!

Das aufwühlende Gefühl eines Déjà-Vus! Es trat meistens auf, wenn sie zuvor mit Colleen Taylor zu tun gehabt hatte.

Zufall? Kinina glaubte nicht an Zufälle.

Aber worin bestand der Zusammenhang?

Es waren schließlich nur Sinneseindrücke von Situationen, die sie glaubte schon einmal erlebt zu haben. So, als würden ihr in aller Deutlichkeit bestimmte Segmente aus einem parallelen Leben wie in einer kurzen Holo-Filmszene vorgeführt.

Armandez war bereits vor Monaten zu dem Entschluss gekommen, diese geistigen Erlebnisse ihrer anerzogenen Sensitivität zuzuschreiben. Sie analysierte die betreffende Situation kurz und speicherte sie in ihrem Gedächtnis ab. Vergessen würde sie diese Wahrnehmungen nicht. Sie ahnte, eines Tages den Grund dafür in Erfahrung zu bringen. Jedoch nicht heute!

Ihr orientierungsloser Spaziergang hatte sie zu einem der öffentlichen Plätze von *Defender One* geführt. Er trug den fantasielosen Namen ‚Little Village', gefolgt von der Zahl Acht. Hier gab es alles, was der normale Bürger der Republik benötigte. Geschäfte, Restaurants, Bars, diverse Unterhaltungsmöglichkeiten, zwielichtige Etablissements und einiges mehr.

Es wunderte Kinina nicht, dass ihr Unterbewusstsein sie geradewegs hierhergeführt hatte. Keine zehn Schritte vor ihr lag der bunt geschmückte Eingang zu einem ihr bestens bekannten chilenischen Restaurant. Ein paar Empanadas, Teigtaschen gefüllt mit Fleisch, Käse oder eventuell sogar Muscheln, begleitet von einem Glas vorzüglichen Rotweins aus ihrer Heimat, kamen ihr sehr gelegen.

Anschließend würde sie Timothy Meroth über den Stand ihrer Nachforschungen in Kenntnis setzen. Vielleicht konnten das würzige Essen und der liebliche Wein den faden Geschmack, das ihr letztes Gespräch mit diesem Mann bei ihr hinterlassen hatte, diesmal verhindern.

★

Der Bericht von D. I. Armandez erreichte Meroth auf dem Flug zu den Malediven. Die Informationen der Polizistin brachten, wie von ihm erwartet, keine großartigen Überraschungen. Bis auf die Tatsache, dass sein Vater es schon seit längerem immer wieder mal mit Colleen Taylor trieb. Tim konnte es ihm nicht verübeln. Nach dem Tod seiner Mutter hatte sein Erzeuger sich öfters verschiedene Gespielinnen ins Bett geholt. Meistens in Verbindung mit irgendwelchen Geschäften.

Warum also nicht auch Colleen?

Dennoch hatte er bei ihr seine Bedenken. Sie hatte ihn am Tag des Lebenspakts zwischen ihrer Tochter und seinem Bruder in ihr Bett gelockt, ein paar Minuten später in seiner Anwesenheit ihren Mann kaltblütig umgebracht und Tim anschließend einen Teil der Talwenium-Sparte der Taylor Cooperation vermacht.

Niemand gab so viel auf, nicht ohne eine entsprechende Gegenleistung zu erwarten.

Den Mord an ihrem Mann machte Timothy weniger zu schaffen. Er konnte diese Tat gut nachvollziehen. Rod Taylor hatte seiner Frau im Weg gestanden. Wahrscheinlich hätte Tim ebenso gehandelt, wenn er sämtliche dazu führende Informationen besessen hätte. Was nicht der Fall war und die ihm eine einfache Polizistin wie Armandez auch nicht besorgen würde, selbst wenn sie könnte.

Es war ihm inzwischen klar geworden, dass die Chilenin nicht die gesetzes- beziehungsweise republiktreue Beamtin war, für die er sie gehalten hatte. Sie plante gar nicht, wie er anfangs vermutet hatte, Colleen oder gar ihn nach dem Sammeln der notwendigen Beweise der Republic Justice auszuliefern. Nein, sie stand ganz einfach nur auf Colleens Lohnliste.

„Schade!", dachte er ein wenig von sich enttäuscht. *„Vielleicht hätte ich die unnahbare Latina mit meinem Charme überzeugen sollen, in meine Dienste zu treten."*

Damit schloss er dieses Kapital vorläufig ab. Im Moment gab es für ihn Wichtigeres zu tun.

★

Kurz vor dem Anflug auf die Inselkette der Malediven schickte Timothy ein Erkennungssignal ab. Es wies ihn als Berechtigten aus, was durch eine entsprechende, automatische Rückmeldung bestätigt wurde.

Ein paar Sekunden später erblickte er, von der Fahrerkanzel seines Privatgleiters aus, den runden, zwei Meter durchmessenden Turm einer Auffangstation für Hyperraumenergie. Je nach Wellengang ragte dieser sieben bis neun Meter aus dem Wasser in den blauen Himmel empor.

Für unautorisierte Personen, die sich hierher verirren sollten, war dies das Letzte, was sie in ihrem erbärmlichen Leben sehen würden.

Der Untergang des einstigen paradiesischen Inselstaates wurde in den Geschichtsdateien mit dem 12. August 2083 der alten Zeitrechnung angegeben.

Verantwortlich dafür war nicht allein der steigende Meeresspiegel des Indischen Ozeans aufgrund einer globalen Klimakatastrophe, die dieses Jahrhundert prägte. Mehr dazu beigetragen hatte die übermäßige Geldgier der einheimischen Politiker, die ihre wunderschöne Heimat immer mehr Touristen zugänglich machten.

Den beim Bau zahlreicher moderner Urlauberressorts entstandenen ökologischen Schaden überließen die korrupten Geschäftemacher zukünftigen Generationen, die sich ebenfalls nicht um die Vergehen ihrer Vorfahren kümmerten. Zu verlockend waren die täglichen Einnahmen durch den ungebändigten Besucherstrom der sechsundzwanzig, von Nord nach Süd verlaufenden Atolle der Inselkette.

Ein weiterer Vorbote des unausweichlichen Untergangs war die unkontrollierte, sich explosionsartig vermehrende Bevölkerung der Malediven. Sie belastete die Ressourcen des Landes enorm und sorgte für einen stetig wachsenden Mangel an Lebensraum und eine übermäßige Ansammlung von Müll.

Der Todesstoß wurde dem Inselstaat jedoch durch ein verheerendes Seebeben samt Tsunami versetzt und bereitete dem schleichenden Elend schließlich ein frühzeitiges Ende. Diese Katastrophe forderte auf einen Schlag über vier Millionen Tote, davon ein-einhalb Millionen Touristen aus allen Ländern der Erde.

Kaum hatte sich die Lage vor Ort beruhigt, tauchten Abriss-mannschaften von Yumato Enterprises auf. Ihre Aufgabe bestand darin, die bis zu einer Tiefe von siebzig Metern versunkene Insel-kette im Namen einer dubiosen Umweltorganisation von allen menschlichen Hinterlassenschaften zu befreien. So konnte we-nigstens unter Wasser wieder ein Paradies für die dort lebenden Meeresbewohner entstehen.

Dass bei all dem, selbst bei dem schicksalhaften Unterwasserbe-ben, das Kartell seine Finger im Spiel hatte, wurde nie aufgedeckt. Und später, im Jahre 27 DNW, als das gesamte Gebiet plötzlich zur Sperrzone erklärt wurde, nahm kaum jemand Notiz davon.

So konnte das Unternehmen Republic Genetic dort in aller Ruhe und völlig ungestört ein geheimes Forschungslabor errich-ten. Gleichzeitig wurden an den flachen Hängen der Atolle riesige Muschelfarmen angelegt, die allein dem Zweck der Gewinnung von Perlen dienten.

Das saftige Muschelfleisch wurde dabei von den Saat- und Ern-temaschinen nicht beschädigt. Im Gegenteil! Die kleinen Roboter schützten die Muscheln sogar vor ihren natürlichen Feinden wie Seesternen, Krabben oder Stachelschnecken.

Republic Genetic war eines von zahlreichen, staatlichen Pro-grammen, die parallel zur Gründung der Republik Terra angelau-fen waren. Es gab in jeder Metropole der Erde hunderte Nieder-lassungen dieses Unternehmens, die ohne Bedenken als kleine Hospitäler oder größere medizinische Praxen bezeichnet werden konnten. Der Zugang zu diesen Einrichtungen wurde anfangs jedem Bürger gestattet.

Bis zur Einführung des unteren Staatsdienstes.

Menschen mit diesem zwielichtigen Renommee verloren mit ihrem Bürgerstatus ebenfalls das Recht auf eine staatlich geför-derte medizinische Versorgung. Um sie kümmerten sich mehr oder weniger die Seuchen-Bots, eine Mischung aus Medo- und Kampf-Bots, deren Aufgabe darin bestand, die Ausbreitung von gefährlichen und ansteckenden Krankheiten zu verhindern. Je nach der Schwere einer medizinischen Diagnose bedeutete dies eine Impfung mit einer experimentellen Arznei oder, was bevorzugt wurde, einen Gnadenschuss in den Kopf, was zu einem staatlich gewollten Abbau dieser Gesellschaftsschicht führte.

Die elitären Familien der Republik hingegen besaßen ihre eignen Ärzte, meistens Angestellte aus dem oberen Staatsdienst, seltener Freiberufler, denen auf Grund guter Beziehungen oder ihrer fachlichen Leistungen Sonderrechte zustanden. Nur diese beiden Gruppierungen durften in den großen Republic Hospitals der Metropolen praktizieren.

Die eigentliche Aufgabe von Republic Genetic bestand grundsätzlich darin, das genetische Material aller Menschen zu sammeln. Ausgenommen waren erneut die elitären Familien sowie die Freiberufler. Um die kümmerte sich der Innere Kreis des Kartells persönlich.

Im Jahre 31 DNW übernahm, auf Wunsch des Kartellrats, ein koreanisches Geschwisterpaar die Leitung über ein Forschungslabor von Republic Genetic auf den Malediven. Mehrere Gebäude sollten unter Wasser errichtet werden. Dafür wandte man sich an Meroth Industries und bat Timothy Meroth, sich dieser Aufgabe anzunehmen.

Obwohl sich Meroth Industries nicht um die Inneneinrichtung der Bauten kümmern musste, fiel es einem findigen Geschäftsmann wie Tim schnell auf, dass auf dem versunkenen Atoll etwas entstand, das weit mehr als ein übliches, selbst geheimes Forschungslabor war.

Vorsichtig stellte er Nachforschungen an, hörte sich unauffällig um und fing sogar ein Verhältnis mit einer der koreanischen Schwestern an, um an vertrauliche Informationen zu gelangen.

Anfangs erfuhr Timothy nur den Namen, den der Gebäudekomplex erhalten sollte: Fabrik-1.

Erst einige Monate später, nachdem er ebenfalls eine intime Nacht mit der anderen Schwester verbracht hatte, wurde Meroth langsam klar, was sich hinter diesem unverfänglichen Begriff verbarg.

Schnell erkannte er das unerschöpfliche, fast schon unheimliche Potenzial, das die Forschung in diesen Laboren mit sich brachte. Er war begeistert und wollte unbedingt mehr über dieses Projekt, bei dem die Perlenzucht eine nicht unwichtige Rolle spielte, in Erfahrung bringen.

Timothy setzte weiterhin seinen – wie er glaubte – unwiderstehlichen Charme bei den beiden Koreanerinnen ein und erfuhr nach und nach mehr über ihre Arbeit. Keinen Augenblick lang kam ihm dabei der Gedanke, er wäre in dieser Menage-à-trois der Unterlegene, derjenige, mit dem gespielt wurde.

„Warum bin ich schon wieder hier?", beschwerte sich Meroth anstelle einer Begrüßung bei dem koreanischen Geschwisterpaar, das ihn in einer der kleineren Unterwasserandockbuchten in Empfang nahm.

Er hatte die Idee für diese persönliche Treffen selbst vorgeschlagen, da er sie angesichts des Geheimhaltungsgrads des Projekts für passend hielt. Doch allmählich begannen sie ihn zu nerven. Insbesondere die Flüge, bei denen er jedes Mal bei einer speziellen Abteilung der planetaren Flugsicherung um Freigabe bitten musste, mochte er nicht. Er war sich sicher, dass jede seiner Reisen zu den Malediven dem Jalar, wenn nicht sogar dem Kartell, gemeldet wurde.

Er hoffte, dass nie jemand aus seiner Familie von seiner Beteiligung an diesem Projekt erfahren würde. Obwohl diese nur minimal war, konnte sie gerade bei seinem Vater für großen Unmut sorgen.

„Sagt nicht, ihr hättet immer noch Probleme mit den Fankton-Speichern?"

„Nein!", winkte Dr. Ji-su Shin sofort ab. „Die beiden neuen Techniker, die du Anfang des Monats geliefert hast, brachten das in Ordnung."

„Konntet ihr beide überzeugen zu bleiben?"

„Nur den Jüngeren!", antwortete Ye-ji Shin und fügte ihrer weiteren Aussage ein spöttisches Grinsen hinzu. „Der Ältere wollte seine Familie nicht aufgeben. Jetzt müssen seine Frau und sein vierjähriger Sohn auf ihn verzichten."

„Gut!", nickte Meroth zufrieden. „Was kann ich für euch tun?"

„Du musst mit deinem Bruder reden!"

Ji-sus Stimme klang besorgt.

Mit ihren einunddreißig Jahren war sie die jüngere, sanftere und klügere der beiden Schwestern aus der Metropole Seoul. Die geniale Wissenschaftlerin hinter dem Malediven-Projekt. Gleichzeitig war sie etwas verklemmt, besaß eine stattliche Sammlung von altmodischen Liebesromanen in Buchform und lebte ansonsten ausschließlich nur für ihre Arbeit.

„Mit welchem?", fragte Timothy Meroth ungeduldig und folgte den schlanken Frauen in ihren kurzen, weißen Kitteln durch einen hell erleuchteten Korridor in einen nahegelegenen Besprechungsraum.

„Mit Gordon!", präzisierte Ye-ji die Aussage.

Sie war der Kopf dieser Einrichtung und kümmerte sich darum, dass ihre kleine Schwester alles erhielt, was sie benötigte. Ye-ji blieb stets auf ihre Ziele fokussiert. Ihr entging nichts. Die 35-jährige Frau beherrschte mehrere asiatische Kampfsportarten. Ihre staatliche Ausbildung hatte sie in den Fächern Politik und Wirtschaft abgeschlossen. Gäbe es Ji-su und die Fabrik nicht, wäre sie zweifellos auf dem besten Weg, eine zukünftige Senatorin der Republik zu werden. Eine Aussicht auf das Präsidentenamt nicht ausgeschlossen.

„Warum?", wollte Tim wissen und fragte sich, worin Gordon jetzt schon wieder verstrickt war.

„Er soll seinen neugierigen Reporter-Freund von seinen Recherchen uns betreffend abhalten!", regte sich Ye-ji mit einer kontrollierten Kühle auf, die selbst Meroth beeindruckte. „Wenn es nach mir ginge, wäre der schmierige Kerl längst tot."

„Ich dachte, der Jalar hätte sich um van Dengscht gekümmert!", erinnerte sich Meroth.

„Pff!", stieß Ye-ji herablassend hervor. „Die Agenten der Alten haben versagt. Und nun hält die ‚Grande Dame' ihre Hände schützend über ihn."

„Wegen Gordon?", vermutete Meroth.

„Wegen wem sonst?", spottete Ye-ji. „Lady Gillian hat sich wohl in deinen kleinen Bruder verkuckt."

„Du redest Unsinn!"

„Ich habe meine Quellen!"

„Lass mich raten!", meinte Timothy beim Betreten des kleinen Besprechungsraums. „Die Kartell-Beauftragte! Könnt ihr beide immer noch nicht die Finger voneinander lassen?"

„Du würdest sie auch ficken, wenn sie dich ranlassen würde", erwiderte Ye-ji leicht eifersüchtig

„Mag sein!", gab Tim ehrlich zu. „Aber ich würde dabei einen klaren Kopf behalten. Außerdem treibt ihr ein gefährliches Spiel. Schließlich werden homosexuelle Beziehungen in der Republik nicht gern gesehen. Oder macht die Regierung bei der Kartell-Beauftragten eine Ausnahme?"

„Das geht dich nichts an!", warnte ihn Ye-ji. „Außerdem hast du keine Ahnung, was Fuena mir bieten kann!"

„Lass mich ein weiteres Mal raten!", lächelte Tim selbstbewusst, griff sich eine Dose der im Zimmer angebotenen Erfrischungsgetränke, öffnete sie, nippte daran und meinte: „Giovanni möchte dich auf dem freien Stuhl im Kartellrat sitzen sehen."

„Woher weißt du das?", fragte Ye-ji überrascht.

„Nun, ich möchte dich nicht enttäuschen, meine Liebe."

Meroth nahm einen weiteren, diesmal kräftigeren Schluck aus der Life-Dose und meinte anschließend:

„Aber es gibt mindestens noch drei weitere, sehr kultivierte und ehrgeizige Kandidaten für diesen Posten."

„Du und deine verdammten Brüder!", erriet Ye-ji.

Timothy grinste nur.

„Ihr mit euren dummen politischen Spielchen!", mischte sich Ji-su ungeduldig in den üblichen Disput zwischen ihrer Schwester und Meroth ein.

Dieses Gezeter fing an, seit Ye-ji herausgefunden hatte, dass Tim auch mit ihr im Bett gewesen war. Dabei war es nur ein einziges Mal vorgekommen, so eine Art wissenschaftlicher Test von Ji-su, den Meroth zweifellos bestanden hatte.

„Hilfst du uns jetzt mit deinem Bruder oder nicht?"

„Ich werde mit ihm reden!", sagte Meroth und stellte das Getränk ab. „Versprechen kann ich jedoch nichts. Gordon und dieser van Dengscht sind beide ziemliche Sturköpfe."

Tim überlegte kurz!

„Aber wäre der Kerl nicht ein Fall für deine lieblichen Verführungskünste, Ye-ji?", ergriff er eine weitere Möglichkeit, das Problem mit dem Journalisten zu lösen. „Eine nette Einladung zu einem romantischen Abendessen, mit einen abschließenden tödlichen Dessert."

„An etwas Ähnliches habe ich auch schon gedacht!", behauptete Ye-ji mit einer Stimme, der ein Hauch von Tod anhing. „Der Zeitpunkt für eine solche Lösung ist jedoch schlecht."

„Verstehe!", nickte Timothy Meroth grimmig. „Es könnte eventuell deinen politischen Aufstieg gefährden! Du hast doch sicher Leute, die so was für dich erledigen könnten?"

„Soll es gut gemacht werden, mache es selbst!", zitierte Ye-ji ein altes Sprichwort.

„Da ist was Wahres dran!", stimmte Meroth ihr zu, obwohl er sich nie selbst die Finger schmutzig machen würde.

„Außerdem stehen wir kurz vor einem entscheidenden Durchbruch", verriet Ji-su ihm aufgeregt. „Ich brauche meine Schwester in den nächsten Tagen vor Ort! Sie muss mir assistieren!"

„Wirklich?", fragte Timothy interessiert. „Gibt es diesmal mehr als nur genetischen Müll für die Verbrennungsanlage?"

„Der derzeit fortgeschrittenste Fötus entwickelt sich perfekt, sogar schneller als geplant", erklärte ihm die Wissenschaftlerin stolz. „Anstelle von neun sind unsere Embryos bereits nach sechs

Monaten voll entwickelt. Mit einiger Luft nach oben. Das ist revolutionär!"

„Das wird das Kartell sicher freuen!", meinte Tim kaum beeindruckt. „Könnt ihr damit schon in Serie gehen? Ihr wisst doch, der Aufbau der ersten Kolonie unserer stolzen Republik schreitet gut voran. Eine weitere Fabrik auf dieser Welt würde dort sicher Sinn ergeben."

„Zeugungshaus!", verbesserte ihn Ji-su.

„Wie bitte?"

„Ein solches Gebäude auf einer irdischen Kolonie wird in Zukunft den Namen Zeugungshaus tragen, nicht mehr Fabrik."

„Klingt irgendwie subtiler!", spottete Meroth. „Nicht mehr so mechanisch, aber immer noch leicht menschenverachtend! Wenn ich schon mal hier bin, könntet ihr mich doch kurz rumführen und mir eure Erfolge zeigen."

„Warum?", fragte Ye-ji misstrauisch.

„Reine Neugier!", versicherte Timothy der Asiatin versöhnlich. „Keine Angst! Ich habe nicht vor, euch irgendwelche Geheimnisse zu stehlen. Meroth Industries ist an der ganzen Genetikgeschichte nicht interessiert."

„Meroth Industries sicherlich nicht!", sagte Ye-ji, wobei sich ihre schmalen Lippen kaum bewegten. Sie warf ihrer Schwester einen eisigen Blick zu. „Timothy Meroth jedoch bestimmt!"

„Damit wir uns richtig verstehen", hinterfragte Meroth die Erklärungen der Wissenschaftlerin während des Rundgangs durch die Labore. „Es handelt sich nicht um Klone?"

„Natürlich nicht!", erwiderte Ji-su fast schon beleidigt. „Wir klonen nicht, wir erschaffen perfekte Menschen, durch die Entnahme einer …"

„Schon gut!", winkte Timothy ab. „Ihr nehmt die Spermien der Männer, schmeißt sie in ein Reagenzglas, zeigt ihnen den Weg zu der zu befruchtenden Eizelle und steckt das Ergebnis anschließend in einen kleinen, mit einer Nährlösung gefüllten Tank, wo die befruchtete Eizelle einem beschleunigten Wachstum unterliegt.

Habe ich das so verständlich erklärt?"

„Verständlich?", sah ihn Ji-su entrüstet an.

Sie hasste es, wenn er so geringschätzig über ihre Forschung sprach.

„Vielleicht! Wissenschaftliche Anerkennung wird deine Erklärung kaum finden."

„Das war auch nicht meine Absicht!", belehrte er Ji-su. „Und den Nachschub für eure Experimente erhaltet ihr aus den Filialen von Republic Genetic?"

„Eine Auslese aus sämtlichen Metropolen der Erde", sagte Ye-ji hochmütig. „Durch die DNS-Datenbank der Firma können wir uns sogar spezifische Proben heraussuchen, die für unsere Arbeit besonders geeignet sind."

„Die ihr hier erst einmal wunschgemäß verarbeitet, bevor ihr zur Zeugung überschreitet."

„Genau!"

Ji-sus Lächeln wirkte nicht nur zufrieden, sondern fast schon glücklich, was einen Verdacht von Tim bekräftigte. Die Wirklichkeit interessierte die junge Frau nicht mehr. Sie lebte nur noch in der Welt ihrer Forschung. Ob sie überhaupt begriff, an was sie arbeitete und was sie mit ihren Experimenten anstellen konnte?

Wahrscheinlich nicht!

Das Heranzüchten von Menschen, für jede Art von Verwendung, war längst keine Fantasie mehr. Angefangen hatte alles mit den staatlichen Brutstätten. Ein paar Jahre nach Gründung der Republik Terra wurden alle schwangeren Frauen, drei Monate nach der Empfängnis, von ihrem Embryo befreit, der anschließend in einem Brustkasten ausgetragen wurde.

Natürlich hatte es dagegen Einwände gegeben. Hauptsächlich vom weiblichen Teil der Gesellschaft. Einige Frauen versuchten sogar ihr Recht auf eine normale Schwangerschaft durch Demonstrationen zurückzubekommen. Die ihnen in Aussicht gestellten

Strafen wie Sterilisierung oder gar den Tod belehrten sie schnell eines Besseren.

Mit der Hilfe von Psychopharmaka passten sich die aufgebrachten Frauen leicht den Wünschen der Regierung an und genossen die gewonnene Freizeit ohne Übelkeit und Deformierung ihrer Körper, genauso wie es ihnen in der staatlichen Werbung versprochen wurde.

Die anfänglich ziemliche hohe Fehlgeburtenrate schrieb man der neuartigen Technologie zu. Sie nahm mit der Zeit ab. Erst Anfang der dreißiger Jahre der Neuen Weltordnung erhöhte sich ihre Anzahl wieder. Über den Grund dafür – es handelte sich um Vorbereitungstests für die Fabrik – wurde selbstverständlich geschwiegen.

„Nun musst du uns aber entschuldigen", drängte Ji-su ihren Gast zum Aufbruch. „Wir haben noch eine Menge zu tun und stehen etwas unter Zeitdruck."

„Daher ist es wichtig, dass du dich um die Angelegenheit mit diesem Reporter kümmerst", fügte Ye-ji Shin fordernd hinzu. „Versprich es uns!"

„Ich werde mein Bestes tun!", versicherte ihnen Timothy und ließ sich von den beiden Schwestern zu seinem Gleiter führen. „Wenn ich die Sache aus der Welt schaffe, schuldet ihr mir aber etwas."

„Du denkst dabei sicher an etwas Bestimmtes", vermutete Ye-ji sofort.

„Einen flotten Dreier, zum Beispiel!", grinste Meroth die beiden Schwestern verächtlich an.

„Ich weiß nicht, ob …"

„Das lässt sich sicherlich einrichten", unterbrach Ye-ji ihre jüngere Schwester. „Wenn du erfolgreich bist!"

„Wann bin ich das nicht!", seufzte Timothy siegessicher und stieg in seinen Gleiter.

★

Tief in Gedanken versunken kehrte Meroth von den Malediven mit ihrem düsteren Geheimnis zurück. Er machte sich keine Sorgen darüber, wohin die Arbeit der beiden koreanischen Wissenschaftlerinnen führen und welche Folgen sie für das Leben der Menschen haben würde. Das interessierte ihn nicht. Schließlich gehörte er nicht dem Gesindel an, das davon betroffen war.

Timothy landete seinen Gleiter auf dem privaten Parkdeck des Meroth Buildings, das mit seinen sechzehnhundertvierzig Metern zweithöchste Gebäude der Metropole London. Der Abend war bereits angebrochen, als er durch das halbwegs verwaiste Vorzimmer der Chefetage schritt und sein Büro aufsuchte.

Er hatte eine Entscheidung getroffen.

Als einer der zukünftigen Erben von Meroth Industries wurde sein gesamtes Leben von einem ständigen Tanz auf dem Drahtseil zwischen Wirtschaftsverhandlungen und der Abwehr potenzieller Gefahren für das Unternehmen seines Vaters geprägt. Es wurde langsam Zeit für ihn, aus dem Schatten seiner Familie herauszutreten und der Welt, sprich dem Kartell, zu zeigen, wer ihr zukünftiger Ansprechpartner war. Vor allem nach den spektakulären Erfolgen seines Bruders Gordon

Er nahm hinter seinem leicht gebogenen Schreibtisch Platz und ließ sich von der Büropositronik über eine gesicherte Holoverbindung mit Markus Kranz, dem deutschen Sicherheitschef von Meroth Industries, verbinden.

„Mr Meroth!", begrüßte ihn der kräftige Hüne ein paar Sekunden später. „Womit kann ich Ihnen dienen?"

„Kommen Sie bitte in mein Büro!", wies Timothy ihn an. „Ich habe einen persönlichen Auftrag für Sie."

„Verstehe!", nickte der Mann mit der blonden Stoppelfrisur und dem ebenso kurz geschnittenen Vollbart. „Geben Sie mir zehn Minuten!"

„Keine Sekunde länger!", antwortete Meroth und trennte die Verbindung.

✳

Bereits neun Minuten später meldete die positronische Überwachung die Ankunft des erfahrenen Sicherheitschefs. Kranz hatte den Ruf, nie zu schlafen, sah aber immer frisch und topfit aus. Er trug stets faltenfreie Anzüge in der farngrünen Familienfarbe der Meroths.

„Alles, was ich Ihnen jetzt erzählen werde, ist streng geheim und geht keinen was an, Kranz. Auch nicht meinen Vater oder einen meiner Brüder. Haben Sie das verstanden?"

„Ich stehe Ihnen zur Verfügung!", lautete die Antwort des fast zwei Meter großen Mannes mit den himmelblauen Augen.

„Nun gut! Sie kennen doch bestimmt diesen Niki van Dengscht, den lausigen Reporter von The Voice?"

„Der Freund Ihres Bruders Gordon!"

„Ja, aber dieses Faktum vergessen Sie ganz schnell", verlangte Meroth. „Van Dengscht stellt eine Gefahr für mich und Meroth Industries dar. Ich möchte, dass Sie sich dieses Würstchen unauffällig schnappen und in einer Ihrer Zellen einsperren, damit ich den Kerl persönlich verhören kann."

„Müsste ich über Besonderheiten Bescheid wissen?", fragte Kranz.

Meroth überlegte kurz.

„Könnte sein, dass der Jalar ihn beschützt."

Bei der Erwähnung des Namens des Kartell-Geheimdiensts erblasste Kranz leicht.

„Ist das ein Problem?"

„Es könnte eins werden!", vermutete der 45-jährige Mann ehrlich. „Dennoch, betrachten Sie die Sache als erledigt. Meine Leute sind keine Amateure und sie werden keine Spuren hinterlassen, die auf Sie oder die Firma zurückzuführen wären. Sie können van Dengscht morgen früh in einem unserer Gästequartiere besuchen."

„Hört sich gut!", erwiderte Tim zufrieden. „Danke, Markus! Das wäre alles!"

Mit einem weiteren Nicken verabschiedete sich Kranz und verließ die Chefetage. Er überlegte, ob er Harry Meroth in das

Vorhaben seines Sohnes einweihen sollte, entschied sich aber dagegen. Erstens hielt er die kleine Entführung für nicht so wichtig, und zweitens konnte es nur seinem Vorteil dienen, einem aus der kommenden Führungsriege von Meroth Industries hilfreich zur Seite zu stehen.

18. April 34 DNW (Der Neuen Weltordnung)

Eine sanfte weibliche Stimme weckte Timothy Meroth gegen vier Uhr morgens.

„Was ist los!", fragte er verschlafen.

„Markus Kranz möchte Sie gerne sprechen!", antwortete die Positronik leise. „Er behauptet, es wäre dringend! Soll ich ihn abwimmeln?"

„Nein, schon gut!", meinte Tim, während er sein Bett verließ und vor dem Sichtterminal gegenüber seines Nachtlagers Platz nahm. „Benutzt er eine gesicherte Verbindung?"

„In der Tat!"

„Stelle ihn durch!"

Der Bildschirm vor ihm leuchtete auf und wurde von Kranz' kantigem Gesicht ausgefüllt.

„Es gab Schwierigkeiten, Sir!"

„Berichten Sie!"

„Meine Leute hatten Niki van Dengscht schnell aufgespürt", begann der Sicherheitschef sein Protokoll. „Sie verschafften sich unbemerkt Zutritt zu seiner kaum gesicherten Wohnung, betäubten ihn, während er schlief, und waren dabei, ihn abzutransportieren, als sie, trotz aller Vorsichtsmaßnahmen, in einen Hinterhalt gerieten.

Die Männer und Frauen aus meinem Team leisteten heftigen Widerstand, wurden dennoch überrumpelt. Nur mit Mühe konnten zwei der Beteiligten leicht verletzt entkommen. Die anderen vier wurden getötet."

„Ich dachte, mein Vater hätte Ihnen nur Top-Leute zur Verfügung gestellt?", wunderte sich Timothy ein wenig.

„Hat er auch!", behauptete Kranz erhobenen Hauptes. Der Mann hielt seine Leute eindeutig für unschuldig an dieser Misere. „Der Freund Ihres Bruders wird tatsächlich vom Jalar geschützt. Nicht nur von einem der typischen Agentenpaare, die meist für solche Fälle abgestellt werden, sondern von einem achtköpfigen Team, was ziemlich ungewöhnlich ist."

„Versuchen Sie mir so Ihr Versagen zu erklären?"

„Nein, Sir!", blickte Kranz ihn mit seinen eiskalten Augen an. „Ich möchte Sie nur warnen. Obwohl wir vorsichtig waren, könnte der Jalar schnell herausfinden, wer hinter dem Entführungsversuch von van Dengscht steckte. Sie sollten Ihre Familie auf einen Besuch seiner Direktorin vorbereiten."

„Lady Gillian!", murmelte Timothy vor sich hin. „Die Alte spielt wirklich den Schutzengel für den Bastard. Das hätte ich nicht gedacht."

„Bitte?", fragte Kranz.

„Vergessen Sie den ganzen Vorfall", riet Tim dem Sicherheitschef. „Entledigen Sie sich der beiden Überlebenden. Lassen Sie es so aussehen, als hätte ein Team Ihrer Abteilung auf eigene Faust für einen unbekannten Auftraggeber gehandelt."

„Natürlich, Sir! Sie können sich auf mich verlassen!"

„Das tat ich bereits gestern", hielt Timothy seinem Gesprächspartner vor. „Und Sie haben es versaut. Erlauben Sie sich einen solchen Fauxpas kein zweites Mal."

Ohne auf eine Erwiderung zu warten, schaltete Meroth den Bildschirm aus.

„Soll es gut gemacht werden, mache es selbst!", fiel ihm das von Ye-ji zitierte Sprichwort wieder ein. *„Aber wofür hatte man schließlich sein Personal"*, hielt er gedanklich dagegen.

„Verdammt!", fluchte er leise vor sich hin. „Was hast du bisher alles vor uns verheimlicht, Bruderherz? Oder bist du völlig unschuldig in die Pläne des Kartells hineingeraten?"

Timothy Meroth überlegte, ob er mit Gordon über Republic Genetic, das Projekt Zuchthof oder die Zeugungshäuser sprechen sollte. Er hielt dies jedoch für keine gute Idee. Gordon stand bei dieser Angelegenheit mit Sicherheit weder auf seiner Seite, noch der des Kartells.

Aber warum schützte und half ihm Lady Gillian?

Was hatte die Direktorin des Jalars mit seinem Bruder vor?

Intrigierte sie vielleicht sogar gegen das Kartell?

Und wie tief war diese verdammter Reporter in all das verstrickt?

Die Öffentlichkeit durfte von den Plänen des Kartells rund um die Zeugungshäuser nichts erfahren. Zu seiner eigenen Sicherheit musste Meroth herausfinden, ob wirklich der Jalar der Beschützer von van Dengscht war.

Es erschien Tim immer mehr, als wären Freund und Feind in eine düstere Symphonie aus Verschwörungen und Enthüllungen verstrickt.

Wem konnte er überhaupt noch trauen?

Ein teuflisches Grinsen legte sich auf seine schmalen Lippen.

„Natürlich!", formten sich die klaren Gedanken in seinem Kopf. *„Das ist die Lösung. Sollen sich doch die großen Tiere untereinander zerfleischen."*

Der Blick, der sich Timothy durch das gewölbte Panoramafenster seines luxuriösen Büros in der Spitze des Meroth Towers anbot, war atemberaubend. Tief unter ihm floss der morgendliche Gleiterverkehr durch die Metropole London. Ein geordnetes Wirrwarr an Luftstraßen, das dank einer positronischen Verkehrskontrolle keine Staus oder andere Verkehrsprobleme kannte.

Meroths Augen sahen hoch zu den dicken grauen Wolken, die immer tiefer sanken und langsam drohten, die oberen Stockwerke des Gebäudes zu verschlucken.

Tims Gedanken kreisten um das vor ihm liegende Treffen, das zu seiner Überraschung unerwartet schnell zustande gekommen war. Pünktlich um 8:30 Uhr kündigte seine Sekretärin seinen Gast an.

Bei der älteren Frau in dem zweiteiligen grauen Kostüm, die lächelnd an einem Stock gehend in sein Büro humpelte, handelte es sich jedoch nicht um die von ihm erwartete Person.

„Wer sind Sie?", trat Meroth ihr aufgebracht entgegen.

Er fühlte sich betrogen, dachte sogar an eine ihm gestellte Falle vom Kartell. Er wollte bereits einen Sicherheitsverstoß melden, als sich die Tür hinter seiner Besucherin schloss und sich all seine Bedenken in Luft auflösten.

Das Erscheinungsbild der Frau änderte sich abrupt und vor ihm stand Fuena Giovanni, die Kartell-Beauftragte, in einem eleganten, einteiligen, schwarzen Hosenanzug. Ihre braunen Augen funkelten Meroth durchdringend an, während sie ihn mit einem verführerischen Lächeln begrüßte.

„Timothy Meroth! Es ist mir eine Freude, Sie endlich einmal ohne Ihre Familie anzutreffen."

Nicht nur Giovannis Stimme besaß Autorität und Selbstsicherheit. Ihr gesamtes Auftreten zeugte davon.

„Ich hoffe, Sie nicht zu sehr mit der neuesten holografischen Spielerei des Kartells genarrt zu haben. Ich hielt es für sinnvoll, niemanden in diesem Gebäude aufzuschrecken und auf falsche Gedanken zu bringen. Vor allem nicht Ihren Vater."

„Miss Giovanni!", begrüßte Tim die Kartell-Beauftragte höflich. „Wirklich eine erstaunliche Technik! Es wundert mich, dass Sie damit durch unsere strengen Sicherheitskontrollen gelangt sind."

Die schlanke Italienerin mit dem leicht kantigen Gesicht, die mittlerweile bereits über hundert Jahre alt war und immer noch aussah wie Mitte dreißig, schenkte ihm nur ein weiteres, diesmal mysteriöses Lächeln.

„Ich danke Ihnen für Ihr Kommen", kam Timothy gleich zur Sache, „muss aber eingestehen, dass ich doch etwas überrascht bin. Ich nannte Ihnen ja nicht einmal den Grund für dieses Treffen."

„Mein lieber Tim", nahm Fuena den ihr von Meroth angebotenen Platz auf der Büro-Couch an, lehnte sich zurück und winkelte ihre langen Beine leicht an.

„Wir beide haben gemeinsame Interessen, wie Ihnen inzwischen bekannt sein dürfte. Ein paar davon liegen für Sie leider noch im Verborgenen. Ein anderer Teil, mit dem Sie bereits zu tun hatten, tangiert mit den Plänen Ihres Bruders Gordon oder denen von Lady Gillian. Zusammen bilden wir ein politisches Geflecht von Intrigen, mit dem wir um die Gunst der Kartellspitze buhlen, darum bemüht, die Waagschalen der Macht im Gleichgewicht zu halten."

„Darf ich das so verstehen, dass zwischen Ihnen und Lady Gillian eine Art Wettkampf stattfindet?"

„Sie dürfen!"

„Aber verbindet Sie und die Direktorin des Jalars nicht eine langjährige Freundschaft?"

„Sie war eine Zeit lang meine Mentorin", gab die Kartell-Beauftragte zu. „Doch dies Phase liegt hinter uns. Aber das muss Sie nicht kümmern."

Timothy nickte nachdenklich.

„Warum haben Sie sich entschlossen, sich mir anzuvertrauen? Was erwarten Sie im Gegenzug von mir?"

Fuena lächelte verschmitzt.

„Anzuvertrauen!", wiederholte sie spöttisch. „Dieses Wort halte ich doch für leicht übertrieben. Ich sehe in Ihnen einen Erfolgsmenschen, der demnächst vielleicht dem Inneren Kreis des Kartells angehören könnte, was noch lange nicht bedeutet, dass Sie eines Tages im Rat sitzen werden.

Jedoch würden Sie in dieser Position und an der Spitze von Meroth Industries von unschätzbarem Wert für das Kartell sein. Im Gegenzug erwarten wir natürlich Ihre Unterstützung in bestimmten komplexen Angelegenheiten."

„Wie zum Beispiel meinem heimlichen Wirken auf den Malediven!"

„Sie sagen es!", nickte Giovanni leicht mit dem Kopf. „Aber seien Sie gewarnt, mein Freund. Stecken Sie Ihre Nase nicht zu tief in die Angelegenheiten des Kartells."

„Aber was ist mit Niki van Dengscht?", wollte Tim wissen. „Stellt der neugierige Journalist keine Gefahr für das Malediven-Projekt dar? Und warum wird er vom Jalar beschützt?"

Die Kartell-Beauftragte sah ihn an, als wäre er ein saftiges Steak, das sie in wenigen Sekunden verspeisen würde.

„Können Sie das beweisen?"

„Dass der Jalar van Dengscht beschützt?"

„Ja, verdammt!", fluchte Fuena Giovanni. „Können Sie das beweisen?"

„Ye-ji Shin bat mich, den Reporter kaltzustellen, da sie glaubt, er wüsste genug über die geplanten Zeugungshäuser, um damit in der Öffentlichkeit für Unruhe zu sorgen. Ich wollte ihn erst einmal ausquetschen, um zu erfahren, was er wirklich weiß. Danach sollte er beseitigt werden. Ich schickte ein Team zu van Dengscht, das ihn mir bringen sollte. Meine Leute wurden von Jalar-Agenten erwartet und ausgelöscht."

„Interessant!", äußerte sich Giovanni nur kurz und erhob sich von der Couch. Sie schien es plötzlich eilig zu haben. „Ich nehme an, dass Markus Kranz alle Spuren diesen Einsatz betreffend beseitigt hat."

„Hat er!"

„Schade! Ich werde dem dennoch nachgehen. Aber jetzt müssen Sie mich entschuldigen. Mich erwarten noch weitere, wichtige Aufgaben!"

„Werden Sie mich auf dem Laufenden halten?", fragte Timothy Meroth hoffnungsvoll.

„Warum sollte ich dies tun?"

„Weil ich wissen möchte, wem ich vertrauen kann!"

Die Kartell-Beauftragte schaltete erneut ihre Tarnidentität ein.

„Erwarten Sie meinen Anruf!", erwiderte die alte Frau im grauen Kostüm und verließ humpelnd Meroths Büro.

Kapitel 19

Unruhen

18. April 34 DNW (Der Neuen Weltordnung)

Niki van Dengscht erwachte mit höllischen Kopfschmerzen. Sein Bewusstsein schwamm in einem undurchsichtigen Nebel der Unkenntnis.

Was war passiert?

Er wusste es nicht!

Nur ein dumpfer Schmerz pulsierte in einem kraftvollen Takt in seinem Schädel. Im Grunde genommen war dies für ihn nichts Neues. Die körperlichen Leiden aufgrund einer durchzechten Nacht gehörten zu seinem Lebensstil wie Schatten zur Dunkelheit. Gestern Abend, daran erinnerte er sich halbwegs, war er früh zu Bett gegangen. Zu seinem Bedauern leider allein.

Mit zugekniffenen Augen versuchte er sich einen Überblick zu verschaffen. Keinesfalls befand er sich noch in seiner Wohnung. Seine Umgebung stank nach Pisse, wirkte befremdlich, sogar ein wenig bedrohlich.

Die kühle, metallische Atmosphäre des Raumes wurde von dem fahlen Licht einer schwachen Leuchtquelle beseelt. Keine Fenster, nur eine dicke, undurchdringliche Stahltür schmückten die Wände seiner kargen Unterkunft. Niki befand sich an einem Ort, der jeglichen Hauch von Freiheit zu verschlucken schien.

Van Dengscht versuchte gegen das Hämmern in seinem Kopf anzukämpfen. Diesmal fühlte sich sein Wehleiden anders an. Schlimmer als nach einem Besäufnis!

Es war mehr eine unangenehme Mischung aus Schmerzen und Übelkeit, gepaart mit dem Gefühl, das Leben würde langsam aus ihm hinausweichen. Mühsam unterdrückte er den Reiz, den Boden vor seiner schäbigen Liege vollzukotzen.

Erinnerungen an die letzten Stunden, bevor er schlafen gegangen war, schwebten wie ein ungelöstes Puzzle wild durcheinander vor seinem geistigen Auge.

Niki versuchte sich aufzusetzen.

Sofort begann der Raum um ihn herum sich zu drehen. Van Dengscht glaubte, am Rande eines altmodischen Karussells zu stehen, von dem er jeden Augenblick herunterfliegen würde. Der Eindruck der Desorientierung verstärkte sich, während Nikis Blick auf die spärliche Möblierung seiner Unterkunft fiel.

Ein dreckiges Klo, ein wenig einladendes Waschbecken und die wackelige Liege, auf der er lag, vervollständigten die Einrichtung seines Kerkers. Es war, als wäre er in die düsterste Ecke eines finsteren Albtraums verschleppt worden.

„Scheiße, sie haben mich erwischt!", kamen flüsternde Worte über die trockenen Lippen des unrasierten 32-jährigen Mannes. Worte, von denen er gehofft hatte, sie nie aussprechen zu müssen. Er war sich klar darüber, dass seine Leichtsinnigkeit ihm zum Verhängnis geworden war. Eine Erkenntnis, die ihm Sorgen bereitete und leider viel zu spät kam.

Der Raum erinnerte Niki an eine Gefängniszelle einer längst vergessenen Geschichtsepoche. Sein langsam erwachender Spürsinn hielt ihn jedoch nicht dafür.

Etwas war hier faul!

Unbeliebte Personen wie ihn brachte heutzutage niemand mehr so einschüchternd unter. Warum auch? Es gab chemische Wirkstoffe, die einen schneller und einfacher zum Reden brachten als Folter oder dreckige Gefängnisse. Danach ein sauberer Schuss aus einer Impulspistole zwischen die Augen und das Problem, das er zweifellos darstellte, war für immer gelöst.

THE VOICE

Niki van Dengscht

„Sie möchten von dir wissen, wer dir all die Fakten über ihre Verbrechen an der Menschheit verraten hat!", versuchte er sich selbst zu überzeugen. *„Vielleicht hast du deine Information ja mit jemandem geteilt oder sie irgendwo auf einem Datenkristall versteckt. Sitze ich darum in diesem Drecksloch?"*

Bevor er sich weitere Gedanken über seine prekäre Situation machen konnte, öffnete sich knarrend die massive Stahltür und eine ältere blonde Frau, in einer körperbetonten, weißen, einteiligen Kombination mit einem hüftlangen, goldenen Cape betrat den Raum.

„Verdammt!", fluchte van Dengscht resignierend vor sich hin. „Ich bin ja so was von geliefert."

„Sie entwickeln sich immer mehr zu einer lästigen Plage, mein Lieber", begrüßte Lady Gillian den Reporter. Eine mütterliche Fürsorge lag in ihrer Stimme.

Van Dengscht war mittlerweile wach genug, um die versteckte Drohung hinter ihren Worten zu erkennen. Die Ergebnisse der Recherchen, die er über diese Frau im Laufe seiner Arbeit für The Voice gesammelt hatte, ließen ihn für seine derzeitige Lage nichts Gutes erwarten. Lady Gillian war bekannt für ihre Grausamkeit und ihre unerbittliche Härte im Umgang mit oppositionellen Kräften, die sich gegen das politische System der Erdregierung oder des Kartells zu Wehr setzten.

Das gedämpfte Licht nahm ein wenig an Helligkeit zu, während Lady Gillian in einem anmutigen Bogen durch den Raum schritt und sich demonstrativ vor Niki positionierte. ,My Lady' bevorzugte allem Anschein nach ein spezielles Rampenlicht für ihre Auftritte.

„Normalerweise würde ich mich mit einem wie Ihnen nicht abgeben", verriet ihm die Direktorin des Jalars. „Sie wären von meinen Agenten verhört und entsorgt worden. Der Bericht über Ihre kriminellen Taten und Ihr Ableben wäre nicht einmal bis zu mir vorgedrungen. Sie mussten jedoch den raffinierten Anschlag meiner Leute auf Ihr trostloses und völlig belangloses Dasein überleben."

„Pardon, dass ich Ihnen so viel Mühe bereite, Gnädigste", erwiderte der Reporter mit genügend Sarkasmus, um ihr einen überraschten Blick abzugewinnen. Mühsam erhob er sich von seiner quietschenden Liege. „Sie müssen verstehen, irgendwie hänge ich an meinem unwürdigen Leben, das Sie sicherlich nun persönlich beenden wollen."

„Den Gefallen würde ich nicht einmal einem der Räte machen", entgegnete ihm Lady Gillian mit einem Lächeln, das ihre Absichten nicht offenbarte.

„Wollen Sie mich etwa zu Tode bequatschen? Oder nur Ihre sadistische Ader an mir auslassen? Zum Beispiel mit einer kleinen Folterstunde. Auch die mächtige Leiterin des Kartellgeheimdiensts muss sich ja hin und wieder etwas gönnen."

„Stunde?", warf Lady Gillian ihm einen mitleidigen Blick zu. „Sie würden nicht einmal ein paar Minuten durchhalten, mein Junge. Außerdem kenne ich bereits alle Ihre kleinen Geheimnisse, selbst Ihre schmutzigen privaten Sachen, die Sie mit niemandem teilen."

Niki runzelte die Stirn.

„Warum lebe ich dann noch?"

„Eine gute Frage!", seufzte Lady Gillian.

Sie näherte sich ihm bis auf ein paar Zentimeter und studierte sein Gesicht sehr genau.

„Ich nehme nicht an, dass Sie sich mit mir vergnügen möchten", versuchte Niki die ältere Frau zu provozieren, wobei er ungeniert ihre einladende Oberweite betrachtete. „Ich hätte nichts dagegen, obwohl ich gestehen muss, im Moment nicht so gut in Form zu sein. Wahrscheinlich könnte ich eine Dame Ihres Standes nicht einmal richtig befriedigen."

„So kenne ich Sie aus Ihrer Jalar-Akte!", erwiderte Lady Gillian und fuhr verführerisch langsam mit der Zunge über ihre Oberlippe. „Immer eine sexuelle Anspielung auf Lager, aber nie dazu bereit, Taten folgen zu lassen. Warum benutzen Sie eigentlich gerade diese uncharmante Masche, um in Ihrem Job an Informationen zu kommen? Damit fallen Sie doch bloß negativ auf. Tun Sie das auch bei Männern?"

„Nein!", verriet Niki ihr mit einem abstoßenden Gesichtsausdruck. „Ich bin durch und durch Hetero. Sie können mir mit Sicherheit Sexismus vorwerfen, aber keinesfalls Homosexualität. Nicht, weil die in unserer geliebten Republik verboten ist, sondern weil mir weibliche Geschlechtsteile mehr zusagen.

Männer prahlen von selbst gerne mit Andeutungen zu ihren Geheimnissen. Frauen hingegen lenkt meine Methode von meinen eigentlichen Nachforschungen ab, sodass sie mir unabsichtlich verraten, was ich wissen möchte. Außerdem macht es mich geil, das zarte Geschlecht auf diese Art zu brüskieren!"

„Nun, zum Glück für uns Frauen werden Sie in nächster Zeit damit aufhören", versprach ihm Lady Gillian.

„Warum sollte ich?", grinste van Dengscht die Frau mit einem beschränkten Gesichtsausdruck an. Er würde seine Rolle bis zum Schluss spielen.

„Ganz einfach! Ich ernenne Sie zum neuen Watcher!"

„Neu …?"

„Der Jalar hat Ihre Untergrund-Kumpane alle ausgeschaltet", verkündete ihm Lady Gillian schonungslos. „Sie stellten ein Risiko für meine Pläne dar. Sie dürfen dieses Geschäft nun allein führen. Unter meiner Anleitung, versteht sich!"

„Sie haben meine Freunde getötet?"

„Sie benötigen diese Versager doch gar nicht!"

„Es waren Menschen, verdammt!", schrie van Dengscht laut auf, was seine Kopfschmerzen wieder verschlimmerte. „Wie können Sie so einfach über ihren Tod bestimmen? Wer gibt Ihnen das Recht dazu?"

„Das Kartell!"

„Ich verstehe nicht, was Sie damit bezwecken wollen! Sind Sie wirklich der Meinung, ich würde für Sie die Marionette spielen und die Anhänger des Watchers mit der Propaganda des Kartells füttern? Das kaufe ich Ihnen nicht ab."

„Sie haben Recht, mein Guter!", tätschelte ihm Lady Gillian die stoppelige Wange. „Sie sollen die Menschen der Erde mit meiner Unterstützung vor zukünftigen Gefahren warnen."

„Ich glaube, ich bin noch zu benommen, um Ihren Worten folgen zu können", sah Niki sie misstrauisch an. „Womit haben Sie mich eigentlich außer Gefecht gesetzt?"

„Das waren nicht meine Leute, sondern ein Sicherheitsteam von Meroth Industries."

„Gordon?"

„Nein, Timothy!"

„Warum?"

„Wegen der Sache mit den Zeugungshäusern."

„Gordon hat mir versichert, dass Meroth Industries nichts mit dieser scheußlichen Angelegenheit zu tun hätte. Hat er mich belogen?"

„Nein!", antwortete ihm Lady Gillian. „Sein Bruder Timothy ist irgendwie in dieses Projekt verstrickt. Wahrscheinlich verfolgt er persönliche Interessen."

Dies merkte sich van Dengscht. Es könnte eines Tages wichtig werden!

„Und was erwarten Sie nun von mir?", wollte er von der Jalar-Direktorin wissen.

„Dass Sie das tun, was Sie am besten können!"

„Das wäre?"

„Mit der Wahrheit für Unruhe zu sorgen!", offenbarte ihm Lady Gillian. „Egal, welche Konsequenzen das für die Bürger der Republik mit sich bringt. Sie könnten die Menschheit in die vollständige Versklavung abdriften lassen oder ihr Befreier werden! Wäre das nicht großartig? Niki van Dengscht, der Retter der Welt!"

„Sie reden Unsinn, Gnädigste!"

„So, meinen Sie?", griff Lady Gillian nach seinem Arm. „Dann folgen Sie mir mal in Ihr neues Reich."

★

„Zugegeben, ich bin beeindruckt!", bewunderte Niki die hoch moderne Kommunikationssoft und -hardware, die Lady Gillian ihm vorgeführt hatte.

Nachdem Niki mit ihr seine schäbige Gefängniszelle verlassen hatte, flog sie ein positronisch gesteuerter Gleiter mit verdunkelten Scheiben zu einem Parkdeck in einem der typischen Hochbauten der Metropole London. Von dort aus brachte sie ein versteckter Aufzug direkt ins Innere einer luxuriösen, aber fensterlosen Wohnung, bei der es sich allem Anschein nach um eine Art sichere Unterkunft der Jalar-Direktorin handelte.

„Damit lässt sich zweifellos etwas anfangen", musste er ehrlich zugeben. „Aber was bedeutet dies für meinen bisherigen Job bei The Voice?"

„Natürlich könnten Sie diesem weiterhin nachgehen", überließ ihm Lady Gillian die Wahl, „müssten aber freilich damit rechnen, innerhalb weniger Stunden ein toter Mann zu sein. Sie wurden mittlerweile vom Kartell zum Abschuss freigegeben. Ich kann Sie nur beschützen, wenn Sie für mich arbeiten und Ihr bisheriges Leben vollständig aufgeben. Vorerst jedenfalls!"

„Ich wäre sozusagen Ihr Privat-Gefangener!"

„Besser noch!", schmunzelte Lady Gillian zuversichtlich. „Sie würden offiziell als verstorben gelten. Ihre Leiche oder das, was nach dem bedauerlichen Gleiterunfall davon übrig bleibt, würde klassifiziert und eingeäschert werden. Damit wären Sie wahrhaftig ein freier Mann."

„Ein freier Mann, der in einem goldenen Käfig lebt!"

„Es gibt viele Menschen innerhalb der Republik, die ein solches Leben bevorzugen würden."

„Mag sein! Ich bin jedoch keiner davon!"

„Ihre Wahl!", wiederholte sich Lady Gillian gelassen. „Entweder der Tod oder ein isoliertes Leben in dieser Wohnung. Mit dem technischen Material, das Ihnen hier zu Verfügung steht, können Sie Ihre Funktion als Watcher besser nachkommen als in den schmutzigen Kellerräumen, die Ihre ehemalige Gruppe bevorzugte. Ihre Sendungen wären nicht zurückzuverfolgen. Die Informationen, die Sie erhalten werden, stammen direkt von mir. Sie können damit anfangen, was Sie wollen. Sogar über mich lästern, falls Ihnen dies Ihre Einsamkeit versüßt!"

„Damit niemand auf die Idee kommen kann, dass Sie etwas mit dem Warner zu tun haben könnten!", berichtigte Niki sie.

„Warner?"

„Der Watcher ist mit meinen Kumpels gestorben!", erklärte der Reporter bedrückt. „Von heute an kümmert sich der Warner um den Dreck, den das Kartell versucht, unter den Teppich zu kehren. Auch wenn ich immer noch nicht dahintergekommen bin, was Sie eigentlich mit all dem Theater bezwecken."

„Das werden Sie schon noch herausfinden", zuckte Lady Gillian kurz mit den Schultern. „Sie sind ja ein kluges Kerlchen! Da Sie sich anscheinend entschieden haben, überlasse ich Sie nun Ihrem Schicksal."

Die Frau mit dem nackenlangen blonden Haar wandte sich von ihm ab und schritt zur Fahrstuhltür, um die Wohnung zu verlassen.

„Haben Sie vor, mich eines Tages lebend hier herauszulassen?", hielt Niki sie vom Gehen ab.

Lady Gillian drehte sich erneut zu ihm um. Sie blickte ihn mit gespielter Traurigkeit an.

„Das hängt davon ab, wie erfolgreich Sie sind!"

„Und wenn ich versage?"

„Tun Sie das lieber nicht!", riet sie ihm unmissverständlich, betrat die Aufzugskabine und verschwand vorerst einmal aus seinem Leben.

Vergeblich versuchte Niki sich während der nächsten Viertelstunde Zugang zu dem Lift zu verschaffen. Entmutigt starrte er auf die verschlossene Tür. Eine eisige Welle des Schauderns legte sich über ihn, als er realisierte, dass er nun ein Gefangener eines politischen Systems, eines Netzes aus Intrigen und Geheimnissen war, das er stets zu bekämpfen versucht hatte. Ohne Möglichkeit zur Flucht.

Sein Blick schweifte durch das futuristisch ausgestattete Appartement, dessen schimmernde Oberfläche und hochmoderne

Technologie ihm eine Welt jenseits seiner Vorstellungskraft offenbarte. Und das sollte was heißen.

Einer der letzten Sätze von Lady Gillian hallte in seinem Kopf nach:

„Das hängt davon ab, wie erfolgreich Sie sind!"

Niki wusste, dass ihm keine andere Wahl blieb, als sich ihren Wünschen zu beugen. Als Watcher hatte er immer auf der anderen Seite, der richtigen Seite, gestanden, die Wahrheit selbst aufgedeckt und diejenigen bloßgestellt, die im Dunkeln agierten. Jetzt war er selbst ein Teil dieser finsteren Welt geworden.

Oder doch nicht?

Vieles von dem, was er von Lady Gillian in Erfahrung gebracht hatte, verwirrte ihn weiterhin. Er wurde nicht schlau aus ihr.

Die Ausstattung seines untypischen Gefängnisses bot Niki van Dengscht die Werkzeuge, die er benötigte, um seine Arbeit als Warner zu beginnen. Er machte es sich vor dem positronischen Terminal in seinem neuen Arbeitszimmer bequem und schaltete es ein. Nach einer kurzen Analyse der Datenbanken, die ihm zur Verfügung standen, verband er sich mit den verschiedenen verschlüsselten Kommunikationskanälen der unterschiedlichsten Regierungseinrichtungen.

Trotz der bedrückenden Lage, in der er sich befand, spürte Niki einen Hauch von Aufregung in sich aufsteigen, als er erkannte, dass er nun problemlos an geheime Informationen kam, die tief in die Machenschaften der terranischen Regierung und sogar des Kartells hineinreichten.

Lächelnd machte er sich an die Arbeit.

Der Warner würde es diesem abscheulichen Pack zeigen und ihr Gerüst an Unmenschlichkeit und Unterdrückung einstürzen lassen. Anfangen würde er mit den Zeugungshäusern.

Niki van Dengscht fragte sich, ob er bereits in seinem ersten Enthüllungsbericht auf die Verstrickung von Timothy Meroth hinweisen sollte. Aufgrund seiner engen Freundschaft zu dessen Bruder Gordon entschied er sich vorerst dagegen. Der arrogante Glatzkopf würde ihm nicht weglaufen.

19. April 34 DNW (Der Neuen Weltordnung)

Unsere Regierung hat vor, uns zu Zuchtvieh zu degradieren!

Es reicht unseren tyrannischen Machthabern, allen voran unserem unfähigen Präsident Alfredo de la Cruz und seinem Marionetten-Senat nicht, unsere Frauen mit unsinnigen Versprechungen und Parolen von dem Erlebnis einer normalen Schwangerschaft abzuhalten.

NEIN!

Die drei Monate alten Embryos, die unsere angeblich frei gewählten Repräsentanten förmlich aus den Leibern ihrer Mütter rauben, werden in den staatlichen Brutstätten genetischen Experimenten ausgesetzt. So sollen kleine, hörige Menschen erschaffen werden, die genauso funktionieren, wie es sich die mysteriösen Kartellräte für ihre Untergebenen wünschen.

Zukünftige Generationen werden folgsamer, fleißiger und genügsamer sein. Niemand wird mehr widersprechen, alle werden nur noch gehorchen und brav der elitären Schicht unserer pervertierten Gesellschaft dienen.

So prophezeit es euch der Warner!

Die weltweit Hunderttausenden Neugeborenen, die durch diese schaurigen Experimente entstellt oder nicht lebensfähig sind, werden der Öffentlichkeit natürlich vorenthalten. Hier sehen Sie exklusives und schockierendes Bildmaterial von der Entsorgung dieser armen, teilweise noch lebenden Geschöpfe. Sie werden mit positronisch gesteuerten Lastengleitern heimlich aus den Brutstätten abtransportiert und zu den Fusionsverbrennungsanlagen unserer Metropolen gebracht, wo die kleinen, unschuldigen Wesen einfach auf Fließbänder geschüttet und in die Reaktoren geführt werden.

Dies prophezeit euch nicht der Warner, es ist bereits eine grausame, aber unverfälschte Realität!

Aber wehrt sich auch nur einer von euch gegen diese abscheulichen Verbrechen, die unsere Regierung uns antut?

NEIN!

Ihr seid Vieh, das von seinen Züchtern zur Schlachtbank geführt wird. Verdammt seid ihr! Schämen sollt ihr euch alle!

Doch der Warner prophezeit euch noch mehr!

Sprechen wir doch mal über die bevorstehende Kolonisierung des fernen Planeten Nikong. Viele der dazu auserwählten Bürger der Metropole Peking glauben wohl, dieser Schritt wäre ein Schritt in die Freiheit. Weit weg von den Despoten der Republik.

Wie naiv seid ihr eigentlich?

Für Nikong gibt es bereits Pläne für ein sogenanntes Zeugungshaus, mit dessen Eröffnung sogar der natürliche Zeugungsakt verboten werden wird. Sicher, ihr dürft noch vögeln wie die Karnickel, doch euer Trinkwasser wird einen chemischen Zusatz enthalten, der eine normale Zeugung verhindert. Auf Nikong wird eine Gesellschaft herangezüchtet werden, die in ihrer zweiten Generation bereits nur noch aus stumpfsinnigen Marionetten besteht. Abgesehen von den Schergen des Kartells, die sich dort um alles kümmern, großspurig herumkommandieren und ein luxuriöses Leben führen werden. Auf eure Kosten!

So prophezeit es euch der Warner!

„Was hat das alles zu bedeuten, Herr Präsident?", verlangte der Gouverneur der Metropole Peking nach einer Erklärung, während er vor dem leicht flimmernden Hologramm seines Gesprächspartners nervös auf und ab ging.

„Ist an dieser Geschichte über Nikong etwas Wahres dran?", fuhr er aufgeregt fort. „Und wer ist überhaupt dieser Warner? Reicht es nicht, dass schon ein Halunke namens Watcher sein Unwesen im Globalnet treibt? Brauchen wir zwei von denen? Wozu gibt es eigentlich den Jalar?"

„Bitte, beruhigen Sie sich, Cai-Feng!", versuchte de la Cruz den kleinen, alten Chinesen zu besänftigen. „Sorgen Sie dafür, dass die Unruhen in den Straßen Ihrer Metropole aufhören, und alles wird gut!"

„Sie weichen mir aus, Herr Präsident!"

„Ich kann Ihnen versichern, Gouverneur, den Watcher gibt es nicht mehr. Und diesen Warner wird der Jalar sicherlich auch bald zum Schweigen bringen."

„Plant das Kartell wirklich so etwas wie ein Zeugungshaus für unsere Kolonie Nikong?"

„Mitnichten!", lachte der Präsident der Republik Terra laut auf. „Alles nur Panikmache! Niemand von den Kartellräten käme auf eine solch kranke Idee. Das können Sie mir glauben! Die Räte tun alles Mögliche, damit die Kolonisierung von Nikong ein Erfolg wird. Die Menschheit soll sich innerhalb der Milchstraße ausbreiten und ihren …"

Verärgert unterbrach Cai-Feng Cheng das unbefriedigende Gespräch mit Alfredo de la Cruz.

„Der Kerl ist nicht nur ein Idiot, sondern auch ein verdammter Lügner!", teilte er seinem Stellvertreter Han Ho mit. „Tut so, als würde er alle Kartellmitglieder persönlich kennen. Dieser hirnrissige Angeber! Wahrscheinlich kennt er nicht einen einzigen von ihnen. Er ist genauso einer ihrer politischen Hampelmänner wie wir."

Ho wagte es nicht, dem Gouverneur zu widersprechen, stimmte ihm aber auch nicht zu. Er spielte seine unauffällige Rolle, einen dieser typischen Vorzeigepolitiker ohne persönliche Meinung, perfekt. Er besaß kaum Charisma, zeigte nie sein wahres Gesicht und behielt seine politischen Ansichten stets für sich.

Es war bestimmt nicht das erste Mal, dass Cheng sich fragte, wie dieser Mann es überhaupt geschafft hatte, sein Stellvertreter zu werden. Han Ho war ihm zwar stets eine Hilfe gewesen, doch ein guter Sekretär hätte das, was er bisher vollbracht hatte, auch erledigen können. Wahrscheinlich besaß Ho nur die richtigen Beziehungen, mit deren Hilfe es ihm gelungen war, ein so hohes politisches Amt zu ergattern.

„Wie sieht es auf den Straßen aus?", erkundigte sich Cai-Feng Cheng. „Hat die Polizei den aufrührerischen Mob endlich unter Kontrolle gebracht?"

„Die Republic Police tut, was sie kann", berichtete Ho, wobei er die neusten Informationen zu der Entwicklung des Geschehens von einem Pad ablas. „Aber es befinden sich weiterhin Zehntausende Aufständische auf dem Weg zum Administration-Tower. Sie können nur aufgehalten werden, wenn Sie den Einsatz von Schlafgas gestatten."

„Gegen Zehntausende?", gab Cheng missmutig zu bedenken. „Eine solche Aktion würde die Stimmung nur noch mehr aufheizen."

Er blickte aus seinem Büro im zweihundertsten Stock des Administration-Towers hinab auf die Straße. Von hier oben sah alles friedlich aus. Nachdenklich drehte er sich zu seinem Stellvertreter um.

„Gibt es keine andere Möglichkeit, diese Demonstration zu beenden?", verlangte er von Han nach eine Lösung des Problems. „Schließlich handelt es sich dort unten um die von uns auserwählten Kolonisten für Nikong. Diese Menschen machen sich nur Sorgen um ihre Zukunft und die ihrer Kinder. Etwas, das ich nach den Behauptungen des Warners gut nachvollziehen kann. Außerdem, wenn dieser Kerl die Wahrheit sagt, würde ein solches Projekt des Kartells unsere Pläne für eine unabhängige chinesische Kolonie in den Fernen des Alls bereits im Keim ersticken."

„Das Kartell wird nie die Kontrolle über irgendeine terranische Kolonie abgeben, du Narr!", dachte Han Ho, der sich bereits als zukünftiger Gouverneur von Peking sah.

„Soll sich doch die Koordinatorin des Umsiedlungsprogramms um dieses Problem kümmern", schlug er mit süffisantem Mienenspiel vor. „Sie findet bestimmt den richtigen Draht zu diesen Leuten."

„Ein gute Idee, Ho", stimmte Cai-Feng Cheng dem unerwarteten Rat zu. „Veranlassen Sie das Nötige!"

„Wie Sie wünschen, Gouverneur!"

Li-Ming Wu nahm den Auftrag des Gouverneurs mit einer beeindruckenden Gelassenheit entgegen, die ihre jahrelange Erfahrung und ihre unerschütterliche Entschlossenheit widerspiegelten. Ein leichtes Lächeln umspielte ihre schwarz geschminkten Lippen, als ihr erneut die offensichtliche politische Schwäche von Cai-Feng

Cheng vor Augen geführt wurde. Der Befehl war für die 52-jährige Frau nichts als eine weitere Bestätigung seines Unvermögens. Mit ihr auf diesem Posten würde der Präsident der Republik Terra ein nicht so sorgenfreies Leben führen.

Für Li-Ming war die Aussicht auf das höchste politische Amt der Metropole Peking längst in den Hintergrund getreten. Chengs Versuch, sie durch die Ernennung zur Koordinatorin des Umsiedlungsprogramms aus dem Weg zu räumen, hatte ihr ungewollt eine viel bedeutendere Position verschafft.

Warum sollte sie sich mit der Leitung einer einzelnen Metropole begnügen, wenn sie das Schicksal eines ganzen Planeten lenken konnte?

Ihre Treue zum politischen System der Republik erstreckte sich über Jahre hinweg und war weit über die Grenzen Pekings hinaus bekannt. Der Innere Kreis des Kartells schätzte nicht nur ihren unerschütterlichen Fokus, der voll auf politische Stabilität gerichtet war, sondern auch ihre kompromisslose Haltung gegenüber oppositionellen Gruppen.

Mit einem beinahe spielerischen Enthusiasmus betrat Li-Ming Wu das Bekleidungszimmer ihrer Wohnung im Administration-Tower. Ihre Augen funkelten vor Vorfreude, als sie ihre leicht gepanzerte, schwarze Uniform anzog. Das Rangabzeichen am Kragen wies sie als Leiterin der Republic Police für Sondereinsätze aus – ein Posten, der innerhalb der Metropolen der Erde einzigartig war und der sie mit Stolz erfüllte.

„Na dann wollen wir mal!", murmelte sie vergnügt vor sich hin, während sie sich in Gedanken auf den bevorstehenden Einsatz vorbereitete.

Mit sicherem Schritt überquerte Li-Ming den Platz der Republik, in dessen Zentrum, dem exakten Mittelpunkt der Metropole, der Administration-Tower in die Höhe schoss. Die schlanke Frau hatte ihr langes schwarzes Haar zu einem Zopf zusammengeflochten, den sie wie eine Krone auf ihrem Haupt trug. Sie näherte sich den mehreren Hundertschaften von Polizisten, die sich der aufgebrachten Menschenmasse entgegengestellt hatten. Allesamt ausgerüstet mit schweren Waffen.

„Aus dem Weg!", bahnte sie sich mit kräftiger Stimme eine Passage durch die unruhig wirkende, lauernde Staatsmacht. „Wer hat hier das Sagen?"

Sie wusste genau, wer die an Ort und Stelle versammelten Polizeikräfte kommandierte. Superintendent Ni Wong! Ein guter Stratege, aber auch ein Mann, der für seine beispiellose Aggressivität bekannt war. Eigentlich ein brauchbarer Polizist, wenn ein Blutbad vonnöten war.

„Mrs Wu!", trat Wong ihr entgegen und blickte neidisch auf ihr goldenes Rangabzeichen. „Ich wurde nicht darüber unterrichtet, dass Sie an diesem Einsatz teilnehmen würden! Meine Offiziere und ich kontrollieren die Lage. Wir benötigen Ihre Hilfe nicht. Die Aufständischen laufen geradewegs in unsere Falle!"

„Der Gouverneur sieht das anders!", drückte sich Li-Ming an dem stämmigen Mann vorbei. „Niemand gibt einen Schuss ab, bevor ich es befehle. Teilen Sie das Ihren Leuten mit, Superintendent Wong!"

Mit grimmigem Blick befolgte der Polizist ihren Befehl und sah zu, wie sie, einem dieser arroganten Modemodells aus dem Globalnet nicht unähnlich, den breiten, mit Grünflächen und Bäumen geschmückten Republic Boulevard hinabstolzierte.

„Miststück!", schimpfte er leise hinter ihr her.

Kaum hatte die aufgebrachte Menge Li-Ming Wu erkannt, verlangsamte sich ihr Marsch. Ihre Rufe verstummten allmählich. Das selbstbewusste Auftreten der Koordinatorin zeigte Wirkung. Wie immer!

Knapp zwanzig Meter vor ihr blieben die Aufständischen stehen. Ihr Anführer, ein junger Student, wie Li-Ming an seiner Kleidung erkannte, trat ihr entschlossen entgegen. Mit Hilfe ihres positronischen Einsatzarmbandes ließ Wu über den Köpfen der

Demonstranten Akustikfelder entstehen, sodass jeder ihre Worte und die ihres Gegenübers deutlich vernehmen konnte. Eine gute Kommunikation war für ihren Auftritt entscheidend.

„Hat der Warner recht?", fuhr der Student sie bissig an.

„Natürlich nicht!", antwortete Li-Ming Wu ruhig und ohne zu zögern.

Ein verunsichertes Murmeln durchzog die Masse.

„Ich kann nachvollziehen, dass viele von euch durch die unzutreffenden Aussagen dieses Anarchisten verunsichert sind. Alles Fake News! Als Koordinatorin des Umsiedlungsprogramms teile ich selbstverständlich eure Sorgen. Aber ihr braucht euch nicht zu fürchten. Niemand aus der Regierung käme auf eine solch wahnsinnige und völlig absurde Idee.

Nur in Freiheit geborene und freidenkende Menschen sind dazu fähig, sich den Strapazen, die das Abenteuer der Kolonisierung einer fremden Welt mit sich bringt, zu stellen und diese zu bewältigen. Und nur gemeinsam können wir diese gigantische Aufgabe erledigen, aber dafür dürfen wir uns nicht mit trüben Gedanken belasten.

Mit der Kolonisierung von Nikong erhalten wir die einzigartige Chance, uns eine eigene Welt aufzubauen. Wollt ihr euch diese Gelegenheit durch dumme Gerüchte und unproduktive Aufmärsche nehmen lassen?"

Li-Ming schwieg ein paar Sekunden.

„Wollt ihr euch diese Gelegenheit durch dumme Gerüchte und unproduktive Aufmärsche nehmen lassen?, fragte ich euch."

„Nein!", ertönten vereinzelnde Stimmen.

„Ich kann euch nicht hören!"

„Nein!", vermehrten sich die Schreie und wurden lauter.

„Wie bitte?"

„Nein!", brüllte die Masse aus Leibeskräften und jubelte ihr begeistert zu.

„Dann geht wieder nach Hause und folgt den Anweisungen eurer Gruppenleiter, damit ihr vorbereitet seid. Der große Tag rückt unaufhaltsam näher.

Kolonisten!", rief sie laut der Menge zu.

„Ihr werdet gebraucht. Ich brauche euch! Wir werden uns alle auf Nikong wiedersehen!"

Erneut brach großer Jubel aus, gefolgt von einem fast schon fanatischen Sprechgesang.

„Li-Ming Wu! Li-Ming Wu! Li-Ming Wu!"

Lächelnd winkte sie der tobenden Meute zu, ballte beide Hände zu Fäusten und streckte die Arme in einer Siegespose dem Himmel entgegen.

Wieder einmal war es ihr gelungen Leute mit einfachen Worten zu überzeugen. Und zwar mit Leichtigkeit.

Sie sah noch kurz zu, wie die Menschenmasse sich langsam auflöste, und kehrte, ohne Superintendent Wong eines weiteren Blickes zu würdigen, in ihre Wohnung zurück.

„Wie macht diese Frau das?", wunderte sich Han Ho über den erfolgreichen Auftritt der Koordinatorin, den er gemeinsam mit dem Gouverneur auf einem der öffentlichen Holo-Kanäle von The Voice verfolgt hatte.

„Keine Ahnung!", antwortete ihm Cai-Feng Cheng mürrisch. „Ich bin nur froh darüber, dass dieses Weib mit den Kolonisten nach Nikong verschwindet. So steht meiner Wiederwahl nichts mehr im Wege."

„Wenn du dich da mal nicht irrst!", machte sich Ho in Gedanken über den alten Mann lustig.

Würden die kommenden Gouverneurs-Wahlen in zwei Jahren ordnungsgemäß ablaufen, besäße Cheng vielleicht Chancen auf eine Wiederwahl. Da das Resultat politischer Wahlen seit der Gründung der Republik Terra jedoch von den Wünschen der Kartellräte abhing, betrachtete sich Han Ho schon als nächsten Gouverneur der Metropole Peking

Konzentriert studierte Fuena Giovanni die neuesten Berichte des Jalars, die ihr direkt über das zentrale Netzwerk des Geheimdienstes auf ihre Augenlinsen projiziert wurden. Sie verglich diese mit den Aufzeichnungen, die ihr die portugiesische Leiterin des Polizeireviers des Bezirks Alfama auf einem holografischen Display vorgelegt hatte.

Bis auf ein paar Kleinigkeiten fielen der Kartell-Beauftragten keine wesentlichen Unterschiede in der Informationsdichte auf. Chief Inspector Jandira Oliveira Costa schien ihren Laden auf den ersten Blick unter Kontrolle zu haben. Doch Giovanni besaß die Fähigkeit, zwischen den Zeilen zu lesen. Sie erkannte, an welchen Stellen in den portugiesischen Berichten Daten verschönert oder gar weggelassen worden waren.

Fuena saß zusammen mit der Inspektorin in deren Büro. Die transparenten Wände des Raumes waren mit intelligenten Sensoren ausgestattet und präsentierten interaktive 3D-Visualisierungen diverser Kriminalstatistiken, Überwachungsbilder der nahen Umgebung und Aufnahmen eines Echtzeit-Verfolgungssystems, das verdächtige Individuen im Auge behielt.

Das eigentliche Revier füllte ein ganzes Stockwerk in einem der futuristischen Wolkenkratzer des Stadtteils aus. Eine Etage tiefer befand sich das Parkdeck der Polizeistation mit den unterschiedlichsten Einsatz- und Dienstgleitern, einigen Lagerräumen für die diversen Ausrüstungsgegenstände sowie einer Reparaturwerkstatt.

Ein weiteres Geschoss darunter gab es Trainings- und Waschräume, eine große Kantine und Unterkünfte zum Entspannen. Überall standen den Polizisten holografische Schnittstellen zur Verfügung, mit deren Hilfe sie jederzeit auf das umfangreiche Informationsnetz der Republic Police zugreifen konnten.

Das Erste, was der schick gekleideten Frau an den Berichten der örtlichen Polizisten aufgefallen war und sie in ihrer Funktion als Kartell-Beauftragte störte, waren die nationalistischen Ansichten der Verfasser! Während Agenten des Jalars die kriminelle Situation in der Metropole Lissabon mit einer umfassenderen Objektivität und aus globaler Sicht betrachteten, neigten die Leute des Chief Inspectors dazu, bestimmte Aspekte zu beschönigen. Bekannte gefährliche Elemente, insbesondere jene, die religiöse Ansichten verbreiteten, stachen dabei hervor.

In Alfama gehörten Straftaten dieser Querulanten fast schon zur Tagesordnung, was von den ansässigen Polizeikräften, wenn überhaupt, nur halbherzig verfolgt wurde. Grund genug für Fuena Giovanni, sich dieses Missstandes persönlich anzunehmen.

„Welcher Gruppierung gehören diese religiösen Spinner in Ihren Berichten an?", erkundigte sich die Kartell-Beauftragte bei Oliveira Costa.

Sie strich sich eine Strähne ihres langen schwarzen Haares aus dem Gesicht und starrte die Inspektorin mit eisigem Blick an.

„Gruppierung?", spielte Jandira die Überraschte und zupfte nervös am linken Ärmel ihrer schwarzen Uniform. „Mir liegen keine Meldungen über eine religiöse Gruppierung vor."

„Ich nehme an, Sie haben auch noch nie etwas von der NIK, der Neuen Irdischen Kirche, gehört?"

„Nein!"

„Und dem zehnten Chor?"

„Auch nicht!"

„Komisch!"

Fuena blickte die knapp ein Meter sechzig große Frau, die ihr gegenüber saß, misstrauisch an.

„Selbst die bestenfalls als unmotiviert anzusehenden Berichte Ihrer Streifenpolizisten lassen vermuten, dass einige ihrer Einsätze einen derartigen Hintergrund besaßen. Im Alfama-Bezirk treibt mit großer Sicherheit eine verbotene religiöse Organisation ihr Unwesen."

„Das kann ich nicht bestätigen!", murmelte Jandira unsicher.

Erneut konnte sie dem Augenkontakt zu der Kartell-Beauftragten nicht standhalten.

„Alfama ist ein ruhiger Stadtteil! An den wenigen Streitereien, die hin und wieder auftreten, sind meistens nur Menschen beteilig, die um ihren Bürgerstatus besorgt sind. Keine Religiösen! In Lissabon gibt es viele Personen, die aufgrund der schlechten Wirtschaftslage fürchten, in den unteren Staatsdienst abzurutschen."

„Was für eine schlechte Wirtschaftslage?", horchte Giovanni auf. „Die Leute, vor allem jene aus den südlichen Metropolen Europas, sind bloß zu faul, um zu arbeiten. Würden sie sich mehr anstrengen und weniger über ihr persönliches Wohl und ihren wachsenden Egoismus nachdenken, hätten sie nichts zu befürchten.

Die Republik sorgt für uns alle!

Das dürfte jedem klar sein, sogar Ihnen.

Aber es gibt keine Geschenke! Wir bekommen nur das, was wir auch verdienen. Solch asoziales Pack, wie es das vor der großen Säuberung gab, kann sich die Republik Terra nicht leisten."

Fuena, die selbst aus einem der ehemaligen europäischen Südstaaten stammte, schüttelte verständnislos ihren Kopf.

„Wer diesen klaren Grundgedanken unserer politischen Führung nicht teilt, sollte sich schämen", fuhr Giovanni theatralisch fort. „Aber das alles tut eigentlich nichts zur Sache. In Alfama wächst eine religiöse Brut heran, die es zu stoppen gilt, bevor sie auf andere Metropolen überschwappt."

Dass dies längst geschehen war, wie ein Auftritt des zehnten Chors bei einer Lebenspakt-Zeremonie in der Metropole London bewies, verriet die Kartell-Beauftragte der Inspektorin nicht. Sie selbst hatte dafür gesorgt, diesen Vorfall vor der Öffentlichkeit zu verheimlichen. Nur ein paar Eingeweihte und Beteiligte wussten über diesen Zwischenfall, der sich auf Meroth Manor ereignet hatte, Bescheid.

Giovanni erhob sich von ihrem Stuhl und machte sich an dem Echtzeit-Verfolgungssystem im Büro der Inspektorin zu schaffen. Sie fügte ein paar neue Suchkriterien hinzu und veränderte einige der vorhandenen Parameter. Sie brauchte nicht lange zu warten, bis das System auf die Veränderungen reagierte und ihr ein lohnendes Ziel präsentierte.

„Na, sieh einer an!", spottete die Kartell-Beauftragte. „Da haben wir ja schon ein paar solcher Verbrecher. Begleiten Sie mich, Chief Inspector! Wir sehen uns die Sache mal aus der Nähe an. Ich muss bloß noch einen kurzen Anruf tätigen!"

★

„Wir sind die Geister der Freiheit", rief der blond gelockte Junge, der auf einem provisorischen Podest stand, einer überschaubaren Menschengruppe zu. „Gottes erstes Aufgebot im Kampf gegen den heuchlerischen Satan. Schließt euch uns an, Bürger von Lissabon! Jede gottestreue Seele ist uns willkommen. Wir, der zehnte Chor, wir sind Gottes auserwählte Krieger, die er für seinen Feldzug gegen das Böse auf dieser Welt benötigt."

„Du bist doch nur ein ungewaschener, vorlauter Bengel, der nachplappert, was verlogene radikale Anarchisten ihm aufgetragen haben", trat die schlanke Kartell-Beauftragte provozierend aus der Menge hervor. „Was kannst du uns schon bieten? Hast du überhaupt schon Haare am Sack?"

Einige der Versammelten lachten laut auf.

Die Miene hinter dem blass geschminkten Gesicht des Jungen erinnerte Fuena Giovanni an ein Engelsgesicht, das sie von Bildern der Maler aus dem Renaissance-Zeitalter her kannte. Kunstwerke, die nach dem ausgesprochenen globalen Religionsverbot auf Geheiß der Erdregierung vernichtet worden waren

Der Knabe blickte sich hilfesuchend um.

„Das Böse …", trat eine dunkelhaarige Frau mittleren Alters in schmuddeliger Kleidung schreiend an seine Seite. Sie war nicht viel größer als der Knabe neben ihr.

„Das Böse ist unter uns! Des Teufels Braut möchte uns in Versuchung führen. Fürchtet euch nicht! In Gotteskreisen erkennen wir ihre Rechte nicht an. Sie ist machtlos! Sie kann euch nichts anhaben. Glaubt an meinen Sohn. Er wurde von Gott gesegnet und wird euch vor dieser Satansbrut beschützen!"

Giovanni winkte die im Hintergrund verweilende Inspektorin herbei. Zögernd trat die Polizistin an sie heran. Einige der Versammelten wichen ihr erschrocken aus, andere eilten davon. Die meisten jedoch blieben wie angewurzelt stehen. Vielleicht beeindruckt vom Auftritt der Kartell-Beauftragten, vielleicht ließ die schwarze Uniform der Polizistin sie erstarren. Wahrscheinlich gehörten sie aber nur zu jener Sorte von Menschen, Gaffer genannt, die sich am Leid anderer ergötzten.

Und das Leid lag spürbar in der Luft.

„Ihren Scanner!", verlangte Fuena von der Uniformierten. „Los, machen Sie schon!"

Jandira Oliveira Costa löste das kleine Gerät von ihrem Dienstgürtel und reichte es Giovanni. Ein kurzer Scan des Knaben und seiner Mutter, die schützend ihren Arm um ihren angeblichen Sohn gelegt hatte, ein Ablesen der Daten und Giovanni gab der Polizistin ihr Einsatzwerkzeug zurück.

„Überprüfen Sie ruhig die Daten!", verlangte die Kartell-Beauftragte. „Es ist Ihr Gerät. Eine Manipulation meinerseits ist demnach auszuschließen."

Jandira nickte stumm!

„Sehen Sie zu und lernen Sie, Chief Inspector!", lächelte Giovanni zufrieden und wandte sich an die Frau auf dem Podest, die sie schäumend vor Wut anstarrte. Der religiöse Fanatismus war in ihren Augen deutlich zu erkennen.

„Sie wollen die leibliche Mutter dieses Kindes sein?", fuhr Fuena sie laut an. „Sie sind eine verdammte Lügnerin! Ihre DNA stimmt nicht einmal ansatzweise mit dem des Knaben überein. Er ist nicht einmal Portugiese, sondern ein deutsches Kind, das vor zwölf Jahren aus einer Brutstätte der Metropole Koblenz entführt wurde. Ich nehme an, Ihre Sekte hat es geistig konditioniert, um es zu einem Werkzeug Ihres unsinnigen Glaubens zu machen."

„Er ist Gottes Sohn!", wehrte sich die Frau empört gegen diese Anschuldigungen. „Gott hat ihn mir geschenkt, damit er seine heiligen Worte in die Welt hinausträgt. Niemand wird ihn daran hindern können. Die Hand Gottes wacht über ihn!"

Der Schuss aus Giovannis kleiner Impulspistole, die sie verborgen unter ihrer gelben Lederweste getragen hatte, erfolgte blitzschnell. Er wurde erst bemerkt, als das tödliche Impulsgeschoss sich längst durch den Schädel des schmächtigen Jungen gebohrt hatte. Wie ein kleiner, gefällter Baum fiel der Knabe vom Podest herunter.

„Ups!", lästerte die Kartell-Beauftragte. „Sein Gott hat wohl seinen Einsatz verpasst!"

Die Möchtegernmutter kümmerte sich nicht um ihren getöteten Sohn. Ihre Mutterliebe war mit seinem Tod verschwunden. Ihr

Hass auf das politische System jedoch nicht. Mit Gebrüll versuchte sie vom Podest aus Giovanni anzuspringen. Diese schlug die aufgebrachte Furie noch in der Luft mit einem harten Handkantenschlag ins Genick, sodass sie zu Boden stürzte.

„Dafür wirst du büßen!", blickte die Frau sie schreiend vor ihren Füßen liegend an. „Verflucht sollst du sein, du Hure des Satans! Das alles vernichtende Armageddon ist nahe. Der Erzengel wird euch alle bestrafen!"

„Wer hat dich geschickt?", fragte Fuena und um ihrer Aufforderung mehr Gewicht zu verleihen, drückte sie das Gesicht der Portugiesin mit ihrem rechten Fuß brutal gegen den metallischen Untergrund.

Es kümmerte sie nicht, ob jemand Zeuge ihrer brutalen Spielchen wurde oder mitbekam, was ihr die Gefangene zu erzählen hatte.

„Die Neue Irdische Kirche!", wimmerte die Frau vor Schmerzen und gab gleich unaufgefordert weitere Informationen preis. „Ich bin eine Schwester des Zweiten Ordens. Wir dienen dem Papst. Wir sind ein Teil des göttlichen Plans."

Fuena richtete ihre Waffe auf die Frau.

„Tötet sie alle!", sprach sie leise vor sich hin.

Die Gaffer um sie herum sanken fast alle gleichzeitig leblos zu Boden.

„Was …?", sprang Jandira Oliveira Costa zur Seite. „Was haben Sie getan? Das waren unschuldige Menschen!"

„Sie waren genauso schuldig wie Sie, meine Liebe!", lächelte Fiona die Polizistin sorglos an und schoss ihr in den Bauch.

Der überraschte Ausdruck in den Augen der Frau gab Fuena ein unbeschreibliches Gefühl der Befriedigung, das sich noch steigerte, als sie ihr den tödlichen Schuss mitten in ihr schmerzverzerrtes Gesicht versetzte.

„Lasst den Platz reinigen!", befahl sie den Jalar-Agenten, die allmählich aus ihren Verstecken hervortraten. „Und sorgt dafür, dass diese sabbernde Gottesanbeterin eure Verhörspezialisten kennenlernt. Sagt ihnen, dass keine Eile geboten ist. Diese Gläubige liebt es, misshandelt zu werden. Sie betrachtet das als ihr persönliches Martyrium. Aber Vorsicht, die kleinste Information aus ihrem Kopf könnte wichtig sein. Vielleicht erhalten wir endlich einen Hinweis darauf, wer dieser mysteriöse Papst ist und wo er sich aufhält."

✳

„Ich kann Ihnen versichern, die Lage ist ernster als je zuvor!", behauptete Vice-Admiral Fynn McFain, blieb kurz stehen und sah sich um.

Sein Blick fiel auf einen schnittigen gelben Frachtzug, vollgepackt mit sagorischen Stahlplatten. Das Gefährt rauschte beinahe lautlos, dafür aber mit einer beachtlichen Geschwindigkeit über eine breite Magnetschiene durch die unterirdischen Hallen der lunaren Werftanlage.

Das Gleis bildete eine direkte Verbindung zu der neuen Stahlfabrik von Meroth Industries, die erst vor zwei Tagen ihre diversen Produktionen aufgenommen hatte.

„Ihre unerwartete Begegnung mit den Flissern dürfte Sie doch auch davon überzeugt haben, dass wir keine Zeit mehr verschwenden dürfen", drehte sich McFain zu seinem Begleiter um.

„Nur teilweise!", beharrte Gordon Meroth auf seinem Standpunkt.

Ihr wöchentlicher Routinerundgang durch die Raumschiffswerft neigte sich dem Ende zu. Gemeinsam betraten sie einen Fahrstuhl, der die beiden so unterschiedlichen Persönlichkeiten hinauf zur Oberfläche des Mondes brachte.

„Nach wie vor mache ich mir Gedanken über den übereilten Rückzug der Flisser", erklärte sich Meroth dem Mann in der braunen Uniform der Republic Space Force.

„Selbst Captain Johanssons gesamtes Aufklärer-Geschwader hätte gegen ihr riesiges Schiff kaum etwas ausrichten können. Warum also haben die Flisser das Feld kampflos geräumt? Immerhin schien auch ihnen der einzige bewohnbare Planet in diesem System wichtig zu sein, wie ihr Satellit in dessen Orbit bestätigen dürfte. Ich an ihrer Stelle hätte ihn auf jeden Fall zurückgefordert."

„Mich ärgert es mehr, dass Veegun uns unsere Beute kommentarlos abgenommen hat, wie ein verdammtes Spielzeug einem unartigen Kind", beschwerte sich der bullige Soldat mit dem roten Bürstenhaarschnitt.

„Der Botschafter hatte anscheinend seine Gründe für sein Handeln", grinste Gordon schelmisch.

„Wissen Sie mehr als ich?", fragte ihn der Vice-Admiral, während sie ihr Ziel erreichten, den Fahrstuhl verließen und die kuppelförmige Aussichtsplattform an der Spitze des Kontrolltowers von Luna-Port betraten.

„Möglicherweise!", vermied es Meroth näher auf dieses Thema einzugehen.

Er trat an die geschwungene Wand aus sagorischem Stahlglas heran. Von hier aus bot sich ihm ein atemberaubender Blick auf die Baustelle von New Las Vegas, einem Wellness-Ressort mit Casinos für die terranische Oberschicht, das kurz vor seiner Fertigstellung stand. Weiter nördlich schoben sich einige massiven Bauten der neuen Stahlfabrik von Meroth Industries aus der grauen, staubigen und immer noch kargen Mondlandschaft empor.

Der größte Teil des lunaren Lebens spielte sich aus Sicherheitsgründen unterirdisch ab. New Las Vegas bildete da eine Ausnahme. Daher wurde die Anlage rund um die Uhr von einem gelbleuchtenden Energieschirm gesichert, der die kleine Stadt vor Meteoriteneinschlägen und kosmischer Strahlung schützte. Gleichzeitig gestattete diese trügerische Sicherheit den Aufbau einer atembarerer Atmosphäre, die es erlaubte, New Las Vegas in ein grünes Ferien-Paradies mit unzähligen Wasserspielen zu verwandeln.

„Was für eine Verschwendung!", dachte Gordon bekümmert über dieses Prestigeprojekt der terranischen Regierung für die Obrigkeit. An anderen Orten auf dem Mond wurden die hier verschwendeten Unmengen an Energie und Ressourcen dringender benötigt. Das kümmerte die politischen Marionetten des Kartells jedoch nicht, da diese zusätzliche Einnahmequelle später einmal ihre Taschen füllen würde.

„Zurück zu unseren eigentlichen Problemen", wandte Meroth sich wieder dem Admiral zu. „Sie möchten mir gerne weitere Männer und Frauen aus den ehemaligen Schutztruppen der Metropole andrehen, damit ich die Schiffsproduktion auf den Werften erneut erhöhen kann."

„So war's gedacht!"

„Admiral, Sie konnten sich doch bei unserem kleinen Rundgang selbst davon überzeugen, dass die Arbeiten in der Werft auf Hochtouren laufen."

„Die neue Produktionsstraße für Raumschiffe der Jedon-Klasse liegt immer noch still", beschwerte sich McFain. „Das bereits seit einer Woche. Gleichzeitig erlauben Sie sich aber, wichtige Arbeiter für den Bau Ihrer Weltraumjacht abzuziehen."

„Die paar Leute sind bedeutungslos!", hielt Meroth dagegen. „Außerdem wird das Schiff innerhalb der nächsten Tage vom Stapel laufen. Hinzu kommt, dass meine Privatangelegenheiten Sie nichts angehen."

„Wahrscheinlich genau so wenig wie die zahlreichen Materiallieferungen, von denen mir der Terranische Nachrichtendienst berichtete. Jene, die täglich von Mondtransporten von Meroth Industries zu der geheimnisvollen Baustelle am Rande des *Ammomius-Kraters* gebracht werden."

„Der TND hat Sie bestimmt darüber in Kenntnis gesetzt, bei wem Sie sich über die dortigen Arbeiten erkundigen können", ließ Gordon den Admiral abblitzen. „Sie schweifen erneut ab, McFain. Natürlich würden mir weitere Fachkräfte beim Bau Ihrer Raumschiffe helfen.

Fachkräte, Admiral! Keine ausrangierten Soldaten, die uns mittlerweile wegen Erschöpfung wegsterben wie Eintagsfliegen. Diese geklonten Männer und Frauen sind völlig ungeeignet für die Arbeit in der Werft, obwohl sie jeden Befehl blind befolgen, so gut sie können!"

„Es sind halt gute Soldaten!", bekräftigte McFain seine Wahl. „Für ihr Sterben können sie nichts. Die meisten von ihnen haben ihre Lebenserwartung längst überschritten. Geben Sie ihnen einfach die Möglichkeit, nicht nutzlos aus dem Leben zu treten. Schließlich haben sie auch beim Bau von *Defender One* gute Dienste geleistet."

„Dennoch betrachtet und behandelt Ihre Admiralität diese Männer und Frauen nur als Abschaum, den sie schnellstmöglich loswerden möchte", ließ sich Meroth nicht so leicht von McFain überzeugen.

„Da kann ich Ihnen nicht widersprechen", gab der Vice-Admiral leise zu. „Es ist eine Schande!"

„So viel Ehrlichkeit und Mitgefühl hätte ich von Ihnen gar nicht erwartet."

McFain blickte ihn misstrauisch an, erkannte aber das Wohlwollen in Meroths Worten und äußerste sich nicht zu dessen Meinung.

„Ich verstehe Ihr Problem, mein Junge!", sagte er hingegen. „Wir müssen gemeinsam eine Lösung dafür finden. Wie wäre es mit zusätzlichen Arb-, Tec- und Ing-Bots? Die sind doch äußerst zuverlässig!"

„In der Tat!", stimmte Gordon dem Offizier zu. „Aber auch hier treten Schwierigkeiten auf. Die Herstellung dieser Bots läuft fast vollständig automatisiert. Was sicher ein Vorteil ist! Wir benötigen jedoch für ihre Produktion Unmengen von seltenen Erzen, die hauptsächlich im Gürtel abgebaut werden."

„Die Gürtler sind alle faule Säcke!", unterbrach ihn McFain sofort. Seine Tonlage spiegelte erkennbar seine Abneigung diesen Leuten gegenüber wider. „Wenn es nach mir ginge, würde die Raumflotte dort mal ordentlich aufräumen."

„Was zu erheblichen Verlusten unter den Gürtlern führen und die Raumschiffsproduktion zusätzlich stören würde", rief Meroth ihm in Erinnerung. „Sinnvoller wäre es, den Menschen dort ein würdiges Leben zu bieten. Sichere Unterkünfte, eine bessere medizinische Versorgung, gute Verpflegung wären ein Anfang. Man muss die Gürtler dazu bringen, freiwillig härter zu arbeiten. Strafen und Prügel sind kein Musterbeispiel für eine gute Firmenleitung."

„Ihre jugendliche Naivität lässt Sie die Realität der dortigen Lage nicht erkennen", winkte McFain ab.

„Ich glaube nicht, dass dem so ist!", fuhr Gordon mit ruhiger Stimme fort. „Hauen Sie mal bei der Deep Space Mining gehörig auf den Putz, Admiral. Dort schaufelt man nur Credits ein und kümmert sich seit Jahrzehnten nicht um die Wartung oder die Modernisierung der Abbauanlagen. Einige ihrer Arbeiter leben sogar immer noch in den alten, provisorischen Containerwohnungen, die nur eine halbwegs funktionierende Sauerstoffversorgung besitzen.

Im Gürtel werden gute Leute verheizt, McFain. Wenn sich die Minengesellschaften und unsere Regierung nur etwas mehr um diese Menschen kümmern würden, würden sich einige Lieferengpässe von selbst in Luft auflösen."

„Das ist hohe Politik!", verteidigte McFain seinen Standpunkt. „Ich befolge nur Befehle!"

„Sie machen es sich zu leicht, Admiral!"

Bevor er zu einer Antwort ansetzen konnte, wurde McFain von einem Rufton seines Multikoms unterbrochen.

„Ja!", meldete er sich. „Was? … Wann? … Wo? … Ich komme sofort!"

„Schlechte Nachrichten?", fragte Meroth neugierig.

„Kann man so sagen!", ließ der Admiral ihn, ohne eine weitere Erklärung abzugeben, stehen.

Eine knappe halbe Stunde später betrat McFain das Hauptquartier der Republic Space Force auf *Defender One*. Der Konferenzsaal der Admiralität war gut gefüllt, jedoch nicht mit den von ihm erwarteten Führungskräften.

Am oberen Ende des großen ovalen Tisches saßen nur zwei der fünf Admiräle der Republic Space Force. Krusov und Martinez. Um bedeutende Entscheidungen zu treffen, waren mindestens drei von ihnen erforderlich. Auch von seinen gleichrangigen Kollegen fehlte jede Spur.

Die Anspannung im Raum war förmlich greifbar. Ebenso der stinkende Geruch von Angst.

Auf zahlreichen großen Holoschirmen wurde der Flug eines unbekannten Schiffes verfolgt. Daneben wurden Daten eingeblendet, die McFain nach einer kurzen Betrachtung als bedeutungslos einstufte. Nur die enorme Größe des Schiffes mit einer Länge von 1 631 Metern schreckte ihn auf.

Am unteren Ende des Tisches entdeckte McFain seine Nichte Bonnie, eine rothaarige Agentin des Terranischen Nachrichtendienstes.

Er winkte sie zu sich heran.

„Was geht hier ab?", fragte er die junge Frau. „Wo ist der Rest dieser Bande von Versagern?"

„Yadav und Pong holen den Präsident mit einem Shuttle aus Santiago ab. Er verlangte nach einer Eskorte und die beiden stritten sich fast darum, ihn persönlich nach *Defender One* zu begleiten", berichtete Bonnie leise. „Bryton ist verhindert!"

„Verhindert?"

McFain konnte seine Frustration kaum zurückhalten.

„Wurde er über die Situation in Kenntnis gesetzt?"

„Das wurde er!"

„Und die restlichen vier Vize-Admiräle?"

„Wurden kontaktiert, jedoch erhielten wir keine Rückmeldung von ihnen!"

„Was für ein Sauhaufen!", ließ McFain seinem Ärger freien Lauf. „Wir entdecken ein riesiges fremdes Schiff, das unaufhaltsam ins Sonnensystem vorstößt, und keiner ist bereit zu handeln?"

„Können wir Ihnen helfen, Fynn?", wurde Admiral Krusov, ein graubärtiger Russe mit Glatze, auf ihn aufmerksam.

„Das hoffe ich doch sehr!", schritt McFain energisch auf ihn zu. „Was unternehmen wir? Und wo sind die restlichen Vertreter der Admiralität?"

„Wir wurden angewiesen, nichts zu überstürzen!", teilte ihm Krusov nur mit.

„Von wem?"

„Vom Kartellrat persönlich! Präsident de la Cruz wird in Kürze eintreffen. Er hat weitere Befehle für uns!"

McFain seufzte.

„Wir können doch nicht untätig hier herumstehen. Wir müssen handeln! Lassen Sie uns wenigstens gemeinsam die gesammelten Daten der Systemaufklärung analysieren und einen Verteidigungsplan ausarbeiten. Egal was das Kartell im Sinn hat, wir müssen vorbereitet sein. Wissen wir wenigstens schon, wann das fremde Schiff die Erde erreichen wird und welche Absichten es hat?"

„Es gab bisher von beiden Seiten keine Kontaktversuche", teilte ihm Igor Krusov mit. „Den Daten zufolge wird das Schiff die Erde in etwa zwei Tage erreichen. Die Fremden scheinen es nicht eilig zu haben. Warten wir ab, was der Präsident uns mitzuteilen hat. Übrigens, es handelt sich eindeutig um ein sagorisches Raumschiff, nicht um eines der Flisser."

Gordon Meroth schritt durch die offenstehende Glastür ins Vorzimmer der lunaren Büroräume von Meroth Industries. Freundlich begrüßte er die dort sitzenden Angestellten. Ein aufgeregter Archie Stoneclipper trat ihm entgegen.

„Mr Meroth!", vibrierte die helle Stimme seines Sekretärs. „Miss Svensdottir möchte Sie gerne sprechen, Sir."

Ein Lächeln der Anerkennung für Archies nimmermüden Einsatz überflog Meroths Gesicht.

„Danke, Archie!", nickte Gordon dem jungen Mann zu, während er sich weiter auf sein Büro zu bewegte. „Melden Sie mich schon mal an. Ich lege bloß noch mein Jackett ab."

„Wie Sie wünschen, Sir!", bestätigte Stoneclipper mit einer leichten Verbeugung, einer Geste, die ihm Gordon leider nicht abgewöhnen konnte.

Noch in Gedanken mit dem übereilten Aufbruch von McFain beschäftigt, betrat Meroth das Arbeitszimmer seiner kompetenten Stellvertreterin. Die Wände des Raumes wurden von einigen holografischen Kunstwerken und Auszeichnungen geschmückt, die nur einen kleinen Teil der vergangenen Erfolge von Meroth Industries widerspiegelten. An den meisten der Ehrungen war die Frau bereits vor ihrer Beförderung durch Gordon maßgeblich beteiligt gewesen.

„Sie möchten mich sprechen, Sigrun?"

„Bitte, setzen Sie sich!", forderte die 40-jährige Isländerin ihn mit einer freundlichen Geste auf, sich auf der weißen Couch im hinteren Teil ihres Büros niederzulassen.

Sigrun nahm neben ihm Platz und Gordons feine Nase registrierte den süßlichen, aber nicht aufdringlichen Duft ihres Lieblingsparfüms.

„The Voice hat vor Kurzem eine Meldung ausgestrahlt, die Sie persönlich betrifft."

„Was habe ich den jetzt schon wieder verbrochen?", fragte Gordon scherzhaft und neigte seinen Kopf leicht in die Richtung der attraktiven Frau.

Sigrun antwortete ihm nicht.

Ihre Miene zeugte von Besorgnis und Ernsthaftigkeit. Sie ließ COS ihnen die relevante Nachricht auf einem Holoschirm vorspielen.

„… *Wie wir erst vor wenigen Minuten erfahren haben"*, ertönte die holografische Projektion einer blauhaarigen Nachrichtensprecherin mit betroffener Stimme, *„fiel unser geschätzter Mitarbeiter Niki van Dengscht in der Mittagsstunde einem tragischen Verkehrsunfall zum Opfer. Die Republic Police, die den Vorfall untersuchte, schloss sofort jegliche Fremdeinwirkung oder ein fehlerhaftes positronisches System aus. Van Dengscht soll sein Fahrzeug eigenhändig gesteuert und beim Versuch, sich auf eine falsche Gleiterspur einzufädeln, die Kontrolle über sein Gefährt verloren haben. Der Vorstandsvorsteher von The Voice, Andreas Heiner, sprach von einem familiären Verlust und drückt den Hinterbliebenen sein tiefstempfundenes Beileid aus.*

Und nun zum Sport …!"

„Ausschalten!", befahl Miss Svensdottir der Positronik. „Tut mir leid, Gordon. Niki war …!"

„Er würde nie selbst einen Gleiter steuern", unterbrach Meroth die Frau im grünen Hosenanzug, fuhr von der Couch hoch und lief grübelnd umher. „Das hasste er! Außerdem besaß Niki keinen eigenen Gleiter. Er benutzte stets Taxis. An der Sache ist etwas faul. Ich bin mir sicher, dass er ermordet wurde. Dabei habe ich den Blödmann doch ausdrücklich davor gewarnt, sich nicht weiter mit dem Kartell anzulegen."

„Ich verstehe nicht!", räusperte sich Sigrun verlegen. „Halten Sie seinen Tod nicht für einen Unfall?"

„Der Idiot war einer Sache auf der Spur, die nicht nur der Regierung, sondern auch dem Kartell das Genick hätte brechen können", klärte Gordon sie auf. „Der Jalar hatte bereits einmal versucht, ihn umzubringen, was der verfluchte Kerl mit viel Glück überlebt hatte. Das hätte ihm eine Warnung sein sollen. Verdammt, warum hat er nicht auf mich gehört!"

„Sie trifft keine Schuld!", versuchte Miss Svensdottir den jüngsten Spross aus dem Hause Meroth zu beruhigen. „Wenn das Kartell seine Finger im Spiel hat, hätten selbst Sie diese Tragödie nicht verhindern können."

„Da wäre ich mir nicht so sicher!", erwiderte ihr Gordon mysteriös. „Bitte, entschuldigen Sie mich! Ich habe einen dringenden Anruf zu tätigen."

„Gordon!", begrüßte ihn das holografische Abbild der Jalar-Direktorin.

Sie saß gelassen hinter ihrem gläsernen Schreibtisch. Meroth bemerkte sofort, dass die ältere Frau heute keine Lust auf ihre sonstigen Flirtspielchen hatte.

„Ich habe deinen Anruf bereits erwartet!", teilte sie ihm mit ungewohnter Seriosität mit.

„Keine Ausflüchte, bitte!", Gordon hatte Mühe, seine Emotionen im Griff zu behalten. „Sagen Sie mir nur, ob Ihre Leute ihn getötet haben."

„Es ist kompliziert!"

„Ja oder nein?"

„Ja!"

„Warum? Hatte er recht mit dem, was er glaubte, herausgefunden zu haben?"

„In deinem Bürosafe liegt ein blauer Datenkristall. Das darauf gespeicherte Video erklärt dir alles."

Lady Gillian unterbrach die Verbindung.

„ ...

So prophezeit es euch der Warner!"

„Niki lebt!", atmete Gordon erleichtert auf, nach dem er sich das Videomaterial auf dem blauen Datenkristall von Lady Gillian angesehen hatte.

Der Zeitstempel in den Metadaten hatte ihm verraten, dass es sich bei der Aufzeichnung um eine Livesendung handelte, die eindeutig nach van Dengschts angeblichem Tod ausgestrahlt und bereits nur wenige Minuten später wieder aus dem Globalnet verschwunden war.

Wie der Datenkristall in seinen Safe gelangt war, wollte er gar nicht wissen. Hauptsache, sein Freund war am Leben. Das undurchsichtige Treiben der Jalar-Direktorin gab ihm jedoch Rätsel auf.

Was plante diese Frau? Und welche Rollen nahmen Niki und er in ihrem politischen Intrigenspiel ein?

Präsident de la Cruz' Erscheinen vor der Admiralität der Raumflotte war von kurzer Dauer. Er betrat den Konferenzsaal, versuchte die Anwesenden zu beruhigen, gab Anweisungen, die laut ihm direkt vom Kartellrat stammten, und verabschiedete sich wieder mit einer lausigen Entschuldigung. Fazit: Die Flotte sollte sich weiterhin zurückhalten – was immer auch passieren würde!

McFain grübelte lange über die wenigen Informationen, die der Präsident der Admiralität mitgeteilt hatte, nach, kam aber zu keinem sinnvollen Ergebnis.

Ein fremdes Schiff näherte sich der Erde, sollte sich übermorgen über der Metropole Lissabon positionieren und in den nächsten zwei Wochen 250 000 Kolonisten aufnehmen, um dann wieder wegzufliegen. Eine Welt, die, wie es hieß, angeblich nur für Portugiesen perfekt geeignet wäre, sollte das Ziel des Schiffes sein.

Der Vice-Admiral konnte sich beim besten Willen nicht vorstellen, um welchen Planeten es sich handeln sollte. Sicherlich nicht um Nikong. Da würden sich die Chinesen ausbreiten.

Das zweite Sonnensystem, das vom sagorischen Botschafter Veegun für eine Kolonisierung ausgewählt worden war, kam ebenfalls nicht in Frage. Die dortige Welt war für die Menschen aus der Metropole Nairobi bestimmt.

Für weitere Kolonialwelten hatte sich Botschafter Veegun bisher angeblich noch nicht entschieden. So lautete zumindest die offizielle Version.

McFain vertraute weder dem sagorischen Roboter noch dem Kartell, und erst recht nicht der Regierung. Von der Admiralität hielt er zurzeit auch sehr wenig. Er fühlte sich machtlos, ein Gefühl, das er zutiefst hasste und nicht länger hinnehmen würde.

Noch während er weitere Überlegungen anstellte, trat Admiral Krusov erneut an ihn heran.

„Wir müssen reden, Fynn!", sprach der Russe ihn leise an. „In zehn Minuten beim Orchideen-Beet im botanischen Garten."

Damit hatte er nicht gerechnet.

Verblüfft starrte er dem Admiral hinterher.

„Endlich!", murmelte er zufrieden und nickte seiner Nichte unbemerkt zu.

Bonnie zwinkerte zurück. Sie hatte verstanden.

✳

Mit gemischten Gefühlen betrachtete McFain das holografische Schild, das am Eingang des botanischen Gartens seine Aufmerksamkeit weckte.

„Geschlossen!", blinkte es in großen, blauleuchtenden Lettern in einem regelmäßigen Rhythmus auf.

„Was für ein Zufall!", dachte er amüsiert und betrat unbemerkt den botanischen Garten, der im Mittelsegment der hantelförmigen Raumstation lag.

Das grüne Refugium inmitten der kühlen Metallstrukturen gehörte zu dem beliebten Gemeinschaftsring, einem öffentlichen Ort auf der Station, der jedem Besucher und Besatzungsmitglied Tag und Nacht zur Verfügung stand.

Eine unerwartete Stille empfing McFain, begleitet von einer tropischen Atmosphäre, die ihn an seine Ausbildungszeit im Dschungel von Thailand erinnerte und sein Treffen mit Admiral Krusov noch mysteriöser erscheinen ließ.

McFain sah sich um.

Ein altertümlicher Wegweiser verriet ihm die Richtung, der er folgen musste. Schon nach wenigen Schritten begrüßten ihn die ersten, süßlich duftenden Orchideen, lebendige Farbtupfer, die eine willkommene Abwechslung zu der künstlichen Metallstruktur der Raumstation bildeten.

Es kam McFain so vor, als würden die Pflanzen zu ihm sprechen, ihn davon abhalten wollen, sich in ein drohendes Unheil zu stürzen.

Sein Herzschlag beschleunigte sich, als er erkannte, dass Krusov nicht allein auf ihn wartete. War er im Begriff, sich einer Gruppe von Verschwören anzuschließen? Vielleicht war heute ja der richtige Tag dafür.

„Um etwas zu verändern, ist keine Zeit besser als die Gegenwart!", rief er sich in Erinnerung.

„McFain!", empfing ihn Krusov mit einem freundschaftlichen Klaps auf die Schulter. Neben ihm stand ein grimmig dreinblickender Admiral Bryton, dessen Muttermal unter dem linken Auge McFain, wie schon so oft, als irritierend empfand.

„Gut, nun sind wir vollständig! Vorstellen brauche ich keinen, die Herren und die Dame kennen sich."

„Natürlich!", zischte Veronika Färber nervös. Sie war die einzige Frau, die es innerhalb der Republic Space Force bis in den Rang eines Vice-Admirals geschafft hatte.

„Könnten wir bitte gleich zur Sache kommen, Igor!", verlangte der keniatische Vice-Admiral Asente Kamau. „Warum dieses geheime Treffen?"

„Das Kartell könnte auseinanderbrechen!", verriet Bryton seinen Kollegen.

„Gibt es dafür Beweise?", fand Färber als Erste ihre Sprache wieder. „Wie verlässlich sind diese? Von wem stammen sie? Leute, ich möchte mich nicht auf etwas einlassen, das weder Kopf noch Fuß hat."

„Wir stehen seit einiger Zeit in ständigem Kontakt zu einem Mitglied des Inneren Kreises", behauptete der stark untersetzte Mortimer Bryton stolz. „Er nennt sich Nicolas und hat gute Verbindungen zu einigen der Räte!"

„Nicolas", fuhr Admiral Krusov fort, „ist ein sehr junger Mann, der ...."

„Ein sehr junger Mann?", unterbrach ihn McFain verwundert. „Was kann der Kerl denn so Besonderes, dass er bereits so jung in den Inneren Kreis aufgenommen wurde? Wie alt ist er?"

„Er wird in zwei Monaten neunzehn", übernahm Admiral Bryton wieder das Wort. „Eigentlich hat er keine besonderen Talente. Er ist nur das Ergebnis einer Fügung des Schicksals. Selbst im Inneren Kreis kennt niemand seine wahre Herkunft. Er erhält seit frühster Kindheit eine erstklassige Ausbildung und wurde mit allem versorgt, was ein Heranwachsender so brauchte."

„Klingt ziemlich vage!", schüttelte Vice-Admiral Kamau seinen kahlen Kopf. „Und was soll der Quatsch mit einer Fügung des

Schicksals? Sind wir jetzt ein Haufen von Fantasten?", verlangte er nach einer vernünftigeren Erklärung.

„Er ist der Sohn zweier Kartellräte!", antwortete Krusov.

„Na und?", lachte Färber laut auf, die nicht nur aufgrund ihres violetten Pagenschnitts eine gewisse erotische Ausstrahlung besaß. „Ich kann mir sehr gut vorstellen, dass die untereinander bumsen! Wir tun es schließlich auch!"

„Ich dachte immer, den Kartellräten wäre es untersagt, Kinder zu zeugen!", mischte sich McFain ein und warf Färber einen leicht verärgerten Blick zu. „Warum eigentlich?"

„Es ist ihnen nicht verboten, sie können es bloß nicht!", holte Bryton mit monotoner Stimme etwas weiter aus. „Ihnen ist bestimmt schon aufgefallen, dass einige Personen aus dem Inneren Kreis nicht zu altern scheinen. Zwei Damen, bei denen das besonders auffällt, wären unsere neue Kartell-Beauftragte und ihre Vorgängerin Lady Gillian. Wahrscheinlich gibt es noch andere.

Diese Leute, wie auch die Kartellräte, unterziehen sich regelmäßig einer Art Verjüngungskur, die ihren Alterungsprozess extrem verlangsamt. Der Fachbegriff dafür lautet Kryonik. Grob gesehen, werden dazu Menschen in einen Tank mit einer Art Fruchtwasser gelegt, kühlgeschockt, zwei Wochen gelagert und wieder aufgetaut.

Um nicht weiter zu altern, müssen diese Auserwählten sich diesem Ritual alle elf Jahre unterziehen. Lässt man eine solche Sitzung aus, fängt der Körper nach drei Tagen an zu altern und zerfällt nach weiteren drei Tagen zu Staub. Lady Gillian hat eine solche Sitzung aufgrund einer Entführung fast einmal verpasst, wodurch sie innerhalb von Stunden um dreißig Jahre gealtert ist.

Es handelt sich bei diesem Verfahren um eine sagorische Technologie, deren Geheimnisse sich unseren Wissenschaftlern noch nicht offenbart haben. Aber das spielt keine Rolle. Von Bedeutung ist nur, dass ein Mann und eine Frau, die sich dieser Prozedur unterzogen haben, technisch gesehen, keine Kinder zeugen können."

„Wer hat so etwas behauptet?", fragte Veronika Färber misstrauisch. „Etwa Veegun, dieser hinterlistige Intrigant?"

„Sie sagen es!", stimmte Krusov ihr zu. „Und er scheint recht zu haben. Weitere Experimente dieser Art schlugen nämlich fehl, wobei es keinen Mangel an Versuchen gab."

„Dieser Nicolas ist also eine Art Unmöglichkeit!", gab Kamau zu. „Gut! Aber was ist so Besonderes an ihm, außer dass er für uns spioniert und damit seine Eltern hintergeht?"

„Nun!", antwortete ihm Bryton. „Sein Alterungsprozess hat sich vor acht Monaten extrem reduziert. Nicolas wird in fünfhundert Jahren aussehen, als wäre er fünfunddreißig. Auch ohne einen Kryo-Tank zu benutzen."

„Das hat er Ihnen alles völlig selbstlos erzählt, nehme ich an", äußert sich McFain skeptisch.

„Genau!", nickte Mortimer Bryton. „Allem Anschein nach ist Nicolas ein großer Bewunderer der Raumflotte und fasziniert von Reisen in die Tiefen des Alls. Er hat die Admiralität studiert und schnell herausgefunden, dass einige von uns, so wie auch der gesamte Kartellrat, damit unzufrieden sind, immer nach Veeguns Pfeife tanzen zu müssen.

Nicolas hat auf eine Gelegenheit gewartet, um uns zu unterstützen, damit die Raumflotte die Macht über die Republik übernehmen und das Kartell auflösen kann."

„Und was verlangt er dafür?"

Veronika Färber blieb argwöhnisch. Sie traute dem Ganzen genau so wenig wie McFain. Die Sache war zu schön, um wahr zu sein.

„Ein Platz an unserer Seite natürlich", lautete Admiral Krusovs Antwort.

„Damit er eines Tages die Kontrolle über die Flotte übernehmen kann", lachte Färber humorlos. „Und etwas später die Herrschaft über die Republik."

„Nein!", erklärte Bryton ihr. „Der Junge war bis zu seinem fünfzehnten Lebensjahr eine Art Gefangener seiner Eltern. Erst als er zum Inneren Kreis stieß, wurde ihm klar, was er alles bisher in seinem Leben verpasst hatte."

„Großartig! Wir haben es also mit einem rebellierenden Teenager zu tun", seufzte Färber. „Eine sehr vertrauenswürdige Person!"

„Stellen wir seine Wünsche und Ideale vorerst einmal beiseite!", verlangte McFain, dessen Zweifel durch Bryton Aussage ebenfalls nicht weniger geworden waren. „Welche Informationen kann Nicolas uns über die Streitigkeiten im Kartell und das fremde Schiff liefern?"

„Bei dem Raumschiff handelt es sich um ein unbewaffnetes, sagorisches Kolonieschiff der Tarun-Klasse", berichtete Bryton. „Es gehört einer Rasse namens Sheesteur, einem fischähnlichen Hilfsvolk der Sagorer, das auf zwei Beinen herumläuft und wie wir ein Sauerstoffgemisch atmet, das sich nur leicht von dem unseren unterscheidet. Veegun hat das Schiff angefordert, um damit 250 000 Portugiesen umzusiedeln."

„Wohin?", drängte McFain nach weiteren Informationen. „Und warum hat es Veegun damit plötzlich so eilig?"

„Das hat Botschafter Veegun dem Kartell nicht verraten", fuhr der Admiral fort. „Er meinte nur, er würde sich um alles kümmern und die Räte würden ihm eines Tages für seine Hilfsbereitschaft dankbar sein.

Es gab sogar Gerüchte, dass der Roboter die Absicht gehabt hätte, die für die Kenianer vorgesehene zweite terranische Kolonie den Portugiesen zu überlassen. Doch der Gedanke ist endgültig vom Tisch. Im Kartell vermutet man, dass Veegun spezielle Pläne mit den Kolonisten aus Lissabon verfolgt."

„Das entspricht in etwa dem, was Präsident de la Cruz uns vorgekotzt hat", bestätigte Färber nickend. „Neu ist nur die Information unbewaffnet, was mich etwas beruhigt. Im Notfall könnten wir den Kahn also abschießen."

„Das würde Veegun bestimmt nicht gefallen", sprach sich Krusov sofort gegen diese Möglichkeit aus.

„Was ist mit dem verfluchten Kartell?", drängte Fynn McFain weiter. Er wurde langsam ungeduldig. Das ganze Gequatsche hatte sie bis jetzt nicht viel weitergebracht. „Wie uneinig sind sich die Räte?"

„Es ist so ähnlich wie bei uns in der Admiralität", erklärte ihm Krusov. „Wir, die Hardliner, die alles tun, um die Erde zu beschützen, stehen auf der einen Seite, und auf der anderen befinden sich die Unentschlossenen, die zaghaften Feiglinge, die sich auf die Führungsrolle des Kartells verlassen. Nur sind bei uns die Unentschlossenen in der Überzahl."

„Jedoch nicht mehr lange!", prahlte Bryton. „Nicolas hat ein Gespräch seiner Mutter mit einem anderen Kartellrat belauscht und dabei erfahren, dass der Rat demnächst einige Admiräle in den Ruhestand schicken wird."

„Hat er Namen genannt?", wollte Färber wissen.

„Nicolas konnte nur einen in Erfahrung bringen", lächelte Igor Krusov zufrieden. „Cristobal Martinez, de la Cruz' kleiner Schoßhund!"

„Das wäre ein Anfang!", nickte McFain zufrieden.

Selbst wenn nur Martinez aus der Admiralität ausscheiden würde, wäre er es, der seinen Rang und seinen Platz beerben würde.

„Hat Nicolas Ihnen die Namen seiner Eltern verraten?", fragte Färber neugierig.

„Wir haben ihn danach gefragt!", antwortete Bryton. „Er meinte aber nur, dass diese Information für uns nicht von Bedeutung wäre."

„Ich traue diesem Kerl nicht!", blieb Vice-Admiral Kamau weiterhin misstrauisch. „Wenn Nicolas uns nun eine Falle stellt? Hat daran schon jemand gedacht?"

„Natürlich!", meinte Bryton entrüstet. „Wir sind schließlich keine junge Rekruten, sondern erfahrene Soldaten.

Krusov und ich sind davon überzeugt, dass Nicolas es ernst meint. Außerdem haben wir keine Wahl! Wenn wir etwas an den unmöglichen Zuständen innerhalb der Admiralität der Raumflotte verändern möchten, müssen wir ein gewisses Risiko eingehen. Das Kartell hat lange genug regiert. Es wird Zeit für einen Machtwechsel."

„Denken Sie über das Gehörte nach, meine Freunde!", beendete Krusov die illustre Runde. „Ich kann verstehen, dass unsere Berichte Ihnen allen zu denken geben.

Nicolas erwartet erst in zwei Wochen eine Entscheidung von uns. Bis dahin halten wir uns an die Anweisungen des Kartells und des Präsidenten. Lassen Sie uns sehen, was bis dahin alles passieren wird."

Im Minutentakt verabschiedeten sich die Admiräle voneinander und verließen einzeln den botanischen Garten. Am Ende blieben nur noch McFain und Färber übrig.

„Was hältst du von dem ganzen Gerede von Bryton und Krusov?", wollte Färber wissen.

„Nicht sehr viel!", bestätigte er ihre Vermutung. „Krusov würde ich noch bei einem Umsturz unterstützen. Aber Bryton? Der Fettsack ist nur an seinem eigenen Vorteil interessiert und würde jeden von uns bereits im Vorfeld beseitigen lassen, damit er und sein Ehedrache allein herrschen könnten."

„Das sehe ich auch so!"

Veronika Färber näherte sich McFain, bis sich ihre Lippen fast berührten. Ihre blauen Augen funkelten ihn an.

McFain küsste sie

„Wir werden den Brytons die Suppe versalzen!", hauchte Veronika ihn verführerisch an und erwiderte den Kuss.

„Das werden wir!", knöpfte McFain langsam ihre Uniformjacke auf, streifte sie von ihren schmalen Schultern und legte sich mit Färber auf eine kleine Grasfläche zwischen den Orchideen. „Aber jetzt kümmere ich mich erst einmal um dich."

Kapitel 20

Die Neue Irdische Kirche

21. April 34 DNW (Der Neuen Weltordnung)

Ernesto Grillenwind spürte die aufkeimende Last der Verantwortung, die von Tag zu Tag schwerer auf seinen schmalen Schultern zu ruhen schien. Mit geschlossenen Augen saß der Ombudsmann der Weltwirtschaftsagentur hinter seinem Schreibtisch und grübelte vor sich hin.

Durch die große Fensterwand drangen die neonfarbenen Lichter der nächtlichen Metropole London in den abgedunkelten Raum und warfen gespenstische Schatten auf die gegenüberliegende, mit Edelholz getäfelte Mauer.

Vor rund zwei Wochen hatte Schwester Beatrice, eine Nonne des ehemaligen Ersten Ordens, Grillenwind aufgesucht und ihm eine Mission des Heiligen Vaters anvertraut. Sie war die letzte Angehörige der Neuen Irdischen Kirche, mit der er gesprochen hatte. Der Auftrag, den Schwester Beatrice ihm damals überreicht hatte, veränderte sein Leben radikal.

Ihm wurde untersagt, die gläubigen Menschen der Erde auf ihrem Weg in das neue gelobte Land zu begleiten. Der Anführer der Neuen Irdischen Kirche verlangte von Grillenwind ein großes Opfer. Er sollte auf der Erde bleiben und das Armageddon vorbereiten.

Anfangs dachte Grillenwind, beim Armageddon würde es sich nur um einen Racheplan für die Hinrichtung von Kardinal Pedersen handeln. Die Auslöschung der Metropole London durch den Erzengel, der die Erde beschützt, wäre dafür sicher ausreichend gewesen. Erst recht, wenn dabei ein Teil der Familie Meroth ihr Leben lassen würde.

Doch der Heilige Vater verlangte mehr.

Alle Ungläubigen der Welt sollten für diesen Frevel büßen.

Grillenwind hatte die ihm von Schwester Beatrice übergebenen Pläne gründlich studiert. Dabei hatte er herausgefunden, dass er seine heilige Mission nur erfüllen konnte, wenn er sich dabei einfachen Polizeibeamten, Soldaten der Republic Space Force und sogar Politikern aus den höchsten Regierungskreisen anvertraute. Korrupten Menschen, die für eine ausreichende Menge an Credits jede moralische Grenze überschreiten würden.

Für das Ausradieren der Metropole London hätte er sicherlich das richtige Gesindel gefunden. Aber für die Vernichtung der gesamten Erde?

Mit Hilfe seines analytischen Verstandes bewegte Grillenwind seine fiktiven Helfer wie Schachfiguren auf einem unsichtbaren Spielbrett hin und her. Aber egal wie sehr er sich bemühte, Wege zu finden, um seine humanen Spielsteine ihren spezifischen Fähigkeiten entsprechend einzusetzen, seine Mission würde jedes Mal an deren Überlebenswillen scheitern. Dieses nicht tolerierbare Ergebnis ließ Grillenwind langsam verzweifeln. Ihm kam nicht in den Sinn, seine Mission in Frage zu stellen und nach der Umsiedlung der Gläubigen in drei Jahren einfach ein anderes Leben zu führen. Einen solchen Verrat an Gott würde er sich nie gestatten.

Ein Piepston seiner Büropositronik schreckte ihn auf.

Grillenwind öffnete seine taubenblauen Augen und betrachtete eine Weile die tanzenden Schatten, die sein Büro wie eine Horde unheilverkündender Dämonen in Besitz genommen hatten.

„Ja?", fragte er flüsternd.

„Es findet eine wichtige soziopolitische Entwicklung in der Metropole Lissabon statt, die mich berechtigt, Sie zu stören, Sir!", vernahm er die androgyne Stimme der Positronik.

„Licht!", verlangte Grillenwind etwas lauter und es ward Licht.

Die spukenden Gestalten aus den Tiefen der Höhle waren mit einem Schlag verschwunden.

Noch bevor er sich um die von der Positronik angekündigten Nachrichten aus Lissabon kümmern konnte, wurde ihm schlagartig bewusst, wie er ganz allein das Armageddon durchführen konnte.

Zufrieden lächelte Grillenwind vor sich hin.

Gott würde ihm seine selbstopfernde Tat mit dem Einzug in sein Reich danken.

Hinter der kühlen Fassade des brillanten Wirtschaftsexperten verbarg sich eine spirituelle Persönlichkeit, mit einem tiefverwurzelten Glauben an eine alte Religion, deren Praktizieren seit einigen Jahrzehnten als strengstens verboten galt. Und gerade die hatte ihm im Weg gestanden.

Ehrwürdige Traditionen und Rituale bestimmten sein bisheriges Leben, nicht der technische und wissenschaftliche Fortschritt, mit all seinen positronischen Intelligenzen, durch die sich der Mensch immer mehr von seinesgleichen abwendete. Genau diese Technologien müsste er sich zunutze machen, um sein Ziel zu erreichen.

Die Ereignisse in, oder besser gesagt, über der Metropole Lissabon versetzten den hageren Mann mit der hohen blanken Stirn und den schütteren weißen Haaren für einen Augenblick in Panik.

Botschafter Veeguns Worte fielen ihm ein, mit denen der Roboter ihn aufgefordert hatte, das Lisboa-Projekt unverzüglich zu starten.

„Sie haben drei Jahre Zeit! Bis dahin müssen Sie alle Schäfchen Ihrer Sekte zwecks der Umsiedlung nach Lissabon gebracht haben."

Was war aus diesen drei Jahren geworden? Drei Wochen?

Grillenwind versuchte vergeblich, mit Hilfe der Positronik Zugriff auf die Maschinerie zu bekommen, mit der er das Umsiedlungsprogramm der Gläubigen ausgelöst hatte. Es gelang ihm nicht einmal, Kontakt mit der Neuen Irdischen Kirche aufzunehmen. Alle geheimen Kanäle waren verstummt. Niemand hielt es mehr für nötig, ihn über die neusten Entwicklungen in Kenntnis zu setzen.

Er gehörte nicht mehr zu ihnen.

Er war ein göttlicher Paria, ein Verstoßener, der eines fernen Tages als heiliger Ernesto verehrt werden würde.

„Wiederhole den Bericht über den Beginn der Einschiffung der portugiesischen Kolonisten!", verlangte Grillenwind besorgt von der Positronik.

Die holografischen Aufnahmen von The Voice zeigten zufriedene Menschen mit strahlenden Gesichtern, in deren Augen sich die Hoffnung auf ein neues Leben, fernab der dunklen Mächte Terras, widerspiegelte.

Grillenwind wunderte sich, dass bisher weder die Regierung noch das Kartell auf die Unmengen von auswärtigen Besuchern in Lissabon reagiert hatte. Allesamt waren es Gläubige, die aus der ganzen Welt, hauptsächlich aber aus der Metropole Brasilia, in Lissabon eintrafen, nur um an Bord dieses Schiffes zu gelangen.

Das musste doch jemandem auffallen.

Irgendetwas stimmte an dem, was da vor sich ging, ganz und gar nicht.

Seine Gedanken über das Armageddon rückten in weite Ferne. Misstrauisch beäugte er die holografischen Bilder. Es fiel Ernesto auf, dass Aufnahmen aus dem Innern des fremden Raumschiffs fehlten.

Versuchte man fortschrittliche Technologie vor den Menschen zu verbergen oder gab es dafür einen anderen Grund? Es würde ihn schon interessieren, wie seine Glaubensbrüder und -schwestern untergebracht wurden.

Er fragte sich, wer diese Sheesteur waren, die dieses gigantische Schiff steuerten. Ein Hilfsvolk der Sagorer konnte alles bedeuten.

Ein schrecklicher Verdacht keimte plötzlich in ihm auf.

Was, wenn Veegun nicht mehr auf der Seite der Neuen Irdischen Kirche stand, sondern sie ans Kartell verraten hatte? Was, wenn mit Hilfe des Umsiedlungsprogramms ihre gesamte Glaubensgemeinschaft auf einmal beseitigt werden sollte?

Des Öfteren entdeckte Grillenwind im Zustrom der Kolonisten kleine Gruppen, die ein blaues Fischsymbol aus Stoff an ihrer Kleidung trugen. Dabei handelte es sich um junge Diakone, die untersten Seelenfänger in der Hierarchie der NIK. Die Männer freuten sich sichtlich darüber, endlich der Tyrannei der Regierung und des Kartells zu entkommen. Eine ferne Welt versprach ihnen Freiheit und Sicherheit.

Ein Hauch des Todes berührte Grillenwind.

Fühlte er sich vor wenigen Minuten noch von seiner Kirche im Stich gelassen, so war er nun davon überzeugt, vorübergehend die bessere Wahl getroffen zu haben. Auch wenn sie ihm aufgezwungen worden war.

Aber war er wirklich verdammt dazu zuzusehen, wie seine Brüder und Schwestern in ihr Verderbnis gingen? Seine Mission verbat es ihm, aus welchem Grund auch immer, einzuschreiten. Ihm blieb nur die Hoffnung, dass seine schrecklichen Vorahnungen ihn täuschten.

22. April 34 DNW (Der Neuen Weltordnung)

Nach ihrem erfolgreichen Auftritt in Lissabon gönnte sich Fuena Giovanni eine kurze Auszeit auf Horta, einer der Azoren-Insel im Nordatlantik, die befreit von den ehemaligen menschlichen Hinterlassenschaften wieder zu einem malerischen Paradies geworden war. Der Innere Kreis besaß hier ein paar Strandwohnungen, die erlesenen Mitgliedern zur Verfügung standen.

Beim Frühstück auf der steinernen Terrasse einer solchen Villa erreichte die Kartell-Beauftragte ein Anruf eines Jalar-Agenten aus Lissabon.

„Das Verhör der von Ihnen festgenommenen Frau ist beendet!", teilte ihr das holografische Abbild des schmächtigen Mannes mit, das sich vor ihrem Tisch aufgebaut hatte.

„Ich nehme an, sie ist tot?", genehmigte sich Giovanni einen Schluck frischgepressten Orangensaft, der ihr gerade von einem schwebenden Serv-Bot gereicht worden war.

„Ja!"

„Und was hat diese ... Geistesgestörte Ihnen alles anvertraut? Sie sind doch sicher nicht zu zärtlich mit ihr umgegangen?"

„Eine ganze Menge, Miss Giovanni!", überging der Agent verlegen die letzte Frage.

Der kleine Mann war ein geschätzter Experte auf seinem Gebiet, sprach jedoch nur ungern über seine Machenschaften. Eine Tatsache, die der Kartell-Beauftragten bekannt war. Doch Fuena liebte diese kleinen Sticheleien, denen sich nie jemand zu widersetzen wagte.

„Spannen Sie mich doch nicht immer so auf die Folter, Joaquin!", zeckte sie den Meister der Qualen. „Los, berichten Sie schon!"

„Die Gegenwehr der Frau konnte erstaunlich schnell gebrochen werden. Nicht einmal zwanzig Minuten hatte sie der körperlichen Folter standgehalten. Dabei musste ich nicht einmal besondere Gewalt anwenden. Die Frau war ein richtiges Weichei. Große Klappe, aber nichts dahinter!"

„Joaquin!", seufzte Giovanni und atmete demonstrativ tief ein und aus. „Sie fangen an mich zu langweilen! Es interessiert mich nicht, wie gut Sie sich mit ihr amüsiert haben."

„Entschuldigung!", gab der Jalar-Agent eifrig von sich. „Ich dachte ...", schnell brach er den Satz ab und sagte stattdessen: „Wie Sie schon selbst in Erfahrung gebracht hatten, gehörte dieses Drecksweib einem sogenannten Zweiten Orden der Neuen Irdischen Kirche an.

Zum Ersten Orden dieser Nonnensippschaft gehörte ihrer Aussage nach eine gewisse Schwester Gabrielle, die dem Jalar und auch Ihnen als *Schwarzer Geist* bekannt sein dürfte. Viel mehr wusste unsere Gefangene nicht über diese von unseren Agenten immer noch gesuchte Attentäterin zu berichten. Nur noch, dass sie durchgedreht sei und ein Blutbad unter ihren Schwestern angerichtet habe.

Die Gefangene verriet uns das Versteck des Ersten Ordens. Ich schickte einige Leute dahin, die das Massaker bestätigten. In diesem Unterschlupf fanden wir neben zahlreichen Frauenleichen und einer hoch modernen Einrichtung, die zum Klonen diente, auch einige Hinweise auf das Oberhaupt der NIK."

„Ihren Papst!", jubilierte Giovanni innerlich. „Wer ist dieser Kerl? Kennen wir endlich seinen Namen?"

„Es handelt sich um einen fetten alten Mann namens Jean-René Dolleresch. Er ist in keiner der Metropolen registriert. Ein vermutlich aktuelles Bild von ihm wurde an Ihr Multikom übermittelt. Weitere Informationen über diesen Kerl konnten wir nicht finden. Er scheint wie vom Erdboden verschwunden zu sein."

„Sie gehen also davon aus, dass es sich bei dieser Schwester Gabrielle um einen Klon handelt?", wollte die Kartell-Beauftragte wissen.

„Das würde jedenfalls einiges erklären!", bestätigte Joaquin ihr. „Vor allem ihre übermenschlichen Kräfte. Keiner unserer Genetik-Experten hat bisher eine ebenbürtige Anlage gesehen. Selbst Dr. Ji-su Shin von der Republic Genetic war von den fortschrittlichen Apparaturen der NIK überrascht und bat darum, die Gerätschaften zwecks ihrer Arbeit für das Kartell in Dr. Shins Labor untersuchen zu dürfen."

„Genehmigung erteilt! Was gibt es noch?"

„Nun, jetzt wird es spannend! Allem Anschein nach haben die Angehörigen der Neuen Irdischen Kirche vor, von der Erde zu flüchten!"

„Lassen Sie mich raten!", unterbrach Giovanni ihn erneut. „Mit dem fremden Schiff, das zurzeit über Lissabon schwebt und dessen Anwesenheit bei einigen Leuten der Raumflotte Angst und Schrecken verbreitet."

„Das trifft zu!", nickte Joaquin anerkennend. „Und hinter diesem Manöver steckt laut den Kartellräten Botschafter Veegun, der die NIK schon eine geraume Zeit lang bei ihren terroristischen Verbrechen unterstützt."

„Teilten Sie Ihre gewonnenen Erkenntnisse bereits Lady Gillian mit?", fragte Fuena völlig zwanglos.

„Natürlich! Dazu bin ich verpflichtet!"

„Verstehe! Und was hat Ihre Direktorin dazu gesagt?"

„Sie sprach mir eine Belobigung aus und meinte, ich soll Ihnen für Ihren aufopfernden Einsatz in Lissabon danken."

„Wie nett!", grinste die Kartell-Beauftragte sarkastisch. „Es ist mir immer wieder eine Freude, den Jalar zu unterstützen!"

„Lady Gillian bat mich, Ihnen ebenfalls auszurichten, dass das Kartell über Veeguns Doppelspiel bereits seit längerem im Bilde sei. Sie gibt Ihnen den ausdrücklichen Befehl, alles, was den Botschafter und das fremde Schiff betrifft, nicht weiter zu verfolgen.

Die Direktorin wäre aber entzückt, wenn Sie diesen Papst Dolleresch aufspüren und gefangen nehmen könnten. Lebend, wenn möglich. Lady Gillian möchte sich gerne persönlich um – ihre Worte – dieses Schwein kümmern. Meine Abteilung steht Ihnen dafür zur Verfügung."

„Sehr großzügig von der alten Dame!", lästerte Fuena weiter über ihre ehemalige Mentorin. „Ich werde auf dieses liebenswürdige Angebot zurückkommen, sollte es nötig werden. Giovanni, Ende!"

Von Bord der *Amusgan* aus betrachtete Veegun zufrieden die Einschiffung der Kolonisten, von denen ein großer Teil gar nicht aus Lissabon stammte. Sie gehörten aber alle der Neuen Irdischen Kirche an. Er würde die Schäfchen von Papst Dolleresch auf eine Welt umsiedeln, wo sie die Liebe und die Güte ihres trügerischen Gottes am eigenen Leibe erfahren konnten.

„Gehet hin und vermehret euch!", legte sich ein verheißungsvolles Lächeln auf die schmalen, stählernen Lippen des Roboters.

Sie hatten ihn enttäuscht, diese religiösen Heuchler.

Hatten geglaubt, ihn hintergehen zu können. Ihn, einen wahren Meister der Intrigen!

Nun, für ihre Unverfrorenheit nahm er sie vorzeitig aus dem Spiel. Eine neue Arena wartete bereits auf sie. Eine, die sie nicht als Gewinner verlassen würden, die ihm jedoch viele wichtige Punkte im Kampf um die Vorherrschaft in dieser Lebenszone einbringen würden.

Schade bloß, dass ihr perverser Anführer diese Reise nicht mitmachen würde. Ihn erwartete ein anderes – wie Veegun seine Schützlinge kannte, und er kannte sie gut – viel schlimmeres Schicksal.

Obwohl alle Betroffenen, das Kartell sowie die NIK, über die vorzeitige Umsiedlung der Gläubigen überrascht waren, wagte es keiner, sich dagegen auszusprechen. Warum auch? Jeder bekam das, was er sich sehnlichst wünschte. Im Großen und Ganzen jedenfalls!

Veegun wollte diese Angelegenheit nur schnellstmöglich und für ihn erfolgreich geklärt wissen. Der Grund für sein vorzeitiges Handeln, den er bisher niemandem verraten hatte, waren die letzten beiden Zeit-Zittern, die er innerhalb des Raum-Zeit-Kontinuums des Sol-Systems registriert hatte.

Diese hatten sich am 16. und 17. April ereignet. Zu dicht aufeinander folgend, um nicht von ihm beachtet zu werden. Da er trotz seiner hoch entwickelten positronischen Systeme nicht dazu in der Lage war herauszufinden, wodurch oder durch wen diese ausgelöst worden waren, blieb Veegun nur die Möglichkeit, die Zeit-Zittern zu analysieren und die daraus gewonnenen Erkenntnisse zu bewerten.

Diese Daten verglich er mit den fragmentierten Überresten seiner temporalen Speichereinheiten und vermerkte die erkennbaren Unterschiede. Kein sehr genaues und zuverlässiges Verfahren, doch es lieferte Anhaltspunkte, mit denen der Roboter kleine Änderungen an der Zeitlinie wahrnehmen konnte.

Aufgrund einer solchen Divergenz hatte sich Veegun dazu entschlossen, die von ihm geplante Umsiedlung der Anhänger der Neuen Irdischen Kirche früher durchzuführen.

Die biologische Komponente von Veeguns bilateralem Gehirn verfluchte dieses Herumpfuschen an der Realität. Es schaffte nur unnötige Verwirrungen. Ohne den positronischen Teil seines Hirns würde der rosige Zellklumpen in seinem Kopf das Zeit-Zittern nicht einmal bemerken.

Die temporalen Veränderungen begannen mit einer Erschüt-terung der Zeit im August letzten Jahres. Im Gegensatz zu den schwächeren Zeit-Zittern, die überall im Sol-System aufgetreten sein konnten, gelang es Veegun, für die Erschütterung den Plane-ten Terra zu bestimmen, jedoch nicht den exakten Ort.

Erschütterungen der Zeit verursachten stärkere Schwingungen im Raum-Zeit-Kontinuum als ein einfaches Zittern. Sie waren der Ausgangspunkt aller folgenden temporalen Veränderungen und deuteten darauf hin, dass ein Zeitreisender aufgetaucht war.

Ob dieser plante, die Zeitlinie absichtlich zu korrumpieren, oder nur als Beobachter fungierte, interessierte Veegun nicht. Seine Programmierung verlangte von ihm, zwei ganz bestimmte Reisende aufzuspüren. Zwei Wesen, deren Auftauchen von VATER bereits seit längerem innerhalb der Lebenszone PAMAAGBO er-wartet wurde.

Bisher hatte es noch zwei weitere Erschütterungen der Zeit in PAMAAGBO gegeben. Eine vor etwa 1600 Jahren am Rande des Kalanischen Bundes und eine weitere rund ein Jahrhundert später auf einem Planeten des Syonn-Konsortiums. Beide lösten eine be-achtliche Vielzahl von Zeit-Zittern aus, die von den betreffenden Völkern nicht einmal bemerkt wurden.

Veeguns Brüder, die in diesen Sektoren aktiv waren, konnten die dafür verantwortlichen Personen nicht aufspüren. Sie nahmen an, dass eine ihnen kaum bekannte Rasse für diese Zwischenfälle verantwortlich war. Ein Volk, das mit Kräften agierte, die selbst für VATER schwer nachvollziehbar waren, und das einem Kontakt mit den sagorischen Botschafter-Robotern bisher gekonnt aus dem Weg gegangen war.

Vereinzelte Völker, mit denen diese mächtigen Geschöpfe ge-legentlich interagierten, bezeichneten sie als ‚Volk ohne Gesicht‘, ‚Kuttenträger‘ oder ‚Gesichtslose‘.

Veegun und seine Brüder besaßen zwar die Möglichkeit, Zeitreisende aufgrund der abweichenden chronologischen Signatur ihrer Zellen zu erkennen, doch dafür müssten sie sich in ihrer unmittelbaren Nähe aufhalten.

In den kommenden Wochen würde eines von Veeguns prioritären Zielen sein, den Zeitreisenden, der im Sol-System für Chaos sorgte, aufzuspüren. Dafür hatte er sich bereits zwei Verbündete auserwählt.

23. April 34 DNW (Der Neuen Weltordnung)

„Mir ist zu Ohren gekommen, Sie würden nach jemandem ganz Bestimmten suchen!", ertönte eine dunkle Stimme hinter ihr.

Die Kartell-Beauftragte erstarrte.

Sie hatte gerade geduscht und stand völlig nackt in der Hygienezelle ihrer Strandvilla.

„Niemand kann unbemerkt hier eindringen!", überlegte sie fieberhaft. „Höchstens einer der Kartellräte oder eventuell Lady Gillian. Alle andere würden es nicht einmal wagen, an so eine Freveltat zu denken."

Ihre ehemalige Mentorin hätte sie sofort an ihrer Stimmen erkannt. Die Kartellräte ebenfalls. Die Art und Weise, wie der Eindringling sprach, kam ihr durchaus vertraut vor. Besonders die Klangfarbe seiner Stimme.

Sollte sie es wagen, nach einer Waffe zu greifen? Die ihr am nächsten versteckte befand sich zwei Schritte von ihr entfernt im Kosmetikschrank.

Zu weit, wenn hinter ihr ein erfahrener Killer stand.

Ein beruhigendes Schmunzeln legte sich auf die vollen Lippen der ehemaligen Molekularbiologin der PlasmaCo, einem längst vergessenen Unternehmen, in dem Fuena Giovanni vor über achtzig Jahren erstmals in den Dienst des Kartells getreten war. Dort hatte sie den nach ihr benannten GIO-Virus entdeckt, mit dem das Kartell gegen Ende des 21. Jahrhunderts den größten Völkermord der menschlichen Geschichte durchgeführt hatte.

„Botschafter Veegun!", drehte sich Giovanni langsam zu dem sagorischen Roboter um. „Was verschafft mir die Ehre Ihres unerwarteten Besuchs? Und dann noch in meinem Badezimmer! Ich nehme an, Sie sind nicht bloß zum Spannen hier eingedrungen."

Veeguns türkisblaue Augen leuchteten kurz etwas intensiver auf.

Fiona fühlte sich angestarrt! Musterte die Maschine tatsächlich ihren nackten Körper? Sie war keine schamhafte Frau, besaß einen durchtrainierten Leib mit den perfekt dazu passenden weiblichen Rundungen. Die fixierenden Blicke des Roboters ließen sie jedoch erschaudern. Sie griff nach einem großen Badetuch und wickelte es um sich.

„Sie fürchten sich vor mir!", stellte Veegun teilweise überrascht, teilweise zufrieden fest. „Zu Recht, wie ich Ihnen versichern kann. Aber nicht aus den Gründen, die Sie sich eben in Ihrer Fantasie ausmalten. Ich bin zwar dazu fähig menschliche Intimitäten zu praktizieren, kann Ihnen jedoch versichern, diesbezüglich keinerlei Verlangen zu haben."

„Warum?", versuchte Funea nach dieser unerwarteten Offenbarung des goldenen Roboters ihm weitere Informationen über seine derartigen Fähigkeiten zu entlocken. „Bin ich nicht Ihr Typ?"

„Sie können mich mit Ihren sichtlich vorhandenen Reizen nicht provozieren, Kartell-Beauftragte Giovanni!", gab Veegun ihr unmissverständlich zu verstehen. „Ich bin nicht zu Ihnen gekommen, um Ihnen eine erweiterte Sicht auf die menschliche Sexualität zu gewähren, sondern um Ihnen zu helfen, den Anführer der Neuen Irdischen Kirche ausfindig zu machen. Wenn Sie aber nicht an meiner Hilfe interessiert sind, verabschiede ich mich wieder."

„Warten Sie, Botschafter!", hielt Fuena ihn zurück. „Bitte verzeihen Sie meine Unfreundlichkeit. Wenn Sie sich einen Augenblick im Wohnzimmer gedulden würden, stehe ich Ihnen gleich zur Verfügung."

Achtlos ließ die schlanke Frau ihr Handtuch zu Boden gleiten. Erneut leuchteten die Augen des Roboters kurz auf. Fast schon demonstrativ drehte er sich um und verließ das Badezimmer.

„*Sehr interessant!*", erkannte Giovanni schmunzelnd. „*Dieses Ding scheint tatsächlich so etwas wie Gefühle zu besitzen. Die Frage ist nur, ob sie echt sind oder ihm einprogrammiert wurden, so wie sein menschliches Verhalten.*"

Sie zog sich einen kurzen seidenen Morgenmantel über und folgte ihrem sonderbaren Gast.

„Kann ich Ihnen etwas anbieten?", fragte sie ihn.

„Nein, danke!"

„Setzen Sie sich doch!", wies sie ihm einen Sessel zu.

Fuena hatte erwartet, dass er erneut ablehnen würde, doch Veegun ließ sich ihr gegenüber nieder. Dem Sessel schien, entgegen allen Erwartungen, die Körpermasse des Roboters nichts auszumachen. Die Kartell-Beauftragte vermutete, dass er sein Gewicht mit kleinen Antigravitatoren abfedern konnte.

Fuena erlaubte sich einen kurzen Blick auf den geschlechtslosen Unterleib des Botschafters. War Veegun wirklich dazu in der Lage, Geschlechtsverkehr auszuüben? Als Mann oder als Frau? Oder gar abwechselnd? Konnte er dies genauso gut, wie es ihm mit seiner Mimik-Funktion möglich war, menschliche Gefühle in sein Gesicht zu projizieren? Das würde ein ganz anderes Licht auf seine androgyne Erscheinungsform werfen.

Um solchen Gedanken weiter nachzugehen, war aber jetzt nicht der richtige Zeitpunkt.

„Bitte!", forderte sie Veegun auf. „Verraten Sie mir, wo ich Papst Dolleresch finden kann?"

„Wie ich hörte, haben Ihre eigenen Nachforschungen mittlerweile ein paar Ergebnisse gebracht", sagte Veegun und imitierte gleichzeitig ein anerkennendes menschliches Nicken. „Doch lassen Sie mich von vorne beginnen. An jenem Tag, an dem ich mich dazu entschloss, das Kartell mithilfe eines geheimnisvollen Gegenspielers ab und zu in die Schranken zu verweisen."

„Sind Sie verantwortlich für die Gründung der Neuen Irdischen Kirche?", sprach Fuena laut aus, was der Kartellrat seit einiger Zeit vermutete.

„Keineswegs!", wehrte sich Veegun gegen diese Behauptung. „Gefunden hatten sich deren Stammväter bereits vor der Vernichtung des Vatikans durch das Kartell."

„Dafür waren nicht die Räte verantwortlich, sondern der damalige Papst Johannes-Paul VI.", unterbrach Fuena den Roboter erneut. „Ich wäre an dem Tag beinahe getötet worden."

„Der Papst diente den Räten bloß als Sündenbock", berichtigte Veegun die Lücke in ihrem geschichtlichen Wissen. „Mit seiner angeblichen Konversion zum Islam und der gleichzeitigen Vernichtung der sich noch im Bau befindlichen Metropole Rom erhielt das Kartell einen triftigen Grund, um ihr globales Religionsverbot durchsetzen zu können."

„Klingt logisch!"

Fuena wirkte plötzlich sehr nachdenklich.

„Aber warum schickte mich der Rat gerade an jenem Tag nach Rom?", richtete sie sich mit ihrer Frage eher an sich selbst. „Ich sollte dort den Verzögerungen bei der Umgestaltung einiger Bauabschnitte der Metropole ein Ende bereiten. Einige der italienischen Arbeiter wagten es sogar zu streiken oder sorgten mit Sabotageakten für Stillstand auf den Baustellen."

„Wer schickte Sie?"

„Lady Gillian natürlich! Sie war die damalige Kartell-Beauftragte und meine direkte Vorgesetzte!", antwortete Giovanni dem sagorischen Botschafter. „Sie meinte, dass ich als Italienerin besser mit der Mentalität der dort beschäftigten Einheimischen klarkommen würde."

Veegun schwieg.

„Das Luder wollte mich beseitigen!", erkannte Fuena plötzlich den Zusammenhang der ganzen Geschichte.

Erneut antwortete der Roboter nur mit einem so menschlichen Nicken.

„Aber warum?"

„Das alles ereignete sich etwa fünf Jahre nachdem Lady Gillian von einer Gruppe religiöser Fanatiker entführt worden war", erinnerte Veegun die schwarzhaarige Frau, deren nassen Haare langsam abtrockneten.

„Richtig!", stimmte Fuena ihm zu. „Sie hatte dadurch eine Sitzung in einem der Kryo-Tanks verpasst und wäre beinahe gestorben. Polizisten befreiten sie jedoch rechtzeitig und sie blieb am Leben. Ich verstehe aber immer noch nicht, was dieser Zwischenfall mit mir zu tun haben soll. Ich war ihr Protegé! Warum wollte sie meinen Tod?"

„Lady Gillians damaliger Geisteszustand war durch ihre rapide körperliche Veränderung eine längere Zeit ziemlich instabil!", erklärte ihr Veegun. „Sie konnte dies zwar jahrelang vor den meisten Räten und den Mitgliedern des Inneren Kreises verbergen, doch es gab einen, den sie nicht täuschen konnte. Den Kartellrat John Westing, ihren Liebhaber. Westing erkannte, wo ihr eigentliches Problem lag. Und ihm haben Sie zu verdanken, dass wir uns heute noch so angeregt unterhalten können."

„Westing? Ich verstehe nicht!", schüttelte Fuena den Kopf. „Ich entkam dem atomaren Inferno von Rom doch nur durch einen dummen Zufall. So ein blöder Kerl rammte beim Anflug auf die Metropole meinen Gleiter, wodurch er mich vom Kurs abbrachte und ich der in dem Moment stattfindenden Explosion entkommen konnte, während …"

… während der Blödmann von ihren Ausläufern erfasst und getötet wurde", vollendete Veegun ihren Satz. „Dieser Gleiterpilot war John Westing gewesen."

„Der Kartellrat, der bei dem Anschlag von Rom ums Leben kam, wie später berichtet wurde!", resümierte Giovanni überrascht den ihr bekannten Verlauf der Geschichte. „Aber warum tat er das?"

„Weil er Ihren Wert für das Kartell kannte und schätzte", verriet ihr Veegun. „Sie waren wie Lady Gillian eine Frau, die nie selbst zu den Räten gehören wollte, aber eine für den Inneren Kreis wichtige Führungsrolle einnahm. Ein Duo, auf das die Räte nicht verzichten konnten, selbst wenn es einen der ihren das Leben kosten würde.

Gleichzeitig sorgte Westing mit seinem Tod bei Lady Gillian für einen unerwarteten Schock, der die Frau wieder in die richtige Spur brachte.

Aber ganz so selbstlos, wie sein Tod Ihnen jetzt erscheinen mag, war er nicht. Westings Leben war in dem Augenblick vorbei, als er sich und Bailong Song auf der Global-Strategy-Conference im Jahre 2070 n. Chr. der Öffentlichkeit zu erkennen gab."

„Stimmt! Die attraktive Chinesin kam einige Monate vor Westing ums Leben. Im Inneren Kreis wurde damals wild darüber spekuliert, wer die freigewordenen Plätze im Rat einnehmen würde."

„Den Mann, der John Westing ersetzte, brachte ich ins Spiel", teilte Veegun ihr emotionslos mit. „Sie haben ihn erst kürzlich auf einem Scheiterhaufen verbrannt."

„Cyrus Stellumo, der Verräter!"

„Genau, und Songs Tod war nur vorgetäuscht!", erklärte Veegun weiter. „Sie wurde von den anderen Räten geschützt, weil sie ihre Identität nicht selbst verraten hatte, sondern Westing. Ich staune immer wieder darüber, dass selbst den hohen Mitgliedern des Inneren Kreises nicht alle Kartellräte bekannt sind. Aber wir schweifen immer mehr vom eigentlichen Thema ab."

„Von Ihrer Zusammenarbeit mit der Neuen Irdischen Kirche!"

„Richtig!", lächelte der Roboter. Es wirkte beinahe schelmisch. „Angefangen hatte eigentlich bereits alles am 2. April 2052 n. Chr. An dem Tag schlossen sich, bis auf ein paar Ausnahmen, sämtliche Raumfahrtagenturen der Erde zu der Spacecraft Agency zusammen. In deren Auftrag entstand kurze Zeit später in der kalifornischen Mojave-Wüste eine Werft für Shuttles der Alandra- und Deivon-Klasse. Ganz in der Nähe von Rainbow Wells.

Geleitet wurde die SCA, für deren Zusammenschluss das Kartell verantwortlich gewesen war, von einem jungen Mann namens Cyrus Stellumo.

Gleichzeitig entstand etwa sechsundzwanzig Kilometer südlich von Rainbow Wells, nahe der Bahnlinie, die durch die damalige Geisterstadt Kelso führte, der bisher einzige Raumhafen der Erde. Hier wurden acht Jahre später auch die ersten Männer und Frauen ausgebildet, die ab 2062 mit dem Bau der Raumstation *Defender One* im Orbit der Erde begannen. Ein Jahr darauf errichtete die SCA in Rainbow Wells ebenfalls eine Werftanlage für den Bau der ersten Frachter der Fargan-Klasse.

Gegen meinen Willen."

„Ja!", erinnerte sich Fuena. „Es gab damals heftige Diskussionen im Inneren Kreis um den Standort der Werft. Sie verlangten, diese auf dem Mond zu errichten, während das Kartell die Mojave-Wüste bevorzugte.

Also haben Sie am 10. August 10 DNW dafür gesorgt, dass die Werftanlagen in Rainbow Wells durch einen Anschlag der NIK zerstört wurden. Ihre Marionette Stellumo überzeugte anschließend das Kartell davon, Werft-Ter-1 aus Sicherheitsgründen doch auf dem Mond zu erreichen."

„Sehr gut kombiniert!", lobte sie Veegun mit einem spöttischen Unterton. „Als dieses Problem beseitigt war, half ich dabei, den *Schwarzen Geist* zu erschaffen."

„Dass sich hinter dieser Killermaschine all die Jahre lang ein Superklon versteckte, habe ich erst vor kurzem in Erfahrung gebracht", meinte Giovanni nicht frei von Stolz. „Ihre Einmischung erklärt auch, warum der *Schwarze Geist* dem Jalar immer wieder entwischen konnte. Gegen Ihre fortschrittliche Technologie waren selbst die besten Agenten des Kartell-Geheimdiensts machtlos."

„Der *Schwarze Geist* war aber nicht nur eine Tötungsmaschine", berichtete Veegun weiter. „Die Nonnen des ersten Ordens der NIK gaben dem verstandlosen Klon, auf Wunsch des Papstes, den Körper eines jungen Mädchens. Sie beseelten ihn mit dem Gehirn eines etwa gleichaltrigen Kindes.

So erhielt Papst Dolleresch nicht nur eine perfekte Attentäterin, sondern auch ein Spielzeug, um seine sexuellen Perversionen zu befriedigen. Ein Püppchen, das die Nonnen, die erstaunliche Kenntnisse vom Klonen besaßen, immer wieder in einen jungfräulichen Zustand zurücksetzen konnten?"

„Das ist ja ekelhaft!", regte sich Fuena angewidert auf.

„Selbst für Sie?", staunte der Roboter.

„Und Sie haben das zugelassen?", ging Fuena nicht auf die Anspielung ein. „Sie, ein Wesen, das immer von sich selbst behauptet, seinen Schützlingen ethisch so sehr überlegen zu sein, dass wir die meisten seiner Handlungen gar nicht nachvollziehen können."

„Sie sagen es!", kommentierte Veegun ihren Vorwurf. „Solche menschliche Neigungen machen mir immer wieder bewusst, wie primitiv ihr Erdlinge eigentlich noch seid. Für mich zählte nur, dass der weibliche Klon perfekt funktionierte, was ihre zahlreichen, gelungenen Anschläge rund um den Globus bewiesen. Jedenfalls so lange, bis das Mädchen aus einem mir unerklärlichen Grund plötzlich durchdrehte. Um Schlimmeres zu verhindern, kümmerte ich mich persönlich um ihre Entsorgung."

Das entsprach zwar nicht ganz der Wahrheit, aber so konnte Veegun dieses Thema zu einem vernünftigen Abschluss führen, den die neugierige Kartell-Beauftragte zufrieden stellen würde. Ein paar kleine Geheimnisse musste es zwischen ihnen ja weiterhin noch geben. Wie zum Beispiel die Angehörigkeit Ernesto Grillenwinds zur NIK.

„Schließlich sah ich meinen Fehler ein", fuhr Veegun mit gespielter Demut fort. „Die religiösen Fanatiker übertrieben das Maß der Zerstörung und versuchten immer wieder mit Hilfe der Worte ihres Gotts, die Öffentlichkeit zu manipulieren. Dazu zählte auch der Vorfall bei der Lebenspaktzeremonie auf Meroth Manor, dem Sie persönlich beiwohnten und wo sich zum ersten Mal der zehnte Chor offenbarte.

Sie dürfen jedoch nicht glauben, ich hätte die Neue Irdische Kirche unterschätzt.

Ich hatte ihr Verhalten sogar vorhergesehen und bereits früh einen Vergeltungsplan für ihre Untreue ausgearbeitet, der all ihre Anhänger, vom kleinsten Gläubigen bis hin zu den Kardinälen, bestrafen würde. Mein Werkzeug dafür schwebt zurzeit über der Metropole Lissabon.

Mit diesem Schiff werde ich sämtliche Religiöse von der Erde entfernen, sie eine bittere, tödliche Lektion in Sachen Fanatismus lehren und gleichzeitig dem Kartell einen großen Gefallen tun.

Die Neue Irdische Kirche, allen voran Papst Dolleresch, hielten sich öfters nicht an meine Pläne. Ein typisch menschliches Verhalten, vor dem sich die Kartellräte in Acht nehmen müssen. Wie sagt schon ein altes irdisches Sprichwort: Die Hand, die einen füttert, sollte man nicht beißen!"

Bei aller Offenheit, die Veegun ihr gegenüber an den Tag legte, traute Giovanni dem Botschafter immer noch nicht. Aber wie sollte sie mit den von ihm gewonnenen Informationen umgehen? Gleich alles ans Kartell weiterleiten? Oder die Informationen eher häppchenweise durchsickern lassen?

Sie glaubte nicht, dass Veegun befürchtete, durch seine ‚Beichte' beim Kartell in Ungnade zu fallen. Dazu war er viel zu mächtig! Fuena kannte das Spiel, das der Roboter mit ihr trieb, ganz genau. Sie selbst war ziemlich gut darin. Daher gefiel es ihr gar nicht, nun zu einer Spielfigur des Botschafters geworden zu sein.

„Nachdem Sie mir jetzt von Ihren … Schandtaten berichtet haben", lehnte sich Fuena in ihrem Sessel zurück, „wäre es doch endlich an der Zeit, mir zu verraten, wo sich dieser Dolleresch versteckt?"

„In Lissabon natürlich!"

„Wirklich?", antwortete Fuena mit einem Hauch von Sarkasmus. „Darauf wäre ich bestimmt nicht gekommen. Ist aber nachvollziehbar. Schließlich möchte er seine Einschiffung auf das fremde Schiff nicht verpassen."

„Papst Jean-René Dolleresch versteckt sich mit einigen Kardinälen und weiteren hochrangigen Angehörigen der NIK unter den Ruinen der Catedral Sè Patriarcal", teilte der Botschafter der Kartell-Beauftragten den genauen Standort des von ihr gesuchten Mannes mit. „Seine Einschiffung ist für übermorgen geplant. Wie möchten Sie vorgehen?"

„Der Jalar wird die Ruinen vorher stürmen. Ich möchte Ihren Plänen mit der Umsiedlung nicht im Wege stehen."

„Gute Entscheidung!", nickte Veegun erneut. „Aber seien Sie vorsichtig. Es führen unterirdische Tunnels aus dem Versteck des Papstes. Ich würde Ihnen raten, das gesamte Gebiet mit einem Schutzschirm abzusichern, der tief in den Boden hinabreicht."

„Ich danke Ihnen für die Warnung, Botschafter!", erhob sich die Kartell-Beauftragte aus ihrem Sessel.

„Ich möchte noch gerne über etwas anderes mit Ihnen reden", blieb Veegun sitzen. „Wenn Sie gestatten!"

„Natürlich!", setzte sich Fuena wieder hin. „Ich würde es nie wagen, mich Ihren Wünschen entgegenzustellen."

„Sie haben ein ganz schön vorlautes Mundwerk", nahm Veegun ihren Spott zur Kenntnis. „Bitte reichen Sie mir Ihre linke Hand."

„Warum?", zögerte Giovanni.

„Ich werde Ihrem ID-Chip eine besondere Fähigkeit hinzufügen, die es Ihnen erlauben wird, Zeitreisende in ihrer unmittelbaren Umgebung aufzuspüren."

„Zeitreisende!", blickte Fuena ihr Gegenüber misstrauisch an. „In allen Bereichen der sagorischen Technologie, in die Sie uns Einblick gewährten, war nie auch nur ein Hinweis auf Zeitreisen zu finden. Und glauben Sie mir, wir haben danach gesucht."

„Das ist mir bekannt!"

„Natürlich! Wie sollte es anders sein!"

„Ich bitte Sie, das, was ich Ihnen nun erzählen werde, für sich zu behalten", verlangte Veegun von der Kartell-Beauftragten. „Es den Räten oder dem Inneren Kreis mitzuteilen würde nur eine unnötige Panik verursachen."

„Verstehe!", nickte Fuena, obwohl sie sich nicht ganz sicher war, was der Roboter eigentlich von ihr verlangte.

Ihre Neugierde, etwas über Zeitreisen in Erfahrung zu bringen, war jedoch zu groß. Später konnte sie immer noch entscheiden, was sie mit diesen Informationen anfangen würde. Dennoch überkam sie ein mulmiges Gefühl, als sie dem sagorischen Botschafter ihren linken Arm hinhielt. Schließlich wusste sie nicht, was Veegun sonst noch alles mit ihrem ID-Chip anstellen würde.

24. April 34 DNW (Der Neuen Weltordnung)

„Was zum Teufel tue ich hier?", fragte sich Ernesto Grillenwind, während er sich an der rechten Seite seiner Stirn kratzte.

Trotz aller Bedenken war er schlussendlich doch nach Lissabon geflogen. Offiziell in seiner Funktion als Ombudsmann der Weltwirtschaftsagentur, um vor Ort seinen Pflichten nachzukommen.

Inoffiziell in der Hoffnung, ein Mitglied der Neuen Irdischen Kirche zu treffen, um diesem von seinen düsteren Vorahnungen zu berichten.

Ernesto Grillenwind stand am Fenster seines Hotelzimmers und starrte auf die Ruinen der Catedral Sè Patriarcal. Gerade als seine Zweifel an seinem Vorhaben zurückkehrten, durchzuckte ihn ein merkwürdiges Gefühl. Ein Flackern, das durch sein Bewusstsein huschte wie ein Blatt im Herbstwind. Ernesto schüttelte den Kopf, als wollte er die unheilvollen Bilder vor seinem inneren Auge mit aller Gewalt vertreiben. Aber die Vision blieb hartnäckig in seinem Geist verankert.

Etwas Schreckliches würde geschehen.

Anfangs dachte er, seine Fantasie würde ihm einen Streich spielen. Er würde einen Tagtraum erleben. Bis ihm klar wurde, dass Gott für seine Vision verantwortlich war. Sie zeigte ihm, wie das Kolonieschiff mit seinen Glaubensbrüdern und -schwestern auf einer fremden Welt abstürzte.

Nur ein kleiner Teil von ihnen überlebte diese Katastrophe. Durch harte Arbeit, verbunden mit unsäglichem Leid, gelang es diesen Menschen, eine gottesfürchtige Gemeinschaft aufzubauen und ein friedliches Dasein zu führen. Jedenfalls so lange, bis die geschuppten Affen in ihrer neuen Heimat auftauchten und sich unter ihnen breitmachten. Mit den Worten ‚Gehet hin und vermehret euch‘ endete Grillenwinds Vision so übergangslos, wie sie begonnen hatte.

Seine Zweifel waren völlig verflogen. Keine irrationalen Ängste konnten ihn jetzt noch davon abhalten, seine Kirche zu warnen. Die Umsiedlung würde sie alle in den Tod führen.

Erneut blickte Ernesto hinab auf die zerfallene Kathedrale.

Die ersten Sonnenstrahlen des Tages erreichten das alte Gemäuer und warfen unheilvolle Schatten auf die anliegenden Gebäude. Die im frühen 13. Jahrhundert der alten Zeitrechnung fertiggestellte Kirche galt als ältestes Gotteshaus von Lissabon. Bei der Umgestaltung der Stadt zur Metropole war sie das letzte religiöse Zeugnis vor Ort, das den schweren Abrissmaschinen von Meroth Industries zum Opfer fiel.

Warum die Ruine der Kirche bis heute immer noch nicht weggeräumt worden war, wusste Grillenwind sehr genau. Sie diente der terranischen Regierung als Mahnmal. Dass die NIK ausgerechnet unter ihren Überresten ihr Hauptquartier errichtet hatte, glich fast schon einem Husarenstreich. Niemand würde auch nur im Entferntesten auf die Idee kommen, gerade hier nach der Führungsriege einer verbotenen Religion zu suchen.

Ein weiterer Schatten senkte sich auf die Ruine hinab. Der Schatten eines 35-Meter langen Raumschiffs der Fargan-Klasse. Ein militärischer Aufklärer der Raumflotte. Das Schiff kam über dem Platz zum Stehen und baute einen Energieschirm auf, der sich wie eine undurchsichtige Glocke über die steinernen Überreste der Kathedrale legte.

Gleichzeitig tauchten im direkten Umfeld der Ruine ein Dutzend Militärtransporter der Deivon-Klasse auf, aus denen jeweils zwei 9-Mann-Squads – Bodentruppen der Republic Space Force – stürmten und sich rund um den Energieschirm positionierten.

Grillenwind erkannte an der farblichen Markierung seines braunen Kampfanzuges den kommandierenden Offizier. Einen jungen Lieutenant, auf dessen Befehl hin die Soldaten durch den von außen durchlässigen Schirm drangen.

Ernesto Grillenwind konnte nur erahnen, was sich innerhalb des Energieschirmes abspielen würde. Angespannt wartete er ab. Keine zehn Minuten später kehrte der Lieutenant, in Begleitung eines alten, gebückt gehenden Mannes durch eine Öffnung im Schirm zu einem der Transporter-Shuttles zurück.

„Der Heilige Vater!", erkannte Ernesto sofort das Oberhaupt der NIK.

Eine schlanke Frau mit langem schwarzem Haar trat ihnen entgegen. Auch sie war keine Unbekannte für Grillenwind. Die Kartell-Beauftragte höchstpersönlich nahm den Papst in Empfang. Sie hielt eine Art Reitpeitsche in ihrer rechten Hand und schien mit Dolleresch zu reden.

Der sah sie nicht einmal an.

Giovanni schlug ihm dreimal kräftig mit der Peitsche ins Gesicht. Schon beim ersten Hieb sank der Greis wimmernd zu Boden.

„Was für eine Demütigung für solch einen heiligen Mann!", trat Veegun, der unbemerkt ins Zimmer gelangt war, an Grillenwind heran.

Dieser zuckte erschrocken zusammen und drehte sich zum Botschafter um.

„Sehen Sie, Ernesto! Das kommt davon, wenn man sich selbst nicht an das hält, was man predigt."

„Was verstehen Sie schon von unserem Glauben!"

„Eine ganze Menge!", antwortete ihm Veegun. „Und ich kann Ihnen versichern, dies ist das Ende der NIK."

„Nein!", erwiderte Grillenwind. „Das Ende wird noch kommen!"

„Ach, ja!", meinte der sagorische Botschafter vergnüglich. „Ihre göttliche Mission! Das Armageddon! Sie sind doch sicherlich nicht der Meinung, Ihr hirnrissiger Plan, die Erde mithilfe von *Defender One* zu vernichten, würde gelingen? *Defender One* ist kein zerstörerischer Erzengel. Die Raumstation ist der Wächter der Hölle!"

„Sie wissen davon?"

„Natürlich!"

„Und was werden Sie jetzt tun?", fragte Grillenwind desillusioniert. „Mich ebenfalls diesem Satansweib dort unten ausliefern?"

„Nein, mein Freund!", seufzte der Botschafter beinahe verständnisvoll. „Ihre Dienste werden noch benötigt. Nur dienen Sie ab jetzt einem anderen Herrn."

„Ihnen? Lieber sterbe ich!"

„Das werden Sie!", versicherte ihm Veegun. „Nur nicht in naher Zukunft!"

Veegun packte den ehemaligen Weihbischof der Metropole an seinem linken Unterarm.

„Was tun Sie?", fragte Grillenwind verwirrt.

„Ihr ID-Chip benötigt ein Update!", lächelte der Roboter zufrieden. „Und danach werde ich Ihnen eine kleine Geschichte erzählen und Ihre Sicht auf das Leben wird eine ganz andere sein."

„Aber ...!", versuchte sich Grillenwind zu Wehr zu setzen.

„Keine Angst!", beruhigte ihn Veegun. „Sie werden die Hinrichtung des Heiligen Vaters nicht verpassen. Wenn Sie es wünschen, kann ich Ihnen einen Logenplatz besorgen."

„Sie sind ein verdammter Mistkerl!", beschimpfte ihn Grillenwind.

Er blickte den goldenen Roboter mit einer Mischung aus Wut und Furcht an.

„Jetzt erkenne ich Ihr wahres Antlitz! Sie sind die technologische Verkörperung Satans!"

„Und Sie einer meiner Apostel!"

Der mons vaticanus, ein einfacher, vegetationsloser Hügel am rechten Tiberufer, ragte bedrohlich vor den beiden wartenden Frauen empor. Eine schwere Stille lag über dem Ort, der letzten Ruhestätte unzähliger Geister der Vergangenheit.

Die Geschichte des Blutvergießens, die an dieser Stelle in den Erdboden geschrieben worden war, schien eine besondere zu sein. Von den grausamen Taten der römischen Cäsaren über die Menschen, die im Namen der katholischen Kirche hier um ihr Leben betrogen wurden, bis hin zur vollständigen Zerstörung des Vatikans.

Ein gutes Dutzend Medien-Bots umschwirrten ungeduldig die gespenstische Szenerie, während die Jalar-Direktorin der Kartell-Beauftragten demonstrativ die Hand reichte, um ihr für die gelungene Festnahme des Papstes zu gratulieren.

Die Zuschauer zuhause an den Holoschirmen oder jene, die der Live-Übertragung an öffentlichen Plätzen beiwohnten, bemerkten Giovannis kurze Zögern nicht. Lady Gillian hingegen schon. Fuena wäre dem Spektakel am liebsten ferngeblieben, doch das Kartell hatte verlangt, dass seine beiden Vorzeige-Frauen diesem medienwirksamen Schauspiel beiwohnten.

Während Dolleresch vor ihren Füßen im Dreck liegend wimmerte wie ein Eber nach der Kastration, führten Jalar-Agenten über fünfzig weitere Gefangene – alles hohe Würdenträger der Neuen Irdischen Kirche – auf den Hügel und ließen sie von Arbeitern aus dem unteren Staatsdienst an vorgefertigte Holzkreuze nageln.

Wie Stunden zogen sich die Minuten hin, während die schreienden unbekleideten Männer, und ein paar Frauen, amateurhaft gekreuzigt wurden. Es kam immer wieder vor, dass die Verurteilten beim Aufstellen der Kreuze nicht richtig hängen blieben und abrutschten, sodass sie der unmenschlichen Tortur erneut ausgesetzt wurden.

Nachdem die Kreuze schließlich alle aufgestellt waren, kamen vier Jalar-Agenten und kümmerten sich um Dolleresch. Sie nagelten den Papst persönlich an ein Kreuz und richteten es kopfüber auf, sein Gesicht seinen ehemaligen Mitstreitern zugewendet.

„Anzünden!", befahl Lady Gillian leidenschaftslos.

Alle Kreuze gingen in Flammen auf. Bis auf das von Dolleresch. Unter ihren qualvollen Schreien musste er mit ansehen, wie seine Anhänger nacheinander den Tod fanden.

„Gott, steh mir bei!", hörte Giovanni ihn flüstern.

Wie gewöhnlich dachte er wieder einmal nur an sich selbst. Die Seelen seiner Mitstreiter interessierten ihn nicht im Geringsten. Wahrscheinlich hoffte er ebenfalls in den Flammen ums Leben zu kommen. Doch dieser Segen blieb im verwehrt.

Lady Gillian und die Kartell-Beauftragte wandten sich von ihm ab und überließen den Mann den kreischenden schwarzen Vögeln, die sich nach und nach auf dem mons vaticanus eingefunden hatten. Inmitten der knisternden Feuer und der makabren Schreie der Todgeweihten verschlang die aufkommende Dunkelheit langsam eine weitere Tragödie, die der schon legendäre Hügel erleben durfte.

Schockiert sah sich Grillenwind die grausamen Bilder von der Hinrichtung auf dem mons vaticanus an. Die ketzerischen Bemerkungen des Kommentators von The Voice, als eine Krähe dem Papst ein Auge ausstach und es verspeiste, brachten ihn zur Weißglut.

Nach seiner schicksalhaften Begegnung mit Veegun in Lissabon war er nach London zurückgekehrt. Unterwegs hatte er sich Gedanken über das Gerede des Botschafters gemacht, das ihm immer noch im Kopf herumspukte.

„Zeitreisende!", grübelte er irritiert. „Was für ein Unsinn! Niemand kann durch die Zeit reisen und sie verändern. Nicht einmal Gott, der Allmächtige. Und ausgerechnet ich soll nun nach solchen Menschen suchen. Verrückt!"

Ein völlig absurder Gedanke keimte in seinem Kopf auf.

Was, wenn seine Vision gar nicht von Gott gesandt worden war, sondern er nur in der Lage war, die Auswirkungen eines Eingriffes in die Zeit vorzeitig zu bemerken? Das würde jedenfalls seine zahlreichen Vorahnungen der letzten Jahre erklären.

Waren seine Déjà-vus vielleicht nur Erinnerungen oder Einblicke in ähnliche Ereignisse auf anderen Zeitlinien? Die Möglichkeiten, die sich ihm durch das Verstehen dieser Ereignisse unerwartet anboten, erschienen ihm unendlich.

Während seiner heimlichen Ausbildung zum Pfarrer hatte Grillenwind einige spirituelle Praktiken erlernt, die er längst wieder vergessen hatte. Es war an der Zeit, dieses Wissen wieder aufzufrischen.

29. April 34 DNW (Der Neuen Weltordnung)

Mit den beiden seitlich an seinem Kopf liegenden Kulleraugen verfolgte Clemec-7 gelangweilt den unaufhörlichen Strom von Zubringer-Shuttles auf dem großen Panoramaschirm. Bereits seit Tagen brachten die positronisch gesteuerten Beiboote der Alandra- und Deivon-Klasse die fellosen Affen und ihr Ausrüstungsmaterial an Bord seines Schiffes.

Der Sheesteur saß aufrecht im Kommandosessel der Brücke. Sein mit zahlreichen Taschen übersäter dunkelgrüner Arbeitsoverall bedeckte fast vollständig seinen grünbräunlich geschuppten Leib. Nur seine siebengliedrigen Füße und Hände – die beide irgendwie an Flossen eines irdischen Tauchers erinnerten– sowie der Kopf, an dessen Scheitel sich der Mund des Sheesteurs befand, waren frei von Schuppen.

Weitere vier seiner Artgenossen überwachten von der Brücke der *Clem* aus den bisher problemlosen Ablauf der Einschiffung. Mehr organisches Personal benötigte das gewaltige Schiff nicht. Seine Technologie wurde nur von einer Botschafter-Jacht übertroffen.

Um die Unterbringung der irdischen Kolonisten kümmerten sich Bots. Widerstand und Sonderwünsche wurden von ihnen nicht toleriert, was einigen der Menschen missfiel. Vor allem jenen mit dem rudimentären Fisch-Abzeichen auf ihrer Kleidung, das aber in keinerlei Beziehung zu den Sheesteur stand, wie ihm Veegun versichert hatte.

Diese Leute gehörten einer fanatischen Gruppe von Gläubigen an, die angeblich der Grund für den übereilten Einsatz der *Clem* waren. Doch davon war Clemec-7 nicht ganz überzeugt. Die Botschafter-Roboter verrieten nie die wahren Gründe oder Ziele ihre Missionen. Schon gar nicht einem wie ihm.

Aber das alles interessierte Clemec-7 nicht.

Der Sheesteur kannte seinen Platz in der großen kosmischen Maschinerie von VATER, dem sein Volk zu ewigem Dank verpflichtet war. Clemec-7 erfüllte gewissenhaft seine Aufträge, tat, was immer die Roboter von ihm verlangten, und war zufrieden mit seinem Schicksal.

Der Blick des nur ein Meter vierzig großen Kommandanten fiel hinab auf die betriebsame Metropole, über der das mächtige sagorische Kolonieraumschiff seit knapp einer planetaren Woche schwebte.

Clemec-7 kannte nicht einmal ihren Namen. Er war für seine Aufgabe nicht von Bedeutung. Ihm gefiel nicht einmal ihr Erscheinungsbild. Seiner persönlichen Meinung nach besaßen diese Terraner überhaupt keinen Sinn für Ästhetik und Architektur. Außerdem waren ihre Städte mit je fünf Millionen Einwohnern völlig überbevölkert. Sie waren halt bloß primitive Emporkömmlinge des zweiten Wurfs des Lebens in diesem Abschnitt von PAMAAGBO.

Clemec-7 konnte nicht verstehen, warum Veegun ihnen schon erlaubt hatte, ins Weltall vorzustoßen. Wahrscheinlich hatte dies alles mit dem unsinnigen Wettstreit zu tun, den er und seine Brüder unter sich veranstalteten. Sie waren halt alle nur große, aber mächtige Kinder, die Roboter aus der Botschafter-Serie.

Die Erde hingegen gefiel Clemec-7 sehr.

Gut siebzig Prozent dieser Welt wurden von riesigen Ozeanen bedeckt. Der Rest bot, bis eben auf die neunundneunzig Metropolen und hunderten von überwucherten Ruinen alter Städte, ein abwechslungsreiches Angebot an Landstrichen, die teilweise von atemberaubender Schönheit waren. Selbst für ein Wesen wie Clemec-7, dessen Ur-Vorfahren einst in den Flüssen ihrer Ursprungswelt Grondeur gelebt hatten.

Clemec-7 erinnerte sich nicht gerne an die Vergangenheit seines Volkes. Vor allem nicht an dessen Blütezeit, in der den Sheesteur nichts Besseres einfiel, als sich in interstellaren Bruderkriegen zu bekämpfen. So lange, bis Grondeur nur noch eine unbewohnbare Wüste war.

Zu ihrem Glück hatte VATER damals einige von ihnen gerettet und so ihr Aussterben verhindert.

„Eine weitere Sektion kann geflutet werden, Kommandant!", meldete Assmiro-19 von seiner Konsole aus.

„Fluten!", befahl Clemec-7 sachlich, wobei die drei Barteln, die beidseitig seines Mundes gut zehn Zentimeter an seinem Hals hinabhingen, freudig zitterten.

Erneut wurden 5000 Siedler schockgefroren und ein weiteres Segment versiegelt. Die Hälfte war geschafft.

„Es funktioniert immer besser, wenn die Betroffenen nichts von ihrem Schicksal ahnen", murmelte Clemec-7 sorglos vor sich hin. „Vor allem in diesem Fall. Diese Primate sind in der Tat ein dummes Volk."

Kapitel 21

Das Mars-Projekt

27. April 34 DNW (Der Neuen Weltordnung)

Edward Meroth saß in seinem Container-Büro und kontrollierte mithilfe holografischer Darstellungen den Fortschritt der Arbeiten auf diversen Mars-Baustellen. Mit zufriedener Miene strich der schlaksige 44-Jährige über seinen markanten Vollbart. Alles verlief nach Plan. Die menschlichen Aufseher und die nimmermüden Arb- und Ing-Bots hatten sogar bereits einen kleinen Vorsprung herausgefahren.

Auf dem kleinen provisorischen Raumhafen, rund siebenhundertzehn Kilometer unterhalb des Arsia Mons, luden die täglich von der Erde eintreffenden Raumschiffe der Mars Cargo regelmäßig ihre Ladungen ab. Ebenso die Frachter der Meroth Cargo, die direkt vom Mond aus den Mars anflogen und hauptsächlich die dort produzierte Stahlplatten und -träger aus dem vor wenigen Tagen fertiggestellten Sagorstahlwerk von Meroth Industries lieferten.

Dank einer kürzlich abgeschlossenen Vereinbarung mit Kadochi Enterprises, vermittelt durch Gordon Meroth, wurde der Mars wöchentlich mit Lebensmitteln versorgt. Das japanische Unternehmen lieferte hauptsächlich tiefgekühlte Kost aus den Ozeanen der Erde. Aber auch frisches Obst und Gemüse. Die heute Abend eintreffenden ersten tausend menschlichen Arbeiter würden diese

Abwechslung auf ihrem Speiseplan sicherlich begrüßen. Das gestern fertiggestellte Container-Dorf, zweihundertdreißig Kilometer rechts vom Pavonis Mons liegend, erwartete sie.

Dem Dorf vorgelagert, unter dem schützenden Dach einer riesigen Halle zwischen den beiden erloschenen Vulkanen, ruhte ein Teil der gewaltigen Baumaschinen von Meroth Industries, einsatzbereit und geschützt vor den heftigen Staubstürmen des Mars.

Die Wasserversorgung war durch die Bots gesichert worden. Etwa vierhundertneunzig Kilometer vom zukünftigen Zentrum von Mars-City, in Richtung des Olympus Mons, hatten die ersten Erkunder ein unterirdisches Wasserreservoir entdeckt. Dieses würde die Stadt für die kommenden Jahrhunderte mit Wasser versorgen.

Durch drei unter der Oberfläche verlegte Kunststoffrohre, die dank fortschrittlicher sagorischer Nanotechnologie selbstreinigend waren, wurde das Wasser zu riesigen Tanks unter der Stadt transportiert und gelagert. Hier wurden ebenfalls sämtliche Abwässer gesammelt und zu erstklassigem Trinkwasser recycelt.

Vom Stadtzentrum aus, wo zurzeit die auswechselbaren Fankton-Speicher standen, verliefen Wasser- und Energieleitungen zu den jeweiligen Außenposten. In zweieinhalb Jahren würde eine Zycon-1-Station ihren Dienst im Mars-Orbit aufnehmen und den Roten Planeten mit Energie aus dem Hyperraum beliefern. Der Bau für eine entsprechende Auffangstation samt der notwendigen Fankton-Speicher-Anlage würde in naher Zukunft auf der Alba-Patera-Ebene beginnen.

„Tiff würde es auf dem Mars sicherlich nicht gefallen", lächelte Edward bei dem Gedanken an seine schwangere Frau still vor sich hin. *„Noch nicht!"*, fügte er hinzu.

Wenn Mars-City erst einmal fertiggestellt wäre, würde die Stadt sich nicht von einer der irdischen Metropolen unterscheiden. Abgesehen davon, dass sie ständig unter einem Energieschirm liegen würde, der ihren Bewohnern das Atmen ermöglichen und sie vor der staubhaltigen Atmosphäre des Roten Planeten schützen würde. Bislang war es nicht vorgesehen, den Mars mithilfe von Terraforming in eine zweite Erde zu verwandeln. Es würde einfach zu lange dauern. Jedenfalls mit der sagorischen Technologie, die den Menschen heute zur Verfügung stand. Vielleicht würde der sagorische Botschafter Veegun seinen Schützlingen eines Tages eine dauerhafte Lösung für dieses Problem anbieten.

Ed lebte und arbeitete zurzeit in einem Container von acht mal vier mal vier Meter Größe. Er bot ihm das Notwendigste, mehr aber nicht. Es war kein Ort für sein luxusverwöhntes Frauchen. Da war sie sicherlich besser auf Meroth Manor aufgehoben

Tiffany Taylor hätte sich auf dem Mars nur gelangweilt. Obwohl, das tat sie auch auf Meroth Manor, so ganz allein in ihrem goldenen Käfig, den sie bis zur Geburt ihres Kindes nicht verlassen durfte. Eine strikte Anweisung von Harry Meroth, der sie sich fügen musste.

Ganz so einsam, wie Ed es sich vorstellte, war seine Frau jedoch nicht. Sein Bruder Timothy kümmerte sich um sie und vertrat ihn hauptsächlich bei den ehelichen Pflichten. Hätte Edward dies gewusst, hätte es ihn wahrscheinlich nicht interessiert. Seine Pflicht gegenüber der Familie und seiner Frau war mit der Zeugung eines männlichen Erbens getan.

Das Multikom, das er auf seinem linken Handrücken trug und das dank der im Orbit ausgesetzten Kommunikationssatelliten einwandfrei funktionierte, gab einen leisen Piepston von sich.

„Ja!", nahm er das eingehende Gespräch entgegen!

„Davis hier, Sir!", meldete sich der Logistikmanager, einer der wenigen Seelen, die sich zusammen mit ihm vor einer Woche auf dem Mars niedergelassen hatten. „Wir könnten in ein paar Tagen Probleme mit der Energieversorgung bekommen. Die letzte Lieferung mit gefüllten Fankton-Speichern ist ausgeblieben."

„Von wem beziehen wir die Speicher?"

„Von der Eifel Hyper Power, Sir!"

Meroth erblasste vor Zorn.

„Ich kümmere mich darum, Davis", bedankte er sich und beendete das Gespräch.

Er starrte ein paar Sekunden bewegungslos vor sich hin.

„Verdammter Scheißkerl!", stieß er laut fluchend aus. „COS, ich benötige eine Gunar-Verbindung zu meinem Vater!"

„Darf ich Sie darauf aufmerksam machen, dass es in London zurzeit 1:34 Uhr ist!", informierte die Positronik ihn.

„Ist mir egal!"

„Verbindung wird aufgebaut! Bitte haben Sie etwas Geduld."

Nach guten zwei Minuten erschien das mumienhafte Gesicht des Valets seines Vaters vor ihm auf dem Schirm.

„Ich möchte ihm sprechen, Townhill!", verlangte Ed kurz angebunden. „Sofort!"

„Sehr wohl, Master Edward!", nickte der ewige Greis und das grüne Logo von Meroth Industries erschien auf dem Schirm.

Weitere drei Minuten später blickte ihn ein übermüdeter und sichtbar verärgerter Harry Meroth an.

„Ed!", brummte der Familienpatriarch mürrisch. „Ist etwas passiert? Gibt es Schwierigkeiten auf dem Mars?"

„In der Tat!", berichtete Edward seinem Vater. „Und zwar solche, die vermieden werden können."

„Ich verstehe nicht!"

„Tim sabotiert mich!"

„Tim?"

„Die Lieferungen unserer Energiespeicher kommen stets mit Verzögerung oder, wie heute, gar nicht an."

„Verstehe! Die Eifel Hyper Power!", nickte Harry und Edward bewunderte seinen alten Herrn für dessen schnelle Auffassungsgabe. „Ich werde dafür sorgen, dass dies nicht mehr vorkommt. Wann werdet ihr drei endlich lernen zusammenzuarbeiten?"

„Das musst du schon Tim fragen!", schob Ed die Vorwürfe seines Vaters von sich. „Zwischen mir und Gordon läuft seit seinem Einstieg ins Geschäft alles gut!"

„Brüder!", kommentierte Harry bloß und unterbrach die Verbindung.

✶

Timothy grinste zufrieden, als Manfred Krüger ihm von der Beschwerde seines Bruders berichtete.

„Machen Sie sich keine Sorgen, mein Freund!", beruhigte er den neuen Direktor der Eifel Hyper Power. „Mein Vater kann manchmal aufbrausend sein. Er wird sich schon wieder beruhigen. Ich werde Sie für diese Unannehmlichkeit entlohnen. Erledigen Sie die Mars-Lieferung von nun an am besten überkorrekt, dann wird die Angelegenheit schnell in Vergessen geraten. Ich danke Ihnen, Krüger."

„Dein Mann ist ein Waschlappen!", mokierte sich Tim über das Verhalten seines älteren Bruders, nach dem er das nur Audio-geführte Gespräch mit seinem Geschäftspartner beendet hatte.

Er lag neben seiner Schwägerin in deren Bett und genoss ihre zärtlichen und sehr intimen Berührungen unter der weichen Bettdecke.

„Ed hat sich gleich bei Papi beschwert", lachte er vergnügt. „Und der Kerl möchte demnächst die Firma übernehmen. So aber bestimmt nicht."

„Dir wird dein Vater sie ebenso wenig anvertrauen!", meinte Tiffany und schmiegte sich an ihren Liebhaber. „Auch wenn du ein paar dicke Eier hast, die sicher in meiner Hand ruhen."

„Und Gordon ist noch zu jung und unerfahren!", gab Tim stöhnend von sich, als Tiff etwas fester zugriff. „Ehrlich gesagt, ist das Ganze mir schnuppe, solange der Alte noch lebt."

„Was, wenn er morgen sterben würde?", fragte Tiff mit unschuldiger Miene. „Ein Infarkt, ein tödlicher Unfall, ein verärgerter Konkurrent, der ihn rücksichtslos beseitigt."

„Dann hätte ich ein Problem!"

„Des Weiteren könnte meinem lieben Mann auf dem Mars etwas zustoßen!"

„*Wie die Mutter, so die Tochter!*", dachte Tim, der vor ein paar Wochen erst Zeuge wurde, wie Colleen Taylor ihren Ehemann eiskalt ermordete.

„Ich muss mir unbedingt einen Einblick in Vaters Testament verschaffen", murmelte er leise vor sich hin.

„Warum?", fragte Tiffany überrascht und legte sich auf ihn. Mit ihren Lippen nah an den seinen flüsterte sie verführerisch: „Wenn Ed dir nicht mehr im Weg stünde, würdest du doch automatisch den Familien-Thron erben."

„Da wäre ich mir nicht so sicher!"

„Aber ...!"

„Es gibt da noch deine Mutter!"

„Meine Mutter?", zog Tiff ihren Kopf überrascht von ihm weg und richtete sich auf. Sie strich sich ihr langes braunes Haar aus ihrem Gesicht. „Was hat die alte Schachtel mit Meroth Industries zu tun?"

„Ich glaube, Colleen ist daran interessiert, die Kontrolle über unsere Firma zu übernehmen", erläuterte Timothy ihr seinen Verdacht. „In Vaters Augen wäre sie sicher besser dazu geeignet, Meroth Industries zu führen, als einer seiner Söhne Er könnte sie als Verwalter für dein ungeborenes Kind eingesetzt haben, sodass im Falle eines möglichen Todes von Ed der Patriarch selbst aus seinem Grab noch in der Lage wäre, mich zu übergehen und zu demütigen."

Er blickte mit einem dämonischen Lächeln auf Tiffs nackten Bauch, an dem noch nichts auf ihren Zustand hindeutete.

„Du hättest nicht schwanger werden dürfen", gab er ihr völlig emotionslos zu verstehen.

Tiff blickte ihn entsetzt an.

„Bin ich dir jetzt etwa im Wege?"

„Du nicht, aber dein Kind!"

Ängstlich hüllte sich Tiffany in die Bettdecke, um so ihren nackten Körper symbolisch zu schützen.

„Bin ich der Vater deines Kindes?", stellte ihr Timothy die Frage, die sie gehofft hatte, ihm nie beantworten zu müssen.

Tiff schwieg zu lange.

„Also hatte Colleen recht!"

„Meine Mutter weiß, dass du der Vater bist?", wunderte sich Tiffany.

„Sie hält es jedenfalls für möglich."

„Aber du hast doch nach der Pubertät die Spritze bekommen!"

„Ja, aber es gibt bekanntlich Mittel, ihre verhütende Wirkung aufzuheben."

„Hast du …?"

„Nein! Aber ich würde deiner Mutter zutrauen, mir heimlich ein solches verabreicht zu haben."

Er lachte kurz auf!

„Was ist daran so witzig? Ich finde es nicht gut, dass meine Mutter jedes meiner kleinen schmutzigen Geheimnisse kennt."

„Das ist es nicht!", winkte Meroth ab. „Ich überlegte nur gerade, wie viele kleine Tims demnächst geboren werden könnten."

„Das ist nicht komisch!", meinte Tiff trotzig. „Hast du die Spritze inzwischen erneuert?"

„Gleich nachdem deine Mutter mir von ihrem Verdacht erzählt hatte."

„Wirst du es deinem Bruder verraten?"

„Warum?", sah Tim sie verwundert an. „Soll er doch ruhig die Verantwortung für das Kind übernehmen. An so etwas habe ich keinerlei Interesse. Das weiß auch deine Mutter. Ich werde nie zugeben, dass ich der Vater bin."

„Aber ich könnte es publik machen!"

„Davon würde ich dir abraten, Herzchen!", warnte er sie. „So süß ist dein kleiner Arsch nun auch wieder nicht."

Wütend und enttäuscht verließ Tiffany das zerwühlte Nachtlager und verschwand im angrenzenden Badezimmer.

Seine Bewerbung für den Mars hatte Kyle Spencer wohl als einer der Ersten bei der Registrierungsstelle in London eingereicht. Normalerweise wurden dort Arbeitskräfte für den Asteroidengürtel gesucht. Der Gürtel hatte Kyle nie wirklich interessiert, genauso wenig wie der Mars. Aber bevor er durch seine eigene Dummheit in den unteren Staatsdienst abrutschen würde, wollte er lieber sein Glück auf dem Roten Planeten versuchen.

Seine prekäre Lage, in der er sich befand, hatte er selbst verschuldet. Sein Job als Wartungstechniker für die unterschiedlichsten Baumaschinen hatte ihm stets gefallen, und die Bezahlung ausgereicht, um ein unauffälliges Leben am Rande des Mittelstands führen zu können. Die Firma, für die er tätig gewesen war, gehörte zu einer Gruppe kleiner Subunternehmen, die nach der globalen Säuberung durch GIO weltweit für die Beseitigung der menschlichen Hinterlassenschaften außerhalb der Metropolen zuständig waren.

Jeden Morgen brachte ein Shuttle Spencer mit einem Trupp Arbeiter nach Edinburgh, wo er sich um Abrissmaschinen, Planierraupen, Bagger und Ähnliches kümmern musste. Vor allem an Orten, an denen die Tech-Bots versagten und menschliche Handwerkskunst noch gefragt war. Nach zehn Stunden Arbeit ging es abends wieder zurück nach London.

Freizeit war knapp bemessen für Leute wie ihn. Dennoch reichte sie aus, um in Schwierigkeiten zu geraten. So wie an jenem Abend, als er sich von ein paar Kumpels dazu überreden ließ, einen der zwielichtigen Pubs am Randgebiet der Metropole aufzusuchen.

Spencer wollte nur ein wenig Zeit außerhalb seiner kleinen Wohnung verbringen, ein, zwei Bier trinken, mit ein paar Leuten plaudern – nichts weiter. Es war einfach Pech gewesen, dass er dabei in eine Massenschlägerei geriet, die erst von der Republic Police beendet wurde. Einige seiner Kumpels schafften es, vor den Polizisten zu fliehen, er leider nicht. Er landete auf einem Revier und wurde strafrechtlich registriert, was ihn seinen Job kostete. Ein unerwartet freundlicher Polizist gab ihm den Tipp mit dem Mars. Spencer bedankte sich und meldete sich gleich im Registrierungsbüro.

Zwei Wochen später befand er sich auf dem eintägigen Flug zum Roten Planeten. Eingepfercht mit hundertsiebenundzwanzig anderen Männern und Frauen, in einem unbequemen Transport-Shuttle der Fargan-Klasse

★

„Folgt dem Schlauch zu den Gleiterbussen!", wies der schmuddelige Shuttle-Pilot die erschöpften Passagiere an. „Keine Drängeleien und Vorsicht beim Umsteigen. Die Andockvorrichtung kann durch den Marsstaub verdreckt sein und nicht richtig einklinken. Tretet nur durch die Schleuse, wenn ihre Umrandung grün leuchtet. Im Notfall wird der Verbindungsschlauch automatisch getrennt und ihr plumpst zwei Meter runter auf die Oberfläche. Euer Gesichtsschutz aktiviert sich automatisch! Er bietet euch Luft für zwanzig Minuten. Aber keine Sorge, bei der Kälte, die draußen herrscht, seid ihr erfroren, bevor euch die Luft ausgeht. Also macht keinen Quatsch, Leute."

Im Gänsemarsch verließen die Angesprochenen das Shuttle. Spencer folgte einer kleinen Frau mit einem dunkelblonden Pferdeschwanz. In ihrem Nacken entdeckte er ein kleines, leuchtendes 3D-Tattoo in Form eines Ringplaneten. Das Drehen des Rings besaß fast eine hypnotische Wirkung auf ihn. Spencer fragte sich kurz, ob dem Tattoo eine besondere Bedeutung oblag. Eigentlich interessierte es ihn nicht. Es war wahrscheinlich eine der üblichen Gesellschaftserscheinungen, die viel versprachen, nichts einbrachten und nur Credits kosteten.

Das Innere des Gleiterbusses wirkte auf Spencer noch beklemmender als der Passagierteil des Transportershuttles. Der positronisch gesteuerte Bus bot vierundsechzig Personen eine Sitzgelegenheit. Genauso viele nahm er auf.

Kaum hatte der letzte Reisende seinen Platz gefunden, setzte sich das Gefährt in Bewegung. Aus Sicherheitsgründen durfte der Bus nicht schneller fliegen als sechshundert Kilometer pro Stunde. Der Flug bis zum Container-Dorf würde somit mindestens zweieinhalb Stunden dauern.

„Der Staubsturm ist so dicht, ich kann nicht einmal den Bus sehen, der vorhin noch neben uns herflog", drehte sich die Blondine, die neben Spencer am Fenster saß, aufgeregt zu ihm um.

„Hi! Ich bin Crystal! Crystal Henson! Mineralogin!" Sie lachte kurz auf. „Ich soll sicherstellen, dass wir auf dem Mars das richtige Erz ausbuddeln."

„Eine Minenarbeiterin!", meinte Spencer nur murmelnd.

„Nun, ein wenig mehr bin ich schon!"

Sie lächelte ihn freundlich an. Spencer fand ihre hellgrauen Augen interessant. Sie strahlten Neugier aus, zudem ein erotisches Verlangen.

„Aber ich werde wahrscheinlich nicht drum herumkommen, mal eine dreckige Schaufel in die Hand zu nehmen oder einen dieser schwerfälligen Bohrer zu bedienen", seufzte sie übertrieben auffällig. „Und sei es nur, um mir ein paar Proben zu besorgen. Was ist Ihre Aufgabe auf dem Mars, Mr ...?

„Spencer! Einfach nur Spencer!", brummte Kyle und schloss die Augen.

Er hatte nicht die geringste Lust auf Smalltalk.

„Vielleicht stoßen wir ja schon in ein paar Tagen auf ein wertvolles Edelmetall. Geben Sie mir das richtige Gerät in die Hand und ich spüre Ihnen die kleinste Goldader auf", versuchte sie erneut seine Aufmerksamkeit auf sich zu lenken. „Oder vielleicht einen dicken Talwenium-Klumpen!", scherzte sie weiter.

Spencer zog es vor zu schweigen.

„Dann eben nicht!", murmelte sie schulterzuckend und sah wieder aus dem Fenster.

Nach einer schier endlosen Stunde wurde der Gleiterbus plötzlich von einer unsichtbaren Kraft zur Seite geschleudert. Die erschrockene Crystal fuhr abrupt hoch.

„Was war das?"

Ihre Augen entdeckten einen winzigen Riss in der Fensterscheibe, der vor wenigen Minuten noch nicht da gewesen war. Sie streckte zögernd ihre Hand aus, um ihn mit einem Finger zu berühren.

„Unterlassen Sie das!", hielt Spencer sie zurück. „Setzen Sie sich wieder hin!"

Der Riss dehnte sich langsam, aber bedrohlich aus.

Mit einem Satz sprang Kyle auf. Seine Blicke suchten den Bus ab. Fragende und ängstliche Gesichter starrten ihn an. Weiter vorne entdeckte er über dem Kopf eines Mannes einen Notfallschrank. Er eilte dorthin, öffnete ihn, durchsuchte ihn hastig und kam mit einem stiftgroßen Gerät zu seinem Platz zurück.

„Was ist das?", fragte Crystal mit zitternder Stimme.

„Ein Glasverdichter!", antwortete er kurz angebunden.

Spencer hielt den Stift auf die sich ausbreitende Rissbildung und schaltete ihn ein. Ein greller weißblauer Lichtstrahl traf auf das Glas. Langsam ließ Spencer das Licht über den Riss gleiten, der wie von Zauberhand verschwand.

„Hat noch jemand eine gesprungene Scheibe entdeckt?", erkundigte er sich mit kräftiger Stimme bei seinen Mitreisenden.

Eine beklemmende Stille war die Antwort. Alles schien so weit in Ordnung zu sein. Spencer brachte den Stift zurück und nahm wieder Platz

„Das hätte übel enden können, Kumpel!", lobte ihn ein untersetzter Mitfünfzigjähriger.

Er besaß eine auffallende Narbe über der linken Augenbraue und saß direkt hinter Spencer.

„Gut gemacht!", klopfte er ihm anerkennend auf die Schulter. „Wir stehen alle in deiner Schuld!"

Die anderen Passagiere wurden sich langsam der gefährlichen Situation bewusst, in der sie sich befunden hatten, und begannen erleichtert zu applaudieren.

„Sie sind ja ein richtiger Held, Spencer", schloss sich Crystal mit strahlenden Augen dem Applaus an und hauchte ihm einen flüchtigen Kuss auf die Wange.

Spencer vermutete, dass sie sich mit solchen und wohl auch anderen kleinen Gefälligkeiten öfters bei Männern bedankte.

Warum die verdammten Gleiterbusse keine Fenster aus Stahlglas besaßen, schien unterdessen keinen der Passagiere zu interessieren.

✶

Der Bus brachte die Neuankömmlinge zu einer Art Bahnhof, der das vordere Drittel einer großen Halle einnahm, die gleich an das Container-Dorf grenzte. Bei ihrer Ankunft fiel den Passagieren sofort der rege Betrieb auf, der am Steg rechts neben ihrem Halt herrschte.

„Hier drin gibt es eine atembare Atmosphäre!", stellte Crystal mit Blick auf die draußen herumlaufenden Menschen erleichtert fest.

„Das nutzt denen dort drüben auch nichts mehr", deutete der Mann hinter ihnen mit dem Kopf auf den Gleiterbus, der neben ihnen stand.

„Der Mars forderte wohl seinen ersten Tribut", meinte Spencer, als er die erfrorenen Leichen sah, deren zerrissene Augäpfel ihn flehend anstarrten.

„Das ist der Bus, der neben uns stand, als wir vom Raumhafen abgeflogen sind", griff Crystal ängstlich nach seinem Arm. „Ich erkenne ihn an seiner Nummer. Was ist mit diesen armen Leuten passiert?"

„Das, was Ihr Freund uns vorhin erspart hat!", sagte der Mann mit der Narbe. „Es nennt sich Marshusten. Ausgelöst durch die staubige und dünne Atmosphäre des Mars, kotzt man sich fast die Lunge aus dem Hals. Aber vorher verschließt sich die Luftröhre, wodurch sich das Atmen erschwert. Durch den Sauerstoffmangel verliert man das Bewusstsein, noch bevor sich der Druck in den Augen erhöht. Aufgrund des geringen Luftdrucks wird man anfangs den Staub ziemlich gut los, aber danach … nun, am besten Luft anhalten und an was Schönes denken. Lange wird es nicht dauern, bis der Tod einen ereilt."

„Bist du Arzt?", fragte Spencer hoffnungsvoll.

„Ich war Frachtbegleiter auf einem der großen Pötte der Lanza-Klasse", lautete die Antwort. „Da musste ich ab und zu als Sanitäter aushelfen und habe so ein wenig Erfahrung gesammelt."

„Verstehe!", nickte Spencer.

„Bitte verlassen Sie den Bus ruhig und geordnet!", ertönte die positronische Stimme des Fahrzeugs. „Vergessen Sie nicht Ihr Handgepäck. Meroth Industries trägt keine Haftung für bei der

Säuberung des Busses entsorgte Gegenstände. Folgen Sie dem Info-Bot an Ihrem Bussteig. Er bringt Sie unverzüglich und sicher zu Ihrer Unterkunft."

„Na dann wollen wir mal!", zwängte sich der grauhaarige Sanitäter an Spencer und Crystal vorbei.

In den provisorischen Unterkünften fand Spencer den erwarteten Standard. Ein Zimmer ohne Fenster und jegliche weitere Einrichtungsgegenstände. Persönliche Akzente fanden hier keinen Platz. Er teilte sich die grell erleuchtete Baracke Grau-17-2 mit Crystal und dem Sanitäter, der den Namen Colin Dartmoore trug. Das noch freie Bett erhielt ein kaum zwanzigjähriger junger Mann mit leicht gelocktem braunem Haar, der kurz nach ihnen eintraf und sich ihnen nur als Jeff vorstellte.

Vier schmale Liegen drängten sich an der Rückwand des Raums nahe aneinander. Spencer entschied sich für die Liege links an der Wand. Dartmoore wählte jene ganz rechts. Crystal nahm sich jene neben Spencer, was dieser nicht anders erwartet hatte.

Die kleinen Gemeinschaftswaschräume ihrer Baracke waren ebenfalls sehr ernüchternd. Acht schmale Toiletten und zwölf offene Duschkabinen, die kaum Privatsphäre zuließen. Die Enge und Kargheit der Unterkünfte wurden nur durch einen dürftig ausgestatteten Gemeinschaftsraum aufgelockert, ein mickriger Zufluchtsort, der kaum dazu dienen würde, sich die Zeit zu vertreiben.

Frühstück und Abendessen wurden in großen Kantinen serviert. Die Stunden dazwischen wurden mit Arbeiten oder Schlafen verbracht. Die Luft im Container-Dorf war geschwängert mit chemischen Zusatzstoffen, von denen eine hygienische Strenge ausging. Auf dem ganzen Mars herrschte ein striktes Alkohol- und Drogenverbot. Zwischenmenschliche Beziehungen wurden widerwillig geduldet.

„Achtung!", ertönte plötzlich eine laute Stimme aus einem unsichtbaren Akustikfeld. „Die Insassen sämtlicher Baracken erhalten morgen früh um 0500 in den ihnen zugewiesenen Kantinen ein Frühstück. Um 0530 findet in der großen Halle vor dem Gleiterbusbahnhof ein Einführungsgespräch statt, an dem jeder von Ihnen teilnehmen muss. Ausnahmen werden nicht geduldet und mit Lohnkürzungen bestraft.

Weitere logistische Informationen zu Ihren Unterkünften sowie den Verhaltensregeln finden Sie auf Ihren Multikoms. Ebenso die Arbeitsrichtlinien von Meroth Industries. Bitte machen Sie sich mit der Ihnen ausgehändigten Ausrüstung vertraut. Ihr Leben hängt davon ab."

Stille!

„Das muss wohl ein Missverständnis sein!", konstatierte Crystal zögerlich nach einem Blick auf den kleinen Holoschirm ihres Multikoms. „Ich habe nicht die geringste Ahnung von diesen schweren Einsatzanzügen. Außerdem habe ich mich gar nicht für Wartungsarbeiten gemeldet."

„Ich auch nicht!", gab Jeff schüchtern von sich.

Sein Gesicht rötete sich, als Crystal ihn ansah. Er bemerkte, wie die attraktive junge Frau auf sein kleines Muttermal starrte, das die Form eines Bärtierchens besaß und sich unter seinem linken Auge befand. Verlegen wandte er seinen Blick von Cyrstal ab.

„Ich wurde aufgrund meiner logistischen und medizinischen Kenntnisse genommen", erklärte ihnen Dartmoore gleichgültig. „Letztere erfordern wahrscheinlich auch Außeneinsätze. Schlimmer als das Arbeiten im luftleeren Raum kann es nicht werden."

„Du vergisst den Staub!", erinnerte ihn Spencer.

„Stimmt! Um den müssen wir uns Sorgen machen! Aber dafür hatten wir im All Mikrometeoriten."

„Auch wieder wahr!", musste Spencer anerkennen.

„Das ist unerhört!", regte sich Crystal auf und tippte auf dem kleinen Holoschirm ihres Multikoms herum. „Ich reiche sofort eine Beschwerde ein. Dabei heißt es doch immer, Meroth Industries würde seine Angestellten stets korrekt behandeln."

Sie blickte Spencer an.

„Warum sagst du nichts?"

„Weil wir der Oberschicht immer ausgeliefert sind!", antwortete Kyle gelassen, legte sich auf seine Liege und kehrte ihr den Rücken zu. „Egal, welchen Namen diese Leute tragen. Niemand an diesem Ort schert sich um deine Meinung, Kleine. Mach, was sie dir sagen, und du wirst überleben."

Kurz darauf verrieten seine regelmäßigen Atemzüge, dass er eingeschlafen war.

28. April 34 DNW (Der Neuen Weltordnung)

„Bevor Sie alle sich bei mir beschweren möchten", trat der ein Meter fünfundachtzig große Mann vor die wartenden Arbeiter auf die kleine Bühne, „möchte ich Sie bitten, mich erst einmal ausreden zu lassen."

„Das ist Edward Meroth!", flüsterte Crystal dem neben ihr stehenden Spencer aufgeregt zu.

Sie schluckte den restlichen Bissen eines belegten Brötchens runter, das sie von dem überraschend reichhaltigen Frühstück mitgebracht hatte.

„Willkommen auf dem Mars!", fuhr Ed fort. „Im Namen von Meroth Industries bedanke ich mich bei Ihnen allen für Ihre Teilnahme an diesem spektakulären und schwierigen Projekt. Leider überschattet bereits ein trauriger und sehr bedauerlicher Zwischenfall Ihre Ankunft auf dem Roten Planeten. Ein Gleiterbus mit vierundsechzig Menschen – mit vierundsechzig Ihrer unerschrockenen Kollegen – wurde das Opfer eines der gefährlichsten Phänome des Mars.

Staubstürme!

Diese treten regelmäßig in den Morgen- und den Abendstunden auf. Aber auch spontan. Sie sind völlig unberechenbar. Egal, ob sie in nur sehr schwacher oder extrem starker Form völlig aus dem Nichts auftauchen. Sie verunreinigen die hier herrschende dünne Atmosphäre so sehr, dass es zu zahlreichen Ausfällen bei unseren Bots und Baumaschinen kommt, die leider nicht mit Energieschirmen ausgestattet sind.

Der Staub ist auch der Grund, warum Sie alle hier sind.

Die Betonung liegt auf alle! Egal mit welcher Arbeit Sie auf der Erde Ihre Credits verdienten, auf dem Mars werden Sie Ihre Karriere als Wartungsarbeiter beginnen. Sie werden lernen, die Bots und die Baumaschinen auseinanderzunehmen, zu reinigen und wieder zusammenzubauen.

Bei regelmäßigen Inspektionen geschieht dies in schützenden Hallen vor den entsprechenden Einsatzgebieten. Das können Bergwerke sein, die unterirdische Baustelle von Mars-City, wo zurzeit das Fundament der Stadt entsteht, der Raumhafen oder die Auffangstation mit der Fankton-Speicher-Anlage.

Je nach der Sachlage kann es vorkommen, dass Sie bis zu drei Tage vor Ort bleiben müssen. Länger reicht Ihr jeweiliger Sauerstoffvorrat nicht.

Bots und Baumaschinen können aufgrund positronischer oder mechanischer Störungen auf offenem Feld liegen bleiben. Bevor ein Abschleppen in Frage kommt, muss ein Außenteam versuchen, sie wieder vor Ort zum Funktionieren zu bekommen. Das kann ziemlich gefährlich werden. Aber auch bereits das einfache Einsammeln dieser Geräte birgt seine Risiken. Daher ist Vorsicht Ihr oberstes Gebot.

So viel erst einmal zu Ihrem vorläufigen Arbeitsbereich.

Da wir erst in zweieinhalb Jahren auf die Energiegewinnung aus dem Hyperraum zugreifen können, müssen wir alle sparsam mit unserem Stromverbrauch umgehen. Die Wasserversorgung hingegen funktioniert einwandfrei. Einem ausgiebigen Duschen nach der Arbeit steht also nichts im Wege. Ich möchte sogar behaupten, es gehört zu Ihren täglichen Pflichten."

Die Mehrzahl seiner Zuhörer lachte.

Sie würden schnell am eigenen Leib erfahren, wie wichtig eine gründliche Dusche am Ende ihrer Schicht sein konnte. Von jenen, die mehrere Tage im Außeneinsatz waren, gar nicht zu sprechen.

„Ist unsere Energieversorgung erst einmal autark, wird vieles leichter werden. Jede Baustelle kann dann mit einer schützenden Energiekuppel abgesichert werden, was die Arbeitsbedingungen erheblich verbessern wird.

Mehr habe ich Ihnen im Moment nicht mitzuteilen!", schloss Meroth seinen Auftritt ab. „Sollte es noch Fragen geben, jeder Barackenfarbe wurde ein Ansprechpartner zur Verfügung gestellt, der sich um Ihre Probleme kümmern wird. Denken Sie immer daran, Sie sind Pioniere. Sie haben sich einen harten Job ausgesucht und dürfen keinerlei Sonderbehandlungen erwarten. Bitte, bleiben Sie gesund!"

Mit einem kurzen Winken und unter spärlichem Applaus verließ Edward Meroth die Bühne.

Kaum war der Geschäftsführer von Meroth Industries verschwunden, piepsten überall Multikoms auf.

„Wir haben einen Auftrag!", las Spencer von seinem Holoschirm ab. „He, wo willst du hin, Henson?"

„Ich muss noch aufs Klo!", antwortete Crystal. „Wir treffen uns im Ausrüstungslager."

„Beeil dich!"

Die junge Frau lief davon.

„Worum geht's?", wollte Dartmoore wissen.

„Ein Außeneinsatz im Labyrinth der Nacht! Ein liegengebliebener Erztransporter!"

„Ich dachte, die gesamten Erzlieferungen würden unterirdisch abgewickelt?"

„Später einmal!", verriet Spencer dem ehemaligen Frachtbegleiter, während Jeff schweigsam hinter ihnen hertrabte. „Der Bau der unterirdischen Förderanlage ist noch nicht abgeschlossen. Am Raumhafen gibt es Schwierigkeiten mit den Verladestationen."

„Du scheinst gut informiert zu sein!", erkannte Dartmoore. „Liegt wohl an dir, dass wir diesen Einsatz bekommen haben?"

„Könnte sein!"

Der Weg zu seinem Gleiter führte Edward Meroth durch einen Korridor, der nur von einem spärlichen Licht erhellt wurde, das am Ende des Ganges drohte, von der Dunkelheit verschlungen zu werden. Dort befand sich die Schleuse zu dem kleinen VIP-Abstellplatz, wo sein Gleiter auf ihn wartete.

Ein dreißig Zentimeter durchmessender Kampf-Bot schwebte auf Augenhöhe neben Meroth. Eine bedrohliche Präsenz, bereit, in einem Blitzgewitter aus Impulsgeschossen sich jeglichem Angriff zu stellen.

Plötzlich aktivierte der Bot sein Waffensystem. Eine weibliche Stimme hinter Edward durchbrach die Stille.

„Mr Meroth? Einen Augenblick, bitte!"

Die Frau verharrte regungslos auf der Stelle. Die Bedrohung durch einen Kampf-Bot schien für sie nichts Neues zu sein.

Edward blickte sie misstrauisch an.

„Kann ich Ihnen helfen?", fragte er skeptisch.

„Ich bin Crystal!", antwortete sie ruhig.

„Und?", erwiderte Ed ungeduldig

„Die Crys, die Sie erwarten!", präzisierte sie das Wortspiel.

Die Augen des Geschäftsmannes leuchteten auf. Mit einem Wink signalisierte er dem Bot, dass keine Gefahr drohe. Die Maschine fuhr ihre Waffen ein, blieb jedoch wachsam.

„Haben Sie das Produkt dabei?", erkundigte sich Meroth und versuchte seine Erregung zu verbergen.

„Natürlich, Sir!"

Henson überreichte ihm vier kleine eiförmige Gegenstände, jedes davon nicht größer als eine dicke Daumenkuppe.

„Der von Ihren Leuten entwickelte Anstrich funktioniert einwandfrei!", lächelte sie. „Die Kontrollsensoren am Raumhafen von Kelso konnten die Ero-Crys nicht aufspüren. Die nächste Lieferung wird um einiges größer sein."

„Danke!", nahm Edward die kleinen Eier entgegen. „Kann ich Ihnen irgendwie das Leben auf dem Mars erleichtern?", erkundigte er sich.

„Das würde nur Verdacht erregen!", erwiderte Henson. „Ich komme schon klar. Habe ein gutes Team erwischt."

„Wie kann ich mit Ihnen in Kontakt treten?", fragte Meroth.

„Über mein Multikom natürlich!", wunderte sich Crystal über die Frage. „Sie können unsere Kommunikation doch bestimmt an der üblichen Datenaufzeichnung vorbeischmuggeln."

„Sicher!"

„Gut! Nun müssen Sie mich entschuldigen, ich wurde bereits einer Außenmission zugeteilt und bin spät dran!"

Crystal wandte sich ab und verschwand durch einen seitlichen Wartungseingang des Korridors, während Ed mit den Drogen in seiner Hand und voller Vorfreude auf das, was ihn erwarten würde, den Weg zu seinem Gleiter fortsetzte.

„Na endlich!", empfing Spencer ihre Stubengenossin.

„Entschuldigung! Hatte Dünnschiss!", verteidigte sich Crystal. „Ist meine erste Außenmission. Ich …"

„Zieh deinen Anzug an, damit wir endlich aufbrechen können", unterbrach Spencer die junge Frau. „Ich habe keine Lust, draußen zu übernachten."

Er bemerkte, wie Jeffs blasses Gesicht noch bleicher wurde.

„Wenn du kotzen musst, tu es, bevor wir in unser Shuttle steigen!", riet er dem jungen Mann.

Kaum ausgesprochen sprudelte das gute Frühstück auch schon aus Jeffs Mund heraus.

„Igitt!", äußerte sich Crystal, die halb nackt etwas abseits stand und versuchte, einen Teil ihres Einsatzanzuges anzulegen, während ein Reinigungs-Bot angesaust kam und sich um das säuerlich riechende Erbrochene kümmerte.

Spencer ging hinüber zu der kleinen, athletisch gebauten Frau.

„Die Schale gehört zwischen deine Beine und wird mit diesem Schlauch verbunden!", legte Spencer ungeniert Hand an. „Sie verbindet sich dank der Nanotechnologie deines Anzugs automatisch mit deinem Oberhemd. Die Schale sammelt deine Ausscheidungen und das Hemd deinen Schweiß. Beides wird vom Anzug in kostbares Trinkwasser verwandelt. Neben der Sauerstoffversorgung und der Heizung eines der wichtigsten Teile deines Anzugs. Sorge dafür, dass alles perfekt sitzt, wenn du Wundstellen vermeiden möchtest."

„Danke!", murmelte Crystal und schlüpfte mit den Armen in ihren Anzug, der sich automatisch an ihre Körpergröße anpasste.

„Beeilen wir uns!", forderte Spencer sein Team zum Gehen auf.

„Du selbst bringst die ersten Kriminellen auf den Mars!", rügte sich Edward in Gedanken. *„Würde ein toller Eintrag für die Mars-Chroniken werden, mein Freund!"*

Meroth hatte es sich gut überlegt, diesen Schritt zu gehen, und sich vorgenommen, nur die Verteilung von Ero-Crys zu erlauben. Sein Dealer auf der Erde hatte ihm zum wiederholten Male versichert, dass die Crys weitaus weniger gefährlich und suchterzeugend seien als andere Drogen. Eine der üblichen Standard-Floskeln, wie Meroth vermutete.

Obwohl, er nahm das Zeug bereits seit über fünfzehn Jahren und es hatte ihn bisher nicht beeinträchtigt. Im Jahr 22 DNW, kurz nach dem tödlichen Unfall seiner Mutter, hatte ihn die Republic Police einmal beim Kauf der Ero-Crys erwischt, doch Townhill hatte die Situation bereinigen können, sodass nie jemand innerhalb der Familie von seinem kleinen Suchtproblem erfahren hatte.

Die kleinen grünen Kristalle, die in der Hand verdampften, wodurch die programmierte Droge ins Blut gelangte, verschafften ihm süße, erotische Träume, ließen ihn seine sexuellen Fantasien ausleben, wozu er sich in der Realität nie getraut hätte. Außerdem waren diese Erlebnisse besser als echter Sex. Sauberer, unkomplizierter, stresslos und vor allem frei von diesen lästigen Diskussionen danach, die zu nichts führten.

„Frei!"

Ein Wort, das seiner Situation auf dem Mars entsprach.

Edward fühlte sich zum ersten Mal in seinem Leben wirklich frei. Natürlich stand er weiterhin unter der Beobachtung seines Vaters und mit Sicherheit war auch das Kartell bereits mit seinen Spionen auf dem Roten Planten vertreten. Außerdem brachte die Inbesitznahme des Mars zahlreiche geschäftliche Neider mit sich. Doch solange die Materiallieferungen von der Erde und dem Mond regelmäßig eintrafen und die Arbeiten planmäßig vonstattengingen, war alles in bester Ordnung.

Später einmal … Nun, die Zukunft würde es ihm zeigen.

Und zwar in aller Deutlichkeit!

„Der Mars!", sinnierte Colin Dartmoore schwermütig vor sich hin, während ihr modifiziertes Frachtershuttle der Alandra-Klasse in einer Höhe von vierzig Metern über den felsigen roten Boden jagte und versuchte, dabei so wenig Staub wie möglich aufzuwirbeln.

„Schwesterplanet der Erde! Eine karge, leere Welt mit einem so niedrigen Atmosphärendruck, dass Wasser in seiner flüssigen Form nicht auf seiner Oberfläche existieren kann. Mit Temperaturschwankungen, die so groß sind, dass sie für die hier herrschenden Morgen- und Abendwinde verantwortlich sind. Mit gewaltigen Staubstürmen, die tagelang die Atmosphären verdunkeln. Ein Ort, weit entfernt von dem behaglichen Leben, das wir Menschen auf der schönen alten Erde gewohnt sind. Und dennoch sind wir hier!"

„Nicht nur Frachtmeister und Sanitäter, sondern auch noch ein Poet!", kommentierte Crystal seine Worte grinsend, während ihr Gefährt über die ersten Vorläufer der zerklüfteten Schluchten des Labyrinths der Nacht hinwegzog.

Die schlanke 24-Jährige und der schlaksige Jeff teilten sich die schmale Rückbank der Passagierkanzel, während Dartmoore vorne neben dem kräftig gebauten Spencer saß, der selbstverständlich das Steuer übernommen hatte.

„Elf Kilometer vor uns befindet sich ein Erzkonvoi von sieben umgebauten offenen Transportern der Deivon-Klasse", erkannte

Dartmoore auf dem kleinen Orterschirm ihres Shuttles. „Sollte dies ihre übliche Route sein, liegt unser Ziel ein paar Kilometer abseits davon."

„Ein ordentlicher Staubsturm kann einen weit vom Kurs abbringen", meinte Spencer. „Zum Glück funktioniert der Peilsender des Transporters immer noch."

„Wenn auch ziemlich ungenau!", teilte ihm Dartmoore mit. „Das Signal springt immer hin und her, und zwar in einem Abstand von sechshundert Metern. Du gehst wohl besser runter und fliegst uns in nordöstlicher Richtung durch den Graben mit der Bezeichnung LN-7. Aber schön vorsichtig, mein Freund."

„Dann mal los!", schmunzelte Kyle Spencer, verlangsamte die Geschwindigkeit des Shuttles und ließ es tief hinab in den besagten Canyon sinken.

„Hierhin kommt ja kaum Licht!", bemerkte Crystal mit leichter Beklemmnis.

Neben ihr hielt Jeff seine Hände krampfhaft zusammengefaltet.

„Betest du etwa?", fragte sie ihn. „Bist du einer dieser verrückten Gläubigen?"

„Nein!"

Jeff blickte sie entsetzt an.

„Ich ... ich ... ich habe ... Angst!", stotterte er.

„Die haben wir alle!", mischte sich Spencer ein. „Sie hält uns am Leben!"

Cyrstal legte beinahe mütterlich ihren rechten Arm um Jeffs Schulter, der fast schon ängstlich zusammenzuckte.

„Alles wird gut!", versuchte die höchstens vier Jahre ältere Frau ihn zu beruhigen. „Spencer wird nicht zulassen, dass uns etwas passiert."

Jeff nickte nur zitternd.

„Helme ausfahren und richtig verriegeln!", ertönte Spencers Kommandoton, nachdem er das Shuttle gelandet hatte. „Beeilung beim Ausstieg. Ich möchte nicht, dass zu viel Staub in die Kanzel eindringt."

Zu seiner Überraschung schafften es alle problemlos aus dem Shuttle heraus.

„Ich sehe den Transporter nicht!", drehte sich Crystal suchend im Kreis herum.

„Er hängt dort drüben an einem Felsvorsprung fest!", erklärte Spencer ihr. „Keine fünfzig Meter von unserer Position entfernt. Wir nehmen die Seile mit."

„Sollen wir etwa in dieser Montur an einer der Felswände emporklettern?", beklagte sich Crystal.

„Von mir aus kannst du auch nackt hinaufsteigen", wies Spencer sie zurecht. „Mal sehen, wie weit du kommst!"

Er drehte sich um und marschierte los.

„Ab jetzt keine dumme Sprüche mehr", verlangte er mürrisch. „Spart eure Atemluft!"

Aufgrund der niedrigen, aber auch ungewohnten Schwerkraft des Mars, die nur drei Achtel der irdischen betrug, kamen sie einigermaßen rasch voran. Auch die kleine Klettertour bis zu dem eingeklemmten Transporter legten sie zügig zurück.

Jeffs Kletterkünste beeindruckten Spencer. Der Junge konnte ihm mühelos folgen. Wahrscheinlich war dies nicht seine erste Klettertour. Crystal und Dartmoore hingegen benötigten etwas länger für die gut sechzig Meter hohe Steilwand.

„Der Kasten ist mit seiner linken Vorderseite voll in den Felsen geknallt!", stellte Dartmoore leicht außer Atem fest. „Dabei muss wohl die Positronik beschädigt worden sein. Glaubst du, wir können den Transporter mithilfe seiner Antigrav-Projektoren freirütteln?"

„War auch mein erster Gedanke!", gab Spencer zu. „Wenn es nicht klappt, könnten wir immer noch ein wenig mit unserem Shuttle nachhelfen. Kennst du dich mit der Steuerung eines Transporters aus?"

„Bin schon die normale Deivon-Klasse geflogen", äußerte sich Datmoore unsicher. „Doch dieses Ding ist widerspenstiger als ein bockiger Hengst."

„Gut! Ich mach's!", entschloss sich Spencer und stieg auf den Transporter hinauf. „Kontrolliere du inzwischen die Antigrav-Klemmen der Ladung, Dartmoore. Ich möchte nicht, dass mir das Erz um die Ohren fliegt, wenn ich das Pferd reite."

Dartmoore lachte laut auf.

„Und ihr beide …", wandte Spencer sich an Crystal und Jeff. „Ihr sorgt dafür, dass wir genügend Licht haben!"

Die dreckigen Erztransporter schlichen normalerweise vollautomatisch und in niedriger Höhe über die bizarre Landschaft des Mars hinweg. Ihre Fahrerkabinen waren entsprechend klein und boten gerade genug Platz für höchstens zwei Personen – sofern es sich nicht um zwei korpulente Gestalten handelte.

Spencer zog die Luke auf, doch anstatt der erwarteten Stille entwich überraschend Luft aus dem Inneren. Ein unangenehmes Gefühl beschlich ihn, so als hätte ihn ein Geist berührt.

„Verdammt!", fluchte er leise und fragte sich, warum ein positronisch gesteuerter Transporter innerhalb seiner Fahrerkabine eine Atmosphäre benötigte.

Spencer versuchte, sich ins Innere hineinzuzwängen, aber ein unerwartetes Hindernis versperrte ihm den Weg.

„Verdammt!", entfuhr es ihm erneut, diesmal jedoch mit mehr Ausdrucksstärke. „Was zur Hölle …?"

Abrupt hielt er inne, als er den Grund erkannte.

Dartmoore meldete sich besorgt über den Helmfunk.

„Was ist los, Spencer? Ist die Positronik hinüber?"

„Keine Ahnung!", lautete die leicht gestresst klingende Antwort. „Ich komme nicht an sie heran."

„Wieso nicht?", fragte Dartmoore überrascht. „Sie ist doch über dem rechten Konsolenteil gut zu erreichen."

„Stimmt", bestätigte Spencer, „aber zuvor muss ich noch einen gut hundertzwanzig Kilo schweren Asiaten von ihr herunterbekommen."

„Was?", rief Dartmoore ungläubig.

„Hier drin liegt eine Leiche!", erklärte Spencer ihm sein Problem. Eine düstere Vorahnung überkam ihn.

„Ein Toter?"

„Das wäre wahrscheinlich die beste Umschreibung für eine Leiche!", meinte Spencer sarkastisch und drehte den leblosen Körper weg von der Konsole. „Und sie wurden beide mit einem Impulsgeschoss getötet."

„Beide? Es gibt zwei Leichen?"

„Ja, den fetten Kerl und die Positronik!"

„Scheiße! Das bedeutet, wir müssen das Ding rausnehmen und das Ersatzteil einbauen, bevor wir daran denken können, den Transporter aus der Felswand zu rütteln."

„Erst einmal müssen wir die Leiche aus der Kabine bekommen!", fügte Spencer dem entschlossen hinzu.

Nach beinahe drei quälend langen Stunden hatten sie endlich den leblosen Körper aus der engen Fahrerkabine geborgen, im Frachtraum ihres Shuttles verstaut und das benötigte Ersatzteil eingebaut. Erschöpft gönnten sich die vier eine kurze Verschnaufpause in ihrem Gefährt.

„Ich frage mich die ganze Zeit, wer den armen Mann erschossen hat und warum", teilte Crystal ihnen ihre Gedanken mit.

„Was mich mehr beschäftigt", erwiderte Spencer mit einem tiefen Seufzen, „ist das Wo und Wann er ermordet wurde."

„Wie meinst du das?", hakte Crystal neugierig nach.

„Ganz einfach!", antwortete Dartmoore anstelle von Spencer. „Wurde der Kerl am Ausgangspunkt seiner Fahrt erschossen, dann wurde die Positronik nur beschädigt und fiel erst auf dem Weg zu ihrem Ziel aus. Was bedeuten würde, dass sich der Mörder im Bergwerk aufhalten müsste.

Wurden der Tote und die Positronik erst unterwegs außer Gefecht gesetzt, so muss sich der Killer ganz in der Nähe befinden. Wahrscheinlich beobachtet er uns in diesem Augenblick sogar."

„Warum sollte er das tun?", fragte Crystal verwirrt.

„Weil ihm ziemlich schnell der Sauerstoff ausgehen wird und wir seine einzige Möglichkeit sind, sich zu retten", gab Spencer mit einer beispiellosen Gelassenheit von sich.

„Glaubst du, wir befinden uns in Gefahr?", sah Jeff ihn erschrocken an.

„Ja, da bin ich mir ziemlich sicher!", nickte Spencer. „Außerdem hat der Mörder bereits versucht, den Gleiter zu stehlen."

„Woher weißt du das?"

„An den frischen Abdrücken, die er am Schloss hinterlassen hat!", verriet Spencer Crystal. „Dort hatte sich inzwischen weniger Staub niedergelassen als anderswo, was bedeutet, dass sich jemand daran zu schaffen gemacht hat."

„Achte immer auf die Zeichen, die dir die Natur hinterlässt", sagte Colin Dartmoore mit einem verträumten Gesichtsausdruck. „Mein Großvater war Pfadfinder! Seine alten Sprüche gelten sogar für den Mars!"

„Was ist ein Pfadfinder?", fragte Jeff, der sich immer besser in der ungewohnten Umgebung zurechtfand.

„Erkläre ihm das auf dem Rückflug!", ordnete Spencer an. „Wir haben noch einen Job zu erledigen."

„Und wenn der Kerl uns dabei tötet?", sorgte sich Cyrstal. „Wir haben nicht einmal Waffen zur Verteidigung. Sollten wir nicht wenigstens näher mit dem Shuttle an den Transporter heranfahren?"

Spencer schien zu überlegen.

„Jeff, kannst du das Shuttle fliegen?"

„Mein …. Ja, kann ich!"

„Gut! Während wir drei versuchen, den Transporter zu befreien, nimmst du über uns Position ein und hältst Wache."

Jeff nickte erleichtert. Beinahe hätte er sich mit einem Fast-Versprecher verraten. Zum Glück schien niemand darauf geachtet zu haben.

✦

„Mehr Schub auf die rechten Platten!", brüllte Dartmoore winkend.

Mit einem konzentrierten Blick betätigte Spencer die leuchten Steuerelemente auf der Konsole vor ihm. Die rechten Antigrav-Projektoren heulten stärker auf. Ein dumpfes Dröhnen durchzog die dünne Luft, als der Transporter in seinem steinernen Gefängnis zu zittern begann. Gebannt verfolgte Dartmoore jede seiner Bewegungen.

„Es funktioniert!", triumphierte er. Sein Adrenalinspiegel stieg. „Noch ein paar kräftige Ruckler, Spencer, und der Kasten kommt frei."

„Jeff, wie sieht es über uns aus?", rief Spencer, während er sich wieder den linken Antigrav-Projektoren zuwandte.

„Beeilt euch lieber", warnte sie der Junge beunruhigt. „Zweihundert Meter über euch hat sich ein großer Riss in der Wand gebildet."

„Ich hasse Risse!", hörte Spencer die Stimme der jungen Frau im Helmfunk jammern.

„Crystal und Dartmoore, verlasst sofort den Felsvorsprung!", befahl Spencer. „Jeff, hol sie da unten ab!"

„Kommst du allein klar?", vergewisserte sich Dartmoore.

„Hau schon ab, Alter!", antwortete Spencer bestimmt.

Dartmoore hüpfte hinüber zu Crystal. Gemeinsam seilten sie sich an der Felswand hinab, während Spencer weiterhin versuchte, den Transporter freizubekommen.

„Wird er es schaffen?", sorgte sich Crystal, als sie sicher auf dem Boden standen.

„He, du sprichst von Spencer!", knurrte Dartmoore.

Plötzlich fiel sein Blick auf das nahende Shuttle.

„Da kommt Jeff", sagte er. „Was tut der Junge? Er ist viel zu schnell!"

Jeff raste mit dem Shuttle über ihre Köpfe hinweg. Dartmoore blickte ihm fluchend hinterher. Trotz des Staubes, den Jeff aufwirbelte, entdeckte er die Gestalt, die panikartig vor dem Gleiter flüchtete – der Mörder! Der Kerl wurde von den Antigrav-Projektoren erwischt und gegen die Felswand geschleudert.

„Wow!", staunte Dartmoore. „Tolles Manöver!"

Geschickt landete Jeff den Gleiter in ihrer Nähe.

„Los, Kleine!", drängte Dartmoore und bemerkte, dass Spencer den Transporter endlich freibekommen hatte. „Beeilen wir uns!"

„Was ist mit dem Mörder?", fragte Crystal.

„Scheiß auf den Kerl!", entgegnete er und schubste Crystal unsanft in das Shuttle. „Los, weg hier!", schrie er ihrem Piloten zu.

Jeff beschleunigte mit vollen Werten und das Shuttle sprang förmlich vom Boden hoch. Gerade noch rechtzeitig, bevor die ersten Felsbrocken der durch Spencer ausgelösten Steinlawine auf dem Boden des Canyons aufschlugen.

„Seid ihr in Ordnung?", ertönte Spencers Stimme in ihren Einsatzhelmen.

„Alles klar, Boss!", meldete sich Jeff. „Colin und Crystal sind wohlauf und die Steine haben den Mörder erwischt."

„Schade!", meinte Spencer. „Hätte nur zu gerne erfahren, was sich hier abgespielt hat."

„Vielleicht verrät uns der Tote im Frachtraum mehr!", hoffte der ehemalige Sanitäter auf Aufklärung.

„Wir werden sehen!", meinte Spencer gelöst. „Folgt mir zurück zum Container-Dorf.

★

„Sie sind also davon überzeugt, dass der Tote in dem havarierten Transporter ermordet wurde?", fragte Meroth und seine Worte hallten durch den Büro-Container.

Der Mann in dem abgetragenen olivgrünen Pullover und der braunen Mehrzweckhose machte nicht den klügsten oder vertrauenswürdigsten Eindruck auf ihn. Er wirkte eher verwahrlost. Edward kannte solche Typen aus den Holo-Nachrichten. Meistens gehörten sie dem unteren Staatsdienst an. Menschen, mit denen er normalerweise keinen Umgang pflegte.

Dennoch musste er sich um den 42-jährigen Arbeiter und dessen Vermutungen kümmern. Schließlich war er auf dem Mars nicht nur der oberste Stellvertreter von Meroth Industries, sondern ebenfalls der Vertreter der Republik Terra für Recht und Ordnung. Was ihn wieder an Crystal Henson denken ließ, seine Drogen-Dealerin, die ausgerechnet zu Kyle Spencers Team gehören musste. Ob dies einer dieser sonderbaren Zufälle war, die das Leben für einen bereithielt?

Er hoffte es!

Spencer räusperte sich.

„Nun, Sir, es gibt da diese Leiche mit einem Loch im Kopf. Und der Medo-Bot, der den Toten untersucht hat, kam zu demselben Schluss."

Meroth nickte, seine Augenbrauen zogen sich zusammen.

„Ich habe den Bericht des Bots gelesen."

„Und dann gibt es noch den Mörder!", fuhr Spencer fort.

„Den Ihr Team bedauerlicherweise unter einem Haufen von Steinen begraben hat."

„Wir könnten ihn wieder ausbuddeln!", schlug Spencer vor.

„Das wäre vermutlich bloß eine Verschwendung von Ressourcen", seufzte Meroth. „Außerdem würde es nur für weitere Unruhen sorgen, und die kann ich mir im Moment nicht leisten!"

„Verstehe!", sagte Spencer, aber seine Miene verriet, dass er anderer Meinung war.

„Was ich nicht verstehe", brachte Edward Meroth mit angespannter Stimme hervor, „ist, wie in einem voll automatisierten und menschenleeren Bergwerk plötzlich zwei Arbeiter auftauchen können, die da eigentlich gar nichts zu suchen haben."

Spencer zuckte mit den Achseln.

„Gute Frage! Aber warum sollten es Arbeiter sein? Aus unserem Dorf fehlt niemand und Ihre Leute sind auch alle wohlauf."

„Dessen bin ich mir bewusst", erwiderte Meroth nachdenklich. „Schlimmer noch, der Tote war Chinese. Unter all den Leuten, die zurzeit auf dem Mars leben, befindet sich niemand, der auch nur im Entferntesten asiatische Wurzeln hat."

„Saboteure!", vermutete Spencer.

„Wäre eine Möglichkeit", stimmte Meroth ihm zu. „Der Asia-Group hat es ganz und gar nicht gefallen, dass das Kartell Meroth Industries die alleinige Kontrolle über den Mars überlassen hat. Aber was ist mit dem Motiv für den Mord? Und warum brachte der eine den anderen um?"

„Zwei verschiedene Parteien!", half ihm Spencer weiter. „Vielleicht sollten Sie doch den verschütteten Leichnam bergen lassen! Ein paar Bots könnten das erledigen."

„Oder Sie und Ihr Team!", schlug Meroth vor.

„Wenn Sie es befehlen!"

„Sie mögen mich wohl nicht, Spencer?", starrte Meroth ihn an.

Kyle erwiderte seinen Blick.

„Nein, Sir!", antwortete er ehrlich.

„Kann ich nachvollziehen!", überraschte Meroth ihn. „Ich bin auch nicht gerade Ihr Fan. Dennoch möchte ich, dass wir beide vernünftig zusammenarbeiten."

„Was verstehen Sie darunter?", erkundigte sich Spencer neugierig. „Etwa, dass ich die Drecksarbeit für Sie erledige?"

Meroth schwieg einen Moment.

„Wenn Sie es so sehen möchten!", antwortete er schließlich. „Mir würde es eher gefallen, wenn Sie und Ihr Team meine Augen und Ohren dort draußen sind."

„Wir sollen unsere Kollegen für Sie ausspionieren! Vergessen Sie's!"

„Nein!", blieb Meroth ruhig. „Ich möchte, dass Sie erst einmal den zweiten Leichnam bergen. Danach melden Sie mir persönlich jedes größere Problem oder jede Unzumutbarkeit, mit der sich meine Arbeiter herumschlagen müssen."

„Ist das Ihr Ernst?", fragte Spencer ungläubig.

„Natürlich!", lächelte Meroth. „Meine Leute müssen hart arbeiten und es soll ihnen an nichts fehlen. In vernünftigen Maßen natürlich. Das Container-Dorf wird stetig weiter ausgebaut werden und soll eines Tages zwanzigtausend Menschen Unterschlupf bieten. Dafür brauche ich jemanden vor Ort, der mir ehrlich über die dortigen Zustände berichtet. Speichellecker habe ich genug!"

„Sie bekommen Ihre Leiche!", erhob sich Spencer von seinem Stuhl.

Edward stand ebenfalls auf und streckte Spencer die Hand entgegen. Kyle zögerte kurz, griff dann aber zu.

Ein kalter Schauer lief Crystal über den Rücken, als sie den Frühstücksraum betrat. Der Geruch von rohem Fisch hing in der Luft und vermengte sich mit dem des synthetischen Kaffees. An einem der Tische saß Dartmoore, vor sich stehend einen Teller mit einer großen Portion Sushi, die er genüsslich verdrückte.

„Fisch zum Frühstück!", verzog Crystal angewidert ihr Gesicht. Selbst ihre ansonsten sinnlichen Lippen verkrampften sich bei dem Gedanken an das ungewöhnliche Mahl.

„Ist lecker und gesund!", grinste Dartmoore zufrieden. „Verdammt, das Essen auf dem Mars lässt wirklich nichts zu wünschen übrig. Gestern Abend dieses riesige Bacon-Steak mit weißen Bohnen und Kartoffelpüree und jetzt diese kleinen Köstlichkeiten."

Spencer wunderte sich weniger über Dartmoores kulinarischen Geschmack als über die Tatsache, dass Meroth ihm verschwiegen hatte, dass Kadochi Enterprises den Mars mit ihren Meeresprodukten versorgte, wie unschwer an der Schrift auf den Verpackungen zu erkennen war.

Das japanische Unternehmen hatte zwar nichts mit der Asia Group zu tun, doch auf einem ihrer Frachter wäre ein Chinese wahrscheinlich weniger aufgefallen als auf einem Schiff von Meroth Industries. Aber das war nur so ein Gedanke. Die Bergung der Leiche würde sicher für Aufklärung sorgen.

Sein Team sah dem erneuten Ausflug ins Labyrinth der Nacht mit gemischten Gefühlen entgegen. Erstens würden sie wieder mit einer Leiche zurückkehren und zweitens bedeutete diese zu bergen eine Menge harter Arbeit, über die sich Crystal wieder einmal besonders aufregte.

In Gedanken versunken aß Spencer schweigsam seine Schale Chirashi, wobei er Jeff beobachtete, der gierig eine große Portion Eier mit Speck verschlang.

Er wurde nicht richtig klug aus dem Jungen. Teilweise schien Jeff völlig unerfahren zu sein, wohingegen seine Kletter- und Flugkünste ein völlig anderes Bild vermittelten. Außerdem hatte der Kleine sich in Crystal verknallt, die ihn wahrscheinlich vernaschen und kurz darauf unverdaut wieder ausspucken würde.

Henson war eine gefährliche Frau, das hatte Spencer gleich erkannt. Sie tat zwar unschuldig, aber selbst ihr andauerndes Gemecker hatte Spencer schnell als Showeinlage erkannt. Die Frage war nur, was bezweckte Crystal damit und was verheimlichte sie vor ihnen.

Einem, dem er blind vertrauen konnte, war Dartmoore. Spencer mochte den alten Haudegen mit dem, wie man früher gesagt hätte, vom Wetter gegerbten Gesicht.

Dartmoore war jedoch nicht jahrelang zur See gefahren. Die Spuren, die er im Gesicht trug, deuteten eher darauf hin, dass er sich längere Zeit in der Nähe eines undichten Fankton-Speichers aufgehalten hatte.

Bereits winzige Mikrorisse in deren Ummantelung konnten eine solche Auswirkung oder gar schwerwiegendere Verletzungen mit sich bringen.

Das sichere Speichern der billigen Energie aus dem Hyperraum hatte so seine Tücken. Vor allem, wenn am Schutzmaterial bei den Fankton-Speichern gespart oder sich nicht haargenau an die von den Sagorern vorgeschriebenen Sicherheitsparameter gehalten wurde.

Sie alle trugen Lasten aus der Vergangenheit mit sich herum. Und der Mars würde sie sicherlich nicht davon befreien.

✶

„Das ist reinste Schwerstarbeit!", stöhnte Dartmoore und stemmte einen großen Felsbrocken beiseite.

Die Arbeit war anstrengend, aber aufgrund der geringen Marsgravitation ging das Räumen der Felsbrocken schneller voran als erwartet. Dennoch lasteten Tonnen von Gestein auf dem vermeintlichen Mörder.

„Ich habe ihn gefunden!", ertönte Spencers Stimme im Innern der Einsatzhelme seiner Kameraden, während er vorsichtig den Arm des Verschütteten freilegte.

„Pass auf!", mahnte Dartmoore. „Die Steine über dir könnten jeden Moment herunterrutschen!"

Crystal eilte herbei. Ihre Augen funkelten zwischen Entschlossenheit und Angst. Gemeinsam gruben sie den Leichnam aus, räumten jeden Stein mit besonderer Vorsicht weg.

„Sein Anzug scheint intakt zu sein!", stellte Dartmoore fest, den medizinischen Scanner über die Leiche führend. „Beide Beine gebrochen, linke Schulter ausgekugelt. Keine schwerwiegenden Verletzungen. Ich vermute, er ist erstickt."

Jeff seufzte betrübt.

„Wir hätten ihm helfen können. Es war ein Fehler, ihn zurückzulassen. Sein Tod geht auf unsere Kappe. Ich habe ihn mit meinem dummen Manöver getötet."

„Unsinn!", entgegnete Spencer, während er besorgt die Staubwirbel beobachtete, die wild durch den dunklen Canyon huschten. „Du hast das einzig Richtige unter diesen Umständen getan. Denk daran, er hätte auch keine Gnade gezeigt."

Jeff schwieg und zog sich wieder in seine eigene Gedankenwelt zurück.

„Schade!", dachte Spencer mitfühlend. *„Fast wäre der Junge aufgetaut!"*

„Lasst uns verschwinden!", drängte Dartmoore zur Eile. „So ein verfluchter Sturm nähert sich rasend schnell unserer Position."

Ihr Shuttle stand einen Steinwurf von ihnen entfernt. Dartmoore und Spencer packten den Leichnam und zerrten ihn hinter sich her. Jeff lief voran.

„Öffne den Frachtraum!", rief ihm Spencer zu.

Der rote Sand peitschte gegen die Außenhaut ihrer Einsatzanzüge, heulte wie ein Rudel hungriger Wölfe.

„Wir müssen uns beeilen!", schrie Dartmoore besorgt. „Sonst stecken wir hier fest!"

Das Team wusste, was sie erwartete, wenn der Sturm sich noch weiter verstärken sollte. Die Sicht lag bereits unter zehn Meter.

Spencer und Dartmoore legten den Toten im Frachtraum ab. Jeff verriegelte ihn, während Crystal bereits in die Passagierkanzel einstieg. Dicht gefolgt von den beiden Männern und Jeff.

„Dann wollen wir mal!", startete Spencer das Shuttle.

Ein Luftwirbel packte es und hätte es beinahe gegen die Canyonwand gedrückt.

„Hui!", stieß Dartmoore einen Pfiff aus. „Das war verdammt knapp!"

Spencer beschleunigte und das Shuttle gewann langsam an Höhe.

„Wie sieht es oberhalb des Canyons aus?", fragte er Dartmoore, der den Sturm im Auge behielt.

„Es ist ein Monstersturm!", berichtete er besorgt. „Um ihn zu entkommen, müssten wir ihn großräumig umfliegen oder ziemlich hoch aufsteigen."

„Dazu reicht unsere Energie nicht!", verriet Spencer ihm. „Ich schlage vor, wir suchen Schutz in dem Bergwerk."

„Das sind noch fast zweihundert Kilometer!", warnte Dartmoore. „Könnte knapp werden, wenn der Sturm an Geschwindigkeit zunimmt."

„Kommen wir einfach so ins Bergwerk rein?", bemerkte Crystal nicht zu Unrecht. „Dort gibt es bestimmt Sicherheitsvorkehrungen."

„Die haben die beiden Saboteure auch nicht aufgehalten!", meinte Dartmoore.

„Wenn die Positronik des Bergwerks den Sturm als Notfall erkennt, ist sie dazu verpflichtet, uns Unterschlupf zu gewähren", erklärte ihr Spencer.

„Und wenn nicht?", fragte Jeff zögernd.

„Dann gute Nacht!", antwortete Dartmoore zynisch.

Gut zwanzig Minuten später erreichten die vier Wartungsarbeiter das verheißungsvolle Bergwerk. Das massive Eingangstor, angestrahlt von kräftigen Lichtern, begrüßte sie einladend. Trotz der scheinbaren Sicherheit überkam Dartmoore ein unangenehmes Gefühl.

„Hier stimmt etwas nicht", brummte er verunsichert.

Spencer nickte zustimmend.

„Hauptsache, wir sind in Sicherheit", bemerkte Crystal erleichtert.

Spencer landete das Shuttle neben einem anderen Fluggerät der Alandra-Klasse, jedoch keinem von Meroth Industries, was Dartmoore sofort am Fehlen des grünen Logos mit dem Buchstaben M bemerkte.

Als sie sich dem Eingang näherten, schloss sich das Tor bereits wieder und der ihnen folgende Staubsturm prallte mit voller Wucht dagegen.

„Folgen wir der Einladung!", entschied sich Kyle Spencer, verließ als Erster das Shuttle und durchquerte die Vorhalle des Bergwerks.

Eine Leiter führte ihn zu einer metallenen Empore, die an einer Wand aus Stahlglas vorbeiführte. Von da aus konnte er verfolgen, wie die automatische Verladestation die Erztransporter abfertigte.

Dutzende von Bots waren emsig damit beschäftigt, Förderbänder und leere Erztransporter zu warten.

„Lasst uns weitergehen", drängte Spencer seine Begleiter.

Sie durchschritten eine Schleuse und erreichten eine Umkleidekammer.

„Zwei Anzüge fehlen!", bemerkte Dartmoore und deutete auf die leeren Fächer in einem der Notversorgungsschränke an der rechten Wand.

„Wir können unsere Helme öffnen, die Luft hier drin ist atembar", sagte Crystal nach einem Blick auf die Kontrollleuchte ihres Anzugs.

„Na gut!", meinte Spencer und ließ seinen Helm zurückgleiten. „Sparen wir unsere Luft. Folgt mir zur Kontrollstation!"

„Sie bleiben, wo Sie sind!", ertönte eine grelle weibliche Stimme aus einem Akustikfeld.

Die Schleuse zum Verlassen der Umkleidekammer wurde verriegelt, die zur Halle hingegen entriegelt.

„Helme schließen!", befahl Spencer.

Bevor die Luft entweichen konnte, schossen die faltbaren Helme aus den Kragen ihrer Anzüge und sicherten ihre Träger.

„Wir haben Ihre Kameraden gefunden!", ging Spencer gleich in die Offensive.

„Sind sie beide tot?", fragte die Stimme.

„Ja! Tut mir leid!"

„Mir nicht!", kam eine kühle Erwiderung

„Was ist passiert?", wollte Spencer in Erfahrung bringen.

„Sehr klug!", hörten sie ein aufgesetztes Lachen. „Sie fragen mich nicht nach meiner Identität, sondern versuchen erst eine Beziehung aufzubauen. Sind Sie ein Polizist oder gar von der Regierung?"

„Nein! Wir sind einfache Wartungsarbeiter von Meroth Industries."

„Arbeiter", spottete die Stimme. „Der Abschaum unserer Gesellschaft. Dumme, wertlose Kreaturen!"

„Was wollen Sie von uns?", fragte Spencer mit fester Stimme.

„Das Einzige, was für mich von Wert ist, sind einige Teile aus eurem Shuttle", antwortete die Frau mit einer eiskalten Entschlossenheit. „Nur so kann ich von hier verschwinden."

Die offenstehende Kammertür zur Schleuse verriegelte sich wieder. Es wurde aber keine neue Luft eingelassen.

„Sie jedoch werden hier sterben!", drohte sie.

Spencer bemerkte durch die Sichtscheiben ihrer Helme die Panik in Jeffs und Crystals Gesichtern. Er dachte an die Anzüge im Schrank. Es waren vier. Sie würden ihn und seine Leute drei weitere Tage mit Luft versorgen. Das erkannte auch die mysteriöse Frau und verriegelte den Schrank ebenfalls.

„Sie sind eine Agentin der Asia Group", wagte Spencer einen Schuss ins Blaue.

„Sie scheinen gut informiert zu sein für einen einfachen Arbeiter!", bemerkte die Frau. „Wie heißen Sie?"

„Spencer! Und Sie?"

Kurzes Schweigen!

„Nennen Sie mich Ziyi!"

„Nun, Ziyi, was verschlägt Sie auf dem unwirtlichen Mars?", versuchte Spencer weitere Informationen zu erhaschen.

„Sind Sie sicher, dass Sie nicht der Republic Police angehören?", konterte Ziyi skeptisch. „Sie klingen zumindest wie einer dieser Hurenhunde."

„Ich möchte lediglich wissen, warum ich in dreißig Minuten sterben muss", verteidigte Spencer seine Neugier.

„Danke für diesen Hinweis!", entgegnete Ziyi sarkastisch.

„Bitte! Ich möchte nicht sterben!", flehte Jeff verzweifelt. „Ich bin der Sohn hochrangiger Offiziere der Raumflotte. Meine Eltern sind reich und würden ein hohes Lösegeld für mich bezahlen!"

„Ein Hosenscheißer", spottete Ziyi amüsiert. „Junge, ich brauche die Credits deiner Eltern nicht. Was ich hier tue, tue ich aus Überzeugung, nicht aus Habgier wie meine verstorbenen Kollegen."

„Was haben Sie in der Mine gefunden?", forschte Spencer weiter. „Ich nehme an, dass diese Entdeckung der Grund ist, warum das Bergwerk nicht schon längst in die Luft geflogen ist."

„Nur zum Teil!", bestätigte Ziyi ihm. „Wie schon gesagt, in meinem Shuttle müssen einige Teile ausgewechselt werden. Schließlich möchte ich weg sein, bevor das Feuerwerk losgeht. Aber auch das Gold spielte eine Rolle."

„Gold!", hakte Spencer nach.

„Wir haben nicht einmal danach gesucht!", erklärte ihnen Ziyi. „Es wurde beim Eisenerzabbau freigelegt. Die Positronik hat es einfach beiseitegeschafft, ohne den Fund zu melden. Hier liegen Tonnen von Gold herum, von denen niemand etwas weiß."

„Und Ihre Kollegen wollten sich diesen Schatz unter den Nagel reißen", schloss Spencer aus ihren Worten. „Aber wie kamen die Männer auf den Erztransporter? Das ergibt keinen Sinn!"

„Ich habe die beiden Idioten betäubt, auf den Transporter gebracht und die Positronik so programmiert, dass das Gefährt in einem Canyon abstürzen sollte."

„Aber einer der Männer wurde erschossen, wobei die Positronik des Fahrzeugs zerstört wurde", verriet Spencer ihr und warf einen kurzen Blick zu Dartmoore, der hinter Jeff stand.

Der ehemalige Frachtbegleiter nickte bestätigend.

„Dann muss ich wohl eine Waffe übersehen haben", erklärte Ziyi den Mord gelassen. „Egal! Hauptsache, diese Wichser sind beide tot."

Was sich genau in der engen Fahrerkabine des Erztransporters abgespielt hatte, würde wohl für immer ein Rätsel bleiben.

„Warum erobern Sie nicht einfach das Bergwerk für die Asia Group?", fragte Crystal.

„Das würde zu einem offenen Wirtschaftskrieg führen, den sich weder Meroth Industries noch die Asia Group zurzeit leisten könnten", lautete Ziyis Antwort. „Bei eine solchen Konfrontation könnten beide Parteien nur verlieren. Eine Schwächung, die nur dem Kartell nutzen würde. Es ist weitaus effektiver, jemanden zuerst zu schwächen und dann zuzuschlagen. Doch mit solchen Geschäftspraktiken kennt sich das niedrige Volk halt nicht aus."

„Also warten Sie jetzt darauf, dass wir krepieren, Sie Ihr Shuttle reparieren und mit einem Knall abhauen können", resümierte Dartmoore.

„Sie haben es erfasst, alter Mann!", lautete die Bestätigung.

Ein schelmisches Funkeln lag in Dartmoores Augen, als er Jeff auf die Schultern klopfte.

„Glücklicherweise hat unser Hosenscheißer andere Pläne", bemerkte er gelassen.

Mit einem Zischen füllte sich die Umkleidekammer mit frischer Luft. Die Schleusentür in den Korridor, der zum Kontrollzentrum führte, öffnete sich.

„Gut gemacht, Jeff!", lobte Spencer die Hackerkünste des jungen Mannes und stürmte voran.

Knapp zwanzig Meter trennten sie von ihrem Ziel. Als sie den Raum erreichten, war Ziyi gerade dabei, zu fliehen, aber die vier Arbeiter waren schneller.

Spencer und Dartmoore sprangen auf die großgewachsene Chinesin zu, rissen sie zu Boden und versuchten sie ruhigzustellen.

Es gelang der Frau noch einen Schuss abzufeuern, bevor Spencer sie entwaffnen konnte. Das Impulsgeschoss traf Crystal an der Hüfte und beschädigte ihren Anzug.

Nach einem kurzen Handgemenge, bei dem Ziyi ordentlich austeilte, gelang es den drei Männern, die Agentin schlussendlich an ihren Händen und Füßen mit einfachen Kabelbindern, die zu ihrer Ausrüstung gehörten, zu fesseln.

„Damit wäre endlich geklärt, wozu wir diese alten Dinger mit uns herumschleppen müssen", grinste Jeff die Chinesin frech an, während Spencer und Dartmoore der angeschossenen Crystal aus ihrem Einsatzanzug halfen.

Dartmoore kümmerte sich um ihre blutende Wunde.

„Sieht nicht allzu schlimm aus, nur ein Streifschuss", beruhigte er sie.

„Tut auch gar nicht weh!", versicherte Crystal ihm.

„Keine Angst, die Schmerzen kommen noch", behauptete Dartmoore fies grinsend. „Das Geschoss war heiß genug, um das Nervengewebe zu schädigen. Zum Glück habe ich ein Heilpflaster dabei. Es lindert die Schmerzen und aufgrund seiner Nanowirkstoffe wird auch keine Narbe zurückblieben."

„Na dann ist ja alles gut!", lächelte sie den grauhaarigen Mann dankbar an.

„Jeff, holst du ihr einen Anzug aus der Kammer? Ihren können wir nur noch recyceln."

„Wird gemacht, Boss!", lief der Junge los.

Spencer kontrollierte die Anzeigen auf den Konsolen der Kontrollstation. Ihr kleines Intermezzo hatte den Betrieb des Bergwerks nicht gestört.

„Wie sieht es draußen aus?", fragte Dartmoore ihn.

„Der Sturm hat sich verzogen!", berichtete Spencer. „Mit ein wenig Glück auf unserer Rückfahrt erreichen wir das Dorf ohne weitere Zwischenfälle."

„Das wäre wirklich eine willkommene Abwechslung", meinte Dartmoore. „Was machen wir mit ihr?", deutete er auf ihre am Boden liegende Gefangene.

„Wir nehmen Ziyi natürlich mit!", entschied Spencer. „Sie kann ihrem toten Kollegen im Frachtraum Gesellschaft leisten."

30. April 34 DNW (Der Neuen Weltordnung)

„Es scheint, als müsste ich mein Büro um einen Container erweitern", stellte Edward Meroth fest, als seine Gäste endlich alle einen Platz gefunden hatten.

Sein Blick streifte die illustre Runde.

Spencers Team sah ihn erwartungsvoll an. Meroth hatte sie aufgrund ihrer außergewöhnlichen Leistungen im Labyrinth der Nacht für zwei Tage freigestellt. Als zusätzliches Dankeschön hatte er ihnen einen großzügigen Bonus an Credits gewährt.

„Was wird nun aus Ziyi?", fragte Spencer.

„Ihr richtiger Name ist Sishin Chang", teilte Ed ihnen mit. „Sie gehört der mächtigen Chang-Familie an, die sich derzeit um den Aufbau der Kolonie Nikong kümmert. Die junge Dame und ich haben uns bereits auf einigen Banketts getroffen, die vom Kartell veranstaltet wurden. Ihre Großtante Yini leitet den Chang-Clan."

„Mit anderen Worten, Sie haben das Miststück freigelassen!", ärgerte sich Crystal.

„Das habe ich!", gab Edward zu. „Im Austausch gegen einen gewinnbringenden Deal mit ihrer Großtante."

„Tja, so läuft es in Ihren Kreisen wohl immer", brummte Crystal verächtlich.

„Nicht immer, aber meistens!", stimmte Ed ihr zu.

Er kramte ein Pad aus einer Schublade hervor.

„Ich habe ein paar Nachforschungen über Sie vier angestellt", teilte er ihnen mit. „Ich war überrascht von dem, was ich herausgefunden habe. Natürlich beziehe ich mich nicht auf die üblichen Berichte des Registrierungsamts."

Er musterte Jeff.

„Die geben sich ja schon mit einem Vornamen in der Akte zufrieden. Nicht wahr, junger Mann? Doch nachdem ich Ihr Muttermal gesehen hatte, wusste ich sofort, wer Sie sind. Ich habe Ihren Vater schon mehrmals getroffen. Übrigens kein angenehmer Zeitgenosse. Ich verstehe, warum Sie sich von ihm und Ihrer Mutter abgewandt haben. Aber ein so talentierter Kerl wie Sie sollte sich nicht verstecken."

Crystal … nun, ohne viele Worte zu verlieren, Ihr Tattoo hat sie verraten."

Die 24-jährige Frau grinste nur verlegen.

„Mr Dartmoore! Sie blicken auf einen sehr interessanten Lebenslauf zurück. Sie waren jahrelang für die ehemalige Earth Trading Fleet tätig. Reisten sogar zu den Jupiter- und Saturnmonden und besitzen eine Menge Erfahrung mit Arbeiten in der Schwerelosigkeit sowie gute Kontakte zu den Gürtlern. Dazu kommen Ihre medizinischen Kenntnisse. Über einen wie Sie freut sich jedes Team auf dem Mars."

Meroth machte eine kurze Pause und wischte ein paar Seiten auf seinem Pad weiter.

„Spencer! Sie waren ein harter Borken für die Sicherheitsleute von Meroth Industries. Ehrlich gesagt, ich weiß nicht so recht, was ich von Ihnen halten soll."

„Das freut mich, Sir!", erwiderte Spencer zufrieden.

„Das dachte ich mir schon! Dennoch, ich weiß jetzt, wer Sie sind. Ich werde Sie im Auge behalten. Aber ich freue mich auch auf die Zusammenarbeit mit Ihnen.

So!", wandte sich Edward Meroth wieder an das gesamte Team. „Ich habe Sie lange genug aufgehalten, genießen Sie noch Ihre restliche Freizeit."

„Das war eine ziemlich schräge Ansprache", meinte Crystal Henson auf ihrem Weg zur Baracke Grau-17-2. „Der gute Edward scheint alles über uns zu wissen, behält aber seine Informationen für sich. Warum?"

Sie sah Jeff fragend an.

„Bist du wirklich der Sohn zweier hochrangiger Offiziere der Raumflotte?"

„Ist das wichtig?", erwiderte er schüchtern.

„Nein!", sagte Spencer und ersparte Crystal eine Antwort.

„Wichtig ist nur, dass wir einander vertrauen", meinte Dartmoore ernster als gewöhnlich. „Unsere Vergangenheit spielt dabei keine Rolle."

„*Schön wär's!*", dachte Spencer und warf Crystal unbemerkt einen misstrauischen Blick zu.

Kapitel 22

Verbündete

2. Mai 34 DNW (Der Neuen Weltordnung)

„Hier draußen ist nichts!", starrte Penny Perrine nervös auf den Ortungsschirm. Grüne Sektormarkierungen und vereinzelte Asteroiden waren alles, was das Gerät ihr darstellte. „Die Alte hat Mackay verarscht!"

„Du bist zu ungeduldig, meine Liebe!", versuchte Mike Burner die attraktive Dreißigjährige mit dem platinblonden Irokesenschnitt zu besänftigen.

Erst vor ein paar Minuten hatten sie das spärlich eingerichtete Quartier der Frachtbegleiter verlassen, um vom Cockpit der *Liberty* aus den Anflug zu ihrem geheimnisvollen Treffpunkt verfolgen zu können.

„Wir steuern weiterhin auf die angegebenen Koordinaten zu", wies er den vor ihm sitzenden Piloten an. Wieder an die Frau gewandt, sagte er:

„Ich dachte, du und die Taylor hättet euch inzwischen versöhnt?"

„Ha!", erwiderte Penny uneinsichtig. „Dieses Getue ist nur ein Teil der Geschäftsbedingung, die Mackay mit diesem Biest ausgehandelt hat. Colleen Taylor-Whitesand ist eine Frau, die nicht aufgibt, bis sie bekommen hat, was sie will. Und sie wollte meinen Tod."

„Weil du mit ihrem Mann geschlafen hast!", erinnerte sich Burner an diesen speziellen Teil von Pennys eindrucksvollem Lebenslauf, der durch Perioden voller Schmerz und Elend gekennzeichnet war.

„Diese flüchtige Affäre interessierte sie gar nicht", behauptete Penny überzeugt. „Es ging ihr nur darum, ihrem Gatten zu zeigen, dass sie ihm jederzeit alles wegnehmen konnte. Außerdem habe ich mich von diesem sabbernden Kerl nur ficken lassen, weil er mich aus einer seiner Erzminen auf Bamberga befreit hatte.

Hast du auch nur den Hauch einer Ahnung davon, was einem kaum erwachsenen Mädchen an einem solchen Ort der Verdammnis blüht? Ich spreche nicht von der harten Arbeit und den unmenschlichen Bedingungen, die dort herrschten. Ich spreche davon, jede Nacht mehrmals von verschiedenen Kerlen vergewaltigt zu werden. Und wenn es mal kein Mann ist, der es auf dich abgesehen hat, amüsieren sich die Weiber mit dir.

Zum Glück war ich für meine fünfzehn Jahre groß und kräftig und konnte mir die meisten dieser Kakerlaken vom Leibe halten. Doch wenn die Schweine mich gemeinsam in die Mangel nahmen, war ich ihnen hilflos ausgeliefert. Aus Angst vor Übergriffen konnte ich nächtelang nicht schlafen. Erst als ich anfing, meine Peiniger zu töten, ließ man mich in Ruhe."

„Es hätte auch anders ausgehen können", brummte Mike nur.

Er zeigte kein Mitgefühl, wohlwissend, wie sehr Penny das verabscheute.

„Du kannst mir glauben!", gab sie leise von sich. „Manchmal habe ich mir gewünscht, einer der Dreckskerle hätte mich umgebracht."

„Mike!", unterbrach Louis Duchamps, der kleinwüchsige Pilot der *Liberty*, ihr Gespräch. „Da ist ein … ein Loch im All."

„Ansteuern!", befahl Burner.

Je näher die *Liberty* ihrem angeblichen Ziel kam, desto mehr Einzelheiten konnten die Gürtler im Innern dieses seltsamen Gebildes erkennen.

„Das ist ein Hangar!", rief Penny erstaunt.

„Und zwar ein verdammt großer!", bestätigte Burner. „Ist das ein getarntes Schiff?"

„Ich erkenne Felswände!", sagte Duchamps ruhig und blieb weiterhin auf Kurs. „Das ist ein Asteroid. Ein riesiges Ding. Viel größer als Tortuga."

„Nun, gleich werden wir es mit Bestimmtheit wissen", meinte Burner. „Louis, flieg die *Liberty* in das Loch hinein!"

„Ohne Einladung?", zögerte der Pilot.

„Wenn eine weitere Einladung nötig wäre, hätten wir längst eine erhalten", meinte Burner. „Folge einfach den grünen Leuchtmarkierungen."

„Dieser Brocken steht fast genau eine astronomische Einheit über Tortuga!", las Penny von einem der Kontrollschirme ab. „Das ist bestimmt kein Zufall."

„Spekulieren bringt uns nicht weiter!", ließ Burner erst gar keine Verschwörungstheorien aufkommen. „Findet euch lieber damit ab, in nächster Zeit diese Route öfters zu fliegen. Mackay möchte so schnell wie möglich das gesamte von uns geraubte Talwenium von Tortuga hierher verfrachten."

„Wozu braucht die Alte eigentlich das ganze Talwenium?", versuchte Penny erneut dieses kleine Rätsel zu lösen. „Ungeschliffen sind die Kristalle doch völlig wertlos!"

„Das geht uns nichts an!", mahnte sie Mike Burner. „Halt deine hübsche Nase einfach aus Colleen Taylors Geschäften raus. Verstanden?"

„Ja!", murmelte Penny.

„Hoffentlich!", drohte Mike ihr mit dem Zeigefinger.

„Solche Fragen stellt man sich ja nur, weil der 36-stündige Flug von Tortuga bis hierher so langweilig ist", verteidigte Penny ihre Neugier.

„Such dir ein Hobby für die zukünftigen Flüge!", riet ihr Burner ernsthaft. „Stricken, zum Beispiel. Manche Gürtler würden sich bestimmt über einen neuen Pulli freuen! Für die Wolle könntest du ein paar der großen Spinnen auf Bamberga scheren."

Penny blickte ihn an, als hätte sie nicht die geringste Ahnung, wovon er sprach.

Unterdessen setzte Duchamps den Frachter der Jedon-Klasse mithilfe der im Rumpf eingebauten Antigrav-Projektoren sicher auf dem Landefeld ab.

„Wir werden bereits erwartet!", erkannte Mike an dem kleinen Empfangskomitee, das sich dem nun auf seinen vier Kufen ruhenden Schiff näherte.

„Tja, dann wollen wir mal!", seufzte Penny und begab sich zur Backbord-Schleuse.

Burner folgte ihr kommentarlos.

Im grellen Licht des Hangars begrüßte die nur einen Meter vierundsechzig große Colleen Taylor-Whitesand ihre Gäste. In ihrer Begleitung befanden sich zwei bewaffnete Männer, die wohl ihrem Sicherheitsdienst angehörten. Burner vermisste jedoch Abzeichen oder Logos auf ihren dunkelblauen Uniformen, die auf die Taylor Cooperation hätten hindeuten können. Stattdessen schmückte ein rudimentäres Holzschiff den linken Brustteil ihrer Kleidung.

Colleens Auftritt war wie üblich eine Mischung aus Eleganz und Autorität. Ihre dunkelbraunen Augen funkelten misstrauisch, als sie Penny erblickte.

„Mr Burner!"

Ihre Stimme klang entschlossen.

„Ich hätte erwartet, den Ober-Piraten persönlich hier begrüßen zu dürfen. Ist ihm die Angelegenheit etwa nicht wichtig genug? Er weiß doch, worum es hier geht!"

„Es kam ihm im letzten Moment ein wichtiges Geschäft dazwischen", entschuldigte Mike den Anführer der Gürtelpiraten und versuchte auf seine charmante Art und Weise, die in der Luft liegende Spannung etwas zu entschärfen. „Dafür begleitet mich die junge Dame an meiner Seite. Ich glaube, Sie kennen sich bereits!"

Eine Mischung aus Unbehagen und Wut huschte über Pennys Gesicht, als sie von Colleen abwertend gemustert wurde.

„Mrs Taylor!", nickte sie knapp.

„Miss Perrine!", erwiderte Colleen mit gespielter Höflichkeit.

Damit waren die Nettigkeiten ausgetauscht.

„Penny wird Ihnen das von uns gesammelte Talwenium in den nächsten Wochen liefern", lenkte Burner die Aufmerksamkeit der beiden Frauen wieder auf sich. „Wir rechnen mit insgesamt neun Flügen", erklärte er Colleen und verriet ihr weitere Details zu den Lieferungen.

„Da bedeutet, demnächst wird es keine weiteren Überfälle auf Talwenium-Transporter mehr geben", erkannte sie richtig.

Eine feine Falte der Konzentration trat zwischen ihren Augenbrauen hervor, während sie die Implikationen dieser Worte und deren Komplexität für ihre Pläne abschätzte.

„Ist wahrscheinlich auch besser so!", stimmte sie schließlich zu. „Die Leiterin der Crystal Police Unit möchte in nächster Zeit unbedingt mit einem Erfolg gegen die Piraten Eindruck bei ihren Vorgesetzten schinden."

„Darauf können wir seit unserer letzten Begegnung mit der CPU gut verzichten", versicherte ihr Mike.

„Nun gut, Mr Burner! Begleiten Sie mich bitte. Unsere Leute können sich gemeinsam um das Entladen der wertvollen Fracht Ihres Schiffes kümmern. Miss Perrine wird diese Aufgabe sicherlich gerne übernehmen."

„Wenn du so freundlich wärst", wandte sich Burner an Penny, die sich sofort auf den Weg machte.

Je schneller die *Liberty* wieder starten würde, desto besser wäre es.

Mike folgte Colleen durch den großen Hangar.

Der Geruch von geschmolzenem Metall und Schmiermittel hing in der Luft. Ein Hauch von technologischer Vitalität und unbegrenzten Möglichkeiten, den der Pirat so sehr mochte.

Neugierig sah er sich um.

Die schwarzen Sagorstahlplatten auf dem Boden sahen aus wie gerade erst verlegt. Im abgedunkelten Hintergrund nahe einer Felsenwand standen drei Shuttle der Alandra-Klasse. Auch sie wirkten wie frisch vom Stapel gelassen. Ein paar Bots waren damit beschäftigt, Antigrav-Projektoren zu installieren. Bei seiner Zählung der menschlichen Arbeiter kam Mike nur auf fünf. Es mangelte Colleen eindeutig an Humankapital.

„Ich nehme an, Sie werden mir nicht verraten, wozu Sie diesen ganzen Aufwand treiben?", wandte er sich an Colleen Taylor, die ihn zu einem weiteren Landeplatz auf der gegenüberliegenden Seites des Hangars führte.

Etwas Großes würde an diesem Ort entstehen. Etwas, das leicht über die Grenzen seines Verstandes hinausreichen könnte. Das beunruhigte ihn ein wenig.

„Haben Sie Geduld, junger Mann!", verlangte die Frau aus der Metropole Phoenix von ihm. „Ich erwarte noch einen weiteren Gast. Mir wurde empfohlen, diesen ebenfalls in mein kleines Geheimnis einzuweihen, da ansonsten die Gefahr bestünde, wir könnten uns in die Quere kommen."

„Empfohlen?", fragte Burner neugierig. „Von wem?"

„Nun, Süßer, so genau weiß ich das auch nicht!", hüllte sich Colleen in eine nebulöse Aura von Halbwahrheiten. „Ich kann Ihnen nur verraten, dass ich ohne die Hilfe dieser Personen heute wohl bloß ein altes Hausmütterchen wäre, das irgendwo in einer schäbigen Unterkunft am Rande einer Metropole auf ihren Tod warten würde. Wahrscheinlicher wäre es sogar, dass ich die große Säuberung nicht überlebt hätte."

Burner blickte sie abwartend an. Zu gerne hätte er noch mehr über Colleens Vergangenheit in Erfahrung gebracht. Doch sie schwieg hartnäckig.

Ein dumpfes Geräusch lenkte ihn ab. Gut dreihundert Meter vor ihnen öffnete sich ein schweres Hangartor. Ein Schmiegeschirm trat an dessen Stelle und sorgte dafür, dass die Luft nicht entwich.

„Planmäßiger Anflug der *Hatahata*!", erklang eine Stimme aus einem unsichtbaren Akustikfeld. „Das Schiff landet auf dem Feld J-8."

„Die *Hatahata*?", blickte Burner erstaunt auf.

„Sie kennen das Schiff?", wunderte sich Colleen.

„Das kann man so sagen!", grinste Mike und dachte dabei an den etwas seltsamen Piloten des Frachters.

Das Erscheinen der *Hatahata* sollte aber nicht nur für Überraschungen bei Burner sorgen. Nachdem das Schiff gelandet war, entstiegen ihm Matt Stoma, der berüchtigte Pilot, gefolgt von Kadochi Hiromi, an dessen Seite sein Boss Josh Mackay ging. Den Abschluss bildete Hiromis Leibwächter, der Neo-Samurai Anko Daisuke.

„Die nächsten Minuten versprechen uns einiges an Spannung", hielt Burner für sich in Gedanken fest.

„Ich bin etwas verwirrt!", begrüßte Colleen Taylor die Generaldirektorin von Kadochi Enterprises argwöhnisch, während sie dem Anführer der Gürtelpiraten einen vorwurfsvollen Blick zuwarf.

Dem korpulenten Kerl hinter Hiromi schenkte sie ebenso wenig Beachtung wie dem Leibwächter der Japanerin.

„Mir war gar nicht bewusst, dass Sie beide sich kennen beziehungsweise zusammenarbeiten", stellte sie brüskiert fest. „Ich hielt Sie immer für ein offenes Buch, Mackay. Es gibt nur wenige Leute, die mich auf diese Art überraschen können."

„Das Bündnis zwischen Miss Kadochi und mir ist noch ziemlich neu, aber durchaus vielversprechend", erklärte Mackay lächelnd die Situation. „Es ähnelt sehr unserer Beziehung, Verehrteste. Miss Kadochi beliefert uns ebenfalls mit wertvollen Gütern für die Bewohner des Gürtels. Nur brauchen wir für sie nichts zu stehlen."

„Verstehe!", nahm Colleen Taylor-Whitesand den unmissverständlichen Wink zur Kenntnis. „Nun", behauptete sie ein wenig eingeschnappt, „es ist nicht meine Entscheidung, wer alles über diesen Ort Bescheid wissen soll, und die Kooperation zwischen

Ihnen beiden geht mich nichts an, solange mir niemand von Ihnen in die Quere kommt."

„Werden wir heute Ihren mysteriösen Partner kennenlernen?", wechselte Mackay das Thema.

„Schon möglich!", antwortete Colleen unschlüssig. „Erwarten Sie sich jedoch nicht zu viel."

„Warum?", fragte Kadochi Hiromi freundlich. „Ist Ihr Partner etwa schüchtern?"

Colleen Taylor sah sie schweigend an.

„Interessant!", meinte sie schließlich, ihre Augen weiterhin auf Hiromi gerichtet. „Das hätte mir früher auffallen müssen!"

Die Japanerin blickte sie verständnislos an.

„Verzeihung?"

„Ach, nichts!", murmelte Colleen. „Sie erinnern mich nur an jemanden. Begleiten Sie mich bitte in die Kommunikationszentrale. Sie ist einer der wenigen Räume, den wir in der Kürze der Zeit herrichten konnten."

„Wo ist Penny?", sah sich Josh um.

„Beim Schiff!", antwortete Burner. „Sie überwacht das Entladen des Talweniums."

„Kontaktiere sie!", ordnete Josh Mackay an. „Penny soll ebenfalls eingeweiht werden."

„Halten Sie das für klug?", beurteilte Colleen seine Entscheidung, während Mike Burner die Frau über sein Multikom herbeizitierte.

„Ja!", nickte Mackay. „Ich bin mir sicher, dass wir ihre speziellen Fähigkeiten gebrauchen können."

„Wenn Sie meinen!", gab Colleen überraschenderweise sofort nach, was deutlich machte, dass sie hier nicht das alleinige Sagen hatte. „Ihre Entscheidung! Aber ich werde das Gürtelluder im Auge behalten."

Zehn Minuten später hatten alle einen Sitzplatz in der geräumigen Kommunikationszentrale gefunden und ihre Gastgeberin berichtete ihnen von ihrer ersten, offiziellen Begegnung mit einer geheimnisvollen Gönnerin.

Vergangenheit
24. September 12 DNW (Der Neuen Weltordnung)

„Ich an Ihrer Stelle würde das nicht tun!"

Colleen zuckte zusammen, ihre Hand weiterhin in Richtung der kristallenen Karaffe ausgestreckt, die auf dem altmodischem Serviertisch im Büro ihres Mannes stand.

„Sie würden es eines Tages bereuen!"

Colleen fuhr herum.

Keine zweieinhalb Meter vor ihr stand eine japanische Frau. Sie war nicht größer als Colleen, besaß langes schwarzes Haar – das sie hochgesteckt trug – und große braune mandelförmige Augen. Eine drei Zentimeter lange Narbe, die auf ihrer rechten Wange parallel zu ihrer Nase verlief, zierte ihr attraktives Gesicht.

„Wer sind Sie?", fragte Colleen leicht erschrocken und vergaß den Bourbon, den sie sich nach dem heftigen Streit mit ihrem Mann gönnen wollte. „Wie sind Sie in mein Haus gelangt?"

„Ihr Haus!", spottete die etwa gleichaltrige Frau. „Nichts gehört Ihnen, Colleen! Weder das Haus noch etwas aus dessen Interieur. Nicht einmal Ihre aufregende Kleidung, mit der sie sicherlich nicht Ihren Gatten verführen wollten."

Colleen wusste nur zu gut, dass die kleine Asiatin recht hatte. Sogar über das Leben ihrer gemeinsamen vierjährigen Tochter konnte sie nicht bestimmen. Die kleine Tiffany war jetzt schon dazu bestimmt, eines Tages ein ähnliches Dasein zu führen wie ihre Mutter. Glänzend an der Seite eines reichen Mannes, dem sie Kinder gebären sollte, und dann abgeschoben in eine Art Parallelwelt, wo sie verrotten konnte.

Nur selten nahmen ältere, verheiratete Frauen der heutigen Zeit eine andere Stellung in den elitären Familien ein. Sie dienten nur deren Fortpflanzung und manchmal auch noch als Vorzeigeobjekt, wenn es von der Gesellschaft verlangt wurde.

Außerdem gab es nur wenige von ihnen, die nach der Erfüllung ihrer Pflichten den Wunsch verspürten, sich andersartig zu beweisen. So als wären sie nach dem Gebären ihrer Kinder in eine Art Lethargie gefallen oder gestoßen worden, aus der es für sie keinen Ausweg mehr gab.

Die Frauen, die in wichtigen wirtschaftlichen oder politischen Positionen im Inneren Kreis des Kartells beschäftigt waren, besaßen keine störenden Familien und dienten ausschließlich nur dem Kartell.

„Sie kommen mir bekannt vor!", betrachtete Colleen die fremde Frau. „Sind Sie eine Geschäftspartnerin meines Mannes oder eine seiner Nutten?"

„Zum Glück nichts von beidem!", atmete die Japanerin erleichtert auf. „Aber wir sind uns schon einmal kurz begegnet. Ich sorgte ein paar Jahre vor der Zeitenwende dafür, dass Sie die Stelle, für die sie sich bei der Taylor Cooperation beworben hatten, erhielten, von der Sie sich so viel erhofften. Und tatsächlich wurde Rod auf Sie aufmerksam und machte Sie zu seiner Gattin."

„Soll ich Ihnen dafür etwa danken?"

„Sicherlich nicht!", lächelte die Frau höflich. „Aber ich könnte Ihnen weiterhin behilflich sein."

„Haben Sie nicht schon genug angerichtet?", schnaufte Colleen wütend. „Welche Demütigungen muss ich mir noch gefallen lassen?"

„Ich könnte Ihnen dabei helfen, Ihr Leben wieder in den Griff zu bekommen!", erklärte die Japanerin ihr ruhig. „Wie wäre es, wenn Sie an der Seite Ihres Mannes dessen Firma leiten würden."

„Ich bin keine Geschäftsfrau!", erwiderte Colleen und wandte sich wieder dem Bourbon zu. Ein, zwei Gläser und die Welt würde für kurze Zeit wieder ein wenig besser aussehen.

„Reißen Sie sich zusammen!", hielt die Querulantin sie ein weiteres Mal davon ab, nach der Flasche zu greifen, wobei es diesmal etwas handfester zur Sache ging und Colleen auf dem Boden landete. „Wollen Sie wirklich in ein paar Jahren in der Gosse liegen? Eine alte, stets besoffene und bettelnde Schlampe, die irgendwann durch einen der staatlichen Killer-Bots Erlösung findet?"

„Was wollen Sie von mir?", wimmerte Colleen, den Tränen nahe. „Ich habe keine Ahnung von Geschäften! Ich habe von gar nichts eine Ahnung!"

„Sie unterschätzen sich!"

„Wenn Sie es sagen!"

„Sie haben es geschafft, sich Rod Taylor zu angeln! Einen der mächtigsten und reichsten Männer der Welt."

„Das war leicht!", kam Colleen wieder mühsam auf die Beine. „Wir liefen uns täglich mehrmals im Büro über den Weg. Ein paar nette Bemerkungen zur rechten Zeit, einige zufällig wirkende Berührungen, viel Lobgesang und offenherzige Blusen halfen dabei."

„Und nun haben Sie mich!"

„Sie?", fragte Colleen verblüfft. „Was können Sie schon für mich tun? Wer sind Sie überhaupt?"

„Nennen Sie mich Sukuinote!"

„Komischer Name!", wunderte sich Colleen. „Und warum wollen Sie gerade mir helfen?", wollte sie wissen. „Erwarten Sie eine Gegenleistung von mir? Etwa in Form von Credits? Damit kann ich Ihnen nicht dienen. Sie sagten es ja schon. Mir gehört nichts."

Das stimmte nicht ganz. Ihr gehörten immerhin zehn Prozent des Unternehmens ihres Mannes, die sie aber nicht zu Credits machen konnte, es sei denn, Rod, der siebzig Prozent der Aktien besaß, würde sich von ihr scheiden lassen. Und selbst dann würde sie nur den halben Wert der Aktien ausbezahlt bekommen und müsste an ihn verkaufen.

„Ich werde Ihnen zu Macht und Reichtum verhelfen", verneigte sich die kleine Japanerin leicht. „Natürlich nur, solange Sie das tun, was ich von Ihnen verlange."

„Wie soll das gehen?"

„Werfen Sie einen Blick auf Ihr Multikom", antwortete Sukuinote anstelle einer Erklärung.

Kaum hatte die Japanerin das Wort Multikom ausgesprochen, baute sich ein kleiner, gelbleuchtender Holoschirm über Colleens linkem Handrücken auf. Verwundert sah sie sich die dort aufblinkenden Daten an. Irgendeine ihr völlig unbekannte Organisation hatte ihr soeben einhunderttausend Credits auf ihr persönliches Konto überwiesen.

„Kaufen Sie mit dem gesamten Geld Aktien der schwedischen Firma Skindal", forderte Sukuinote sie auf.

„Jetzt gleich?"

„Ja!"

Es dauerte ein paar Sekunden, bis sich Colleen in die terranische Börse eingeloggt hatte. Als sie noch für ihren Mann arbeitete, war dies eine ihrer täglichen Aufgaben gewesen. Sie hatte jahrelang für ihn die Börsenkurse im Auge behalten, aber nie irgendwelche Geschäfte getätigt.

„Die Aktien sind völlig wertlos", stellte sie sachkundig fest.

„Kaufen Sie! Sofort!"

Colleen überlegte kurz, was sie mit den einhunderttausend Credits alles anfangen könnte, folgte aber schließlich der Anweisung der Japanerin.

„Und was nun?", fragte sie.

„Jetzt warten Sie bis morgen früh", grinste Sukuinote mysteriös. „Und lassen Sie das mit dem Alkohol. Sie werden in den nächsten Tagen und Wochen einen klaren Kopf brauchen."

2. Mai 34 DNW (Der Neuen Weltordnung)

„Mit diesen Worten verschwand Sukuinote ein weiteres Mal aus meinem Leben", beendete Colleen ihre kurze Erzählung. Sie trank einen Schluck des Fruchtsaftes aus dem Glas, das vor ihr auf dem Tisch stand, und musterte erneut Kadochi Hiromi sehr genau. „In den kommenden Jahren erhielt ich öfters Anweisungen von ihr, aber persönlichen Kontakt kam keiner mehr zustande."

„Was wurde aus Ihren Aktien?", fragte Josh Mackay, dem diese kleine Episode aus Colleens Leben unwirklich erschien.

„Mit dem Geld von Sukuinote", berichtete Colleen weiter, „gelang es mir, neunzig Prozent der Aktien von Skindal aufzukaufen. Die Firma machte am Tag darauf einen sensationellen Fortschritt in der Verarbeitung von Stahl, was ihren Wert über Nacht enorm ansteigen ließ.

Die Taylor Cooperation, aber auch andere Unternehmen wurden auf Skindal aufmerksam und beabsichtigten, diesen schwedischen Zweig der irdischen Stahlindustrie zu übernehmen. Aus dem Hintergrund lenkend sorgte ich dafür, dass Skindal an die Taylor Cooperation verkauft wurde, verlangte dafür aber fünfundzwanzig Prozent von dem damals leicht angeschlagenen Unternehmen meines Mannes.

Rod, dem, um seine Firma zu retten, keine andere Wahl blieb, schlug in das ihm lukrativ erscheinende Geschäft ein, ohne zu ahnen, dass sich damit mein Anteil an seinem Konzern auf fünfunddreißig Prozent erhöhte.

Mit Sukuinotes Hilfe und meinem unwiderstehlichen Charme gelang es mir schnell, weiteren Einfluss in der irdischen Industriewelt zu gewinnen. Dabei ging ich sehr vorsichtig vor, um nicht das Misstrauen der Weltwirtschaftsagentur zu wecken. Es gelang mir tatsächlich fast sieben Jahre lang unbemerkt zu operieren, bis Rod dahinterkam, wer sich immer weiter in sein Unternehmen einkaufte. Aber da war es zu spät für ihn. Mir gehörten bereits über sechzig Prozent der Taylor Cooperation.

Um ihn in der Geschäftswelt nicht bloßzustellen, trafen wir eine Abmachung, die uns beide zufriedenstellte. Nach außen hin dürfte er weiter den erfolgreichen Geschäftsmann und glücklichen Ehemann und Vater spielen, während ich mich um Dinge kümmerte, die mir von Sukuinote aufgetragen wurden und von denen Rod nicht das Geringste ahnte."

„Wie diesem Ort hier!", schlussfolgerte Mackay. „Aber wozu benötigen Sie das ganze Talwenium, das wir für Sie stehlen?"

„Dazu komme ich noch!", bremste Colleen seine Neugier. „Erst einmal ein paar Details zu dem Asteroiden, in dem wir uns befinden. Er ist fast vier Kilometer lang und durchmisst deren etwa einen. In seinem Innern gibt es noch nicht viel zu sehen.

Bis jetzt funktioniert nur die Entladevorrichtung für das Talwenium. In den kommenden Monaten soll unter den Lagerräumen für die Kristalle die Schleiferei entstehen. Ich muss gestehen,

Mackay, Sie haben mich mit Ihrem Wunsch, das Talwenium von Tortuga fortzuschaffen, leicht unter Druck gesetzt."

„Sie können das Roh-Talwenium schleifen?", wunderte sich Kadochi Hiromi. „Ich dachte, diese Prozedur wäre ein wohlgehütetes Geheimnis des Kartells und durch ein dreidimensionales Mikrosiegel der republikanischen Schleiferei im Innern der Kristalle gebrandmarkt."

„Ich habe neben Sukuinote noch weitere mächtige Verbündete, mit deren Hilfe ich diese Schwierigkeiten übergehen kann", behauptete Colleen Taylor stolz. „Außerdem verkaufe ich das Kristall nicht, sondern benötige es für den späteren Betrieb dieses Asteroiden."

„Von Ihren sogenannten Verbündeten stammt wohl auch die Tarnvorrichtung, mit der Sie Ihren Asteroiden vor neugierigen Blicken schützen", brummte Mike Burner anerkennend.

„Sie sagen es!"

„Was ist mir der Energieversorgung?", ließ er nicht locker. „Allein für die Tarnung dieses Ungetüms reichen ein paar kleine Fankton-Speicher nicht aus. Geschweige denn für den ganzen Rest, den Sie wohl noch planen. Besitzt dieses Ding etwa einen eigenen Hyperraumanzapfer?"

„Exakt!", lautete Colleens Antwort.

„Beeindruckend!", musste Kadochi Hiromi zugeben.

Sie hatte Colleen Taylor wohl völlig falsch eingeschätzt, wenn nicht sogar unterschätzt. Diese Frau trieb ein sehr verwirrendes Spiel. Hiromi fragte sich bloß, was sie damit beabsichtigte.

Plötzlich stand Matt Stoma von seinem Stuhl auf, streichelte kurz sein Kinnbart, bevor er wie ein alter Schulmeister mit verschränkten Händen hinter dem Rücken um den Tisch herumging.

„Ein hochmoderner Hangar", gab er wenig beeindruckt von sich, „der mir eine Spur zu modern erscheint!", behauptete er weiter und blickte dabei Colleen herausfordernd an. „Genau wie dieser Raum! Die Kommunikationskonsolen, die hier einfach so herumstehen, sind jenen von Kadochi Enterprises technisch mindestens um zwei Generationen voraus. Denen der Republik wahrschein-

Astro-Matt's Bar
Beer, Burgers & Space Dogs
Tortuga

Matt Stoma

lich sogar um drei. Was mich zu dem Schluss führt, dass Sie mit Außerirdischen zusammenarbeiten. Habe ich recht, Gnädigste?"

Colleens Gesicht blieb ausdruckslos.

„Ist das wahr?", verlangte Mackay nach einer Antwort.

Weiteres Schweigen!

„Ich tippte mal auf die Labora!", gab Stoma prahlerisch von sich. „Das würde diesen verlausten Ratten ähnlich sehen!"

„Wer sind Sie?", schenkte Colleen dem stark übergewichtigen Mann zum ersten Mal ihre Aufmerksamkeit.

„Nun!", meinte Stoma dämlich grinsend. „Ich kenne ebenfalls ein paar der Kreaturen, die sich dort draußen in den Tiefen des unendlichen Alls herumtummeln."

Stoma blickte sich theatralisch um.

„Wo haben Sie sich versteckt, Nereidschan, Sie abgemagerte Ratte?", rief er laut in den Raum hinein. „Kommen Sie schon! Das Spiel ist aus! Zeigen Sie sich uns! Diese ganze Verschlagenheit deutet unverkennbar auf Sie hin."

Nach ein paar Sekunden einer angespannten Stille öffnete sich das Schott zur Kommunikationszentrale. Ein beinahe zwei Meter fünfundzwanzig großes, aufrecht gehendes Wesen trat hindurch und sorgte mit seinem Auftritt bei einigen der Anwesenden, die noch nie einem Außerirdischen begegnet waren, für erstaunte Gesichter.

Der Labora trug einen seidenartigen, bunten Ornat, der beim Gehen leise Geräusche verursachte, die einem Flüstern nicht unähnlich waren. Die grobe Ähnlichkeit dieses Wesens mit einer irdischen Wanderratte war nicht von der Hand zu weisen, da hatte Matt nicht übertrieben.

„Mein Name ist Mohaschon, Mr ... Stoma", sprach das Wesen mit heller piepsiger Stimme, die jeder der Anwesenden durch die symbiotischen Dolmetscher in ihren Ohren verstehen konnte. „Nereidschan ist zurzeit noch nicht einmal geboren. Aber sicher haben Sie auch schon von mir gehört."

„In der Tat!", sagte Matt mit übertriebener Selbstzufriedenheit. „Sie ..."

„Das behalten wir doch lieber vorerst für uns, Mr Stoma!", unterbrach ihn der Labora freundlich, aber bestimmt. „Wir wollen doch nicht mehr Aufmerksamkeit erregen, als wir das mit dieser Begegnung sicherlich schon tun. Oder verspüren Sie Lust darauf, dem sagorischen Botschafter Veegun dieses konspirative Treffen zu erklären?"

„Verzichte!", brummte Stoma beleidigt.

„Dachte ich mir!"

Mohaschon verneigte sich kurz vor den Anwesenden.

„Ich muss gestehen, dass ich nicht so früh mit einer solchen Zusammenkunft gerechnet habe. Aber Mr Stomas Erscheinen in unserer Zeit hat eine Art Beschleunigungseffekt ausgelöst, den wir nutzen müssen, ohne dabei unnötig aufzufallen.

Nun, ich bin Ihnen vielleicht zuerst eine Erklärung schuldig. Ich, oder besser gesagt mein Volk, ist für all das hier verantwortlich. Das Projekt, an dem wir von nun an gemeinsam arbeiten werden, wird in der Zukunft von großer Bedeutung sein und über das Schicksal der Menschheit entscheiden.

Miss Taylor und ich haben uns dazu verleiten lassen, ihm den Namen Arche zu verleihen, da eine solche angeblich bereits einmal für das Überleben der Menschheit gesorgt hat. Vielmehr werde und kann ich Ihnen aber nicht über das Schicksal Ihres Volkes verraten können, da es mir selbst nicht bekannt ist. Sie sehen, auch ich befolge nur Anweisungen."

„Von wem?", fragte Kadochi Hiromi den Labora.

Mohaschon blickte sie mit einer Vertrautheit an, die Hiromi erschaudern ließ.

„Eine typische Kadochi!", piepste Mohaschon aufgeregt. „Finden Sie nicht auch, Mr Stoma?"

„Ich …!"

„Schon gut, mein Freund!", unterbrach ihn Mohaschon sofort. „Ich weiß genau, was Sie sagen möchten. Doch lassen wir das lieber!"

„Das ist aber keine Antwort auf Miss Kadochis Frage!", erinnerte Mackay den Labora.

„Sie werden auch keine darauf von mir erhalten!"

„Sie vertrauen uns nicht?", erkannte Burner.

„Stimmt!", gab der Labora zu. „Es hat aber auch etwas mit Ihrer Sicherheit zu tun. Aber halten wir uns nicht mit Kleinigkeiten auf.

Sie, Mr Mackay, unterstützen uns mit Ihren Raubzügen und liefern uns mit den Gürtlern das dringend benötigte Humankapital für den Bau der Arche.

Miss Kadochi, ich werde Ihnen bei Ihrem Projekt First zur Seite stehen, sodass schnellstmöglich ein Handelsposten für die Geschäfte mit den Zonenhändlern entsteht. Diese liefern uns weitere wichtige Bauteile für die Arche, brauchen aber nichts von ihr zu wissen."

„Sie sind sehr von sich überzeugt", unterbrach Burner den Labora. „Glauben Sie wirklich, wir würden so mir nichts dir nichts nach Ihrer Pfeife tanzen? Ihre Handlanger spielen?"

Mohaschon blickte den Mann erst etwas verwundert an, bevor er das laborische Äquivalent eines Kicherns ausstieß. Wahrscheinlich hatten seine organischen Übersetzer ein paar Probleme mit Burners Ausdrucksweise gehabt.

„Ich glaube, ich verstehe so langsam, welche Möglichkeiten sich uns hier anbieten", meinte Mackay und erhielt von Hiromi ein zustimmendes Nicken. „Mit dem, was uns Miss Kadochi bereits vorgeschlagen hat, und dem, was Mr Mohaschon uns anbietet, werden wir in der Lage sein, einen Großteil der Gürtler aus ihrem erbärmlichen Dasein zu befreien."

„Das wird für eine Menge Aufsehen sorgen!", warnte ihn Burner. „Mit der CPU könnten wir eventuell fertig werden. Aber mit der ganzen Republic Police? Oder noch schlimmer: Was, wenn wir mit unserem Tun, die Republic Space Force auf uns aufmerksam machen?"

„Auf der Erde ist niemand darauf vorbereitet, dass es zu einem Aufstand im Gürtel kommt", behauptete Mackay. „Wenn wir gut ausgerüstet an mehreren Stellen gleichzeitig zuschlagen, gelingt es uns sicher, viele der Minenarbeiter zu befreien."

„Dazu bräuchten wir mehr Schiffe!", sagte Burner.

„Da könnte ich behilflich sein", meinte Mohaschon. „Mein Volk hat noch ein paar alte Schiffe übrig. Sie wären für Ihr Vorhaben bestens geeignet."

„Von wie vielen Schiffen reden Sie?", wollte es Burner genauer wissen.

„Sieben auf menschliche Bedürfnisse umgebaute Frachter der Fargan-Klasse und drei der Jedon-Klasse", antwortete Mohaschon. „Alle ausgerüstet mit hochwertigen Schutzschirmen, starken Waffen und Gunar-Antrieb. Wenn Sie die richtigen Leute dafür haben, gehören Sie Ihnen."

„Ich möchte davor warnen, einen Krieg im Gürtel auszulösen!", meinte Hiromi besorgt. „Ich schlage vor, gegen eine der Minengesellschaften vorzugehen. Die Deep Space Mining wäre ein lukratives Ziel. Sie ist nicht nur die größte und älteste Vertretung ihrer Zunft, sondern auch die menschenverachtendste. Gelingt es uns, dieses Unternehmen auszuschalten, entsteht ein großer Versorgungsengpass in Richtung Erde."

„Aber das wird doch gerade erst die Raumflotte aufschrecken", gab Mackay zu bedenken.

„Sicher!", erwiderte Hiromi. „Doch bis ihre Schiffe im Gürtel auftauchen, sind wir längst wieder verschwunden."

„Dadurch wird die Regierung gezwungen, weitere Menschen in den Gürtel zu verbannen", mahnte Collen Taylor. „Damit hätten wir nichts erreicht."

„Es sei denn, die Taylor Cooperation übernimmt die DSM und erhält so die Kontrolle über den geschäftlichen Ablauf", erklärte Hiromi ihren Plan. „Sie, Colleen, könnten so immer weitere Menschen aus dem unteren Staatsdienst von der Erde anfordern und einen gewissen Teil davon gleich für unsere Projekte abzweigen."

„Hört sich gut an!", stimmte Mackay der Japanerin zu.

„Finde ich auch!", meinte der Labora.

„Also gut!", gab Colleen nach. „Lassen Sie uns gleich an die Arbeit gehen und die ersten Details ausarbeiten."

✳

Einige Stunden später und, überraschenderweise für alle Beteiligten, nach sehr produktiven Gesprächen trennten sich die Wege der kleinen verschwörerischen Gruppe. Jeder hatte seine Aufgaben erhalten und wusste, was von ihm verlangt wurde. Die nächsten Wochen und Monate würden zeigen, ob all ihre hochgesteckten Ziele erreichbar waren oder ob einiges davon an den doch sehr unterschiedlichen Charakteren dieser außergewöhnlichen Partnerschaft scheitern würde.

Ein gutes Zeichen für das Gelingen dieser Kooperation war die Akzeptanz einer außerirdischen Lebensform in ihrer Mitte. Sicherlich wäre ein Labora im Kartellrat oder bei der Admiralität der Raumflotte nicht geduldet worden.

Nach dem Verlassen der Arche hatte es sich Kadochi Hiromi auf dem Sitz des Co-Piloten der *Hatahata* bequem gemacht und Akeno Higa und den Flugingenieur Laito Senoo gebeten, das Cockpit für eine Weile zu verlassen.

„Du hattest ja wieder einmal einen sehr wirkungsvollen Auftritt, mein Lieber!", ließ Hiromi mit dem von Stoma erwarteten Gespräch nicht lange auf sich warten. „Und diese ganze Dramatik! Vom Feinsten!"

„Komm zum Punkt!", verlangte Stoma in seiner Unsicherheit vielleicht etwas zu barsch.

Zu seinem Glück überging Hiromi seinen Fauxpas und sah ihn nur abwartend an.

„Was möchtest du wissen?", fragte er ein wenig freundlicher.

„Am liebsten alles …"

„Das geht nicht!", unterbrach Matt sie sofort. „Es würde die …"

„… die Zeitlinie zu sehr gefährden!", vollendete sie seinen Satz. „Ich kenne deine übliche Ausrede!"

„Das ist keine Ausrede!", setzte sich Stoma lautstark zu Wehr. „Ich trage eine große Verantwortung und ich wünschte mir, deine Enk…"

„Meine was?"

„Hast du es denn nicht bemerkt?"

„Was? Wie Colleen mich andauernd anstarrte?"

Stoma nickte nur.

„Wen erkannte sie in mir?", wollte Kadochi Hiromi wissen. Sie hegte einen Verdacht, doch schien ihre Vermutung nicht so richtig in dieses Szenario hineinzupassen. „Vielleicht meine Mutter Ayumi?"

„Deine Mutter …?", atmete Stoma erleichtert auf.

„Nein! Es handelt sich bei Sukuinote nicht um meine Mutter!", verwarf Hiromi diesen absurden Gedanken wieder. „Da war sie schon ein paar Monate tot, ermordet von einem religiösen Fanatiker während der Aufstände am 26. Mai 12 DNW in der Metropole Tokio. Sukuinote ist nicht meiner Mutter. Das weißt du ganz genau. Sag mir, wer diese Frau war, die Colleen ihre Hand so hilfreich darbot?"

„Nun … ich!"

„Stottere nicht rum, sondern rede endlich!", schnauzte Hiromi ihn an.

So aufgekratzt hatte Matt die junge Frau noch nie erlebt. Lag wahrscheinlich an der schmerzhaften Erinnerung an den Tod ihrer Mutter.

„Na schön!", entschloss sich Stoma und überlegte sich, wie er Hiromi alles irgendwie verständlich erklären könnte. „Colleen Taylor erkannte wirklich jemanden in dir, genauso wie Mohaschon."

„Stimmt!", fiel es Hiromi wieder ein. „Der Labora machte auch eine Bemerkung über uns Kadochis."

„Die Kadochi, von der alle sprechen, ist eine Zeitreisende wie ich", begann Stoma mit seinen Erklärungen. „Sie wurde kurz vor mir in die Vergangenheit geschleudert und das viel tiefer. Ich werde dir jetzt nicht erzählen, wie es dazu kam, wo sie einst strandete und woher ich das alles weiß. Ich selbst musste mir erst einiges zusammenreimen, um zu verstehen, was sich in meiner derzeitigen Gegenwart eigentlich abspielt."

Stoma atmete kurz durch, bevor er fortfuhr.

„Wie Mohaschon bereits erwähnte, geht es um die Zukunft der Menschheit. Um ihr Überleben! Die Arche ist ein Teil von einem Plan sehr mächtiger Wesen, die sich das alles ausgedacht haben.

Wie auch immer! Die Frau, von der hier alle sprechen, ist eine ferne Verwandte von dir, eine Enkelin mit so einigen Urs vorne dran. Ihr Name lautet ebenfalls Ayumi und ich bin mir ihr verheiratet."

✲

Erneut hatte die Zeit gezittert.

Und wieder war Veegun nicht in der Lage, die veränderten Zeitabläufe vollständig zu rekonstruieren. Dafür erfasste aber ein Teil seiner positronischen Komponente die chronologischen Quantenumschreibungen innerhalb seiner Speicherarchive. Diese reichten aus, um festzustellen, wie stark die Zeitlinie sich verändert hatte.

Noch gab es kaum Grund zur Besorgnis. Die Zeit-Zittern waren zu schwach, um ernsthaften Schaden an der Zeitlinie anzurichten. Ihre lineare Ausrichtung würde sich von selbst wieder kanalisieren, ohne dass es zu gefährlichen Abzweigungen kommen könnte, die zu Parallelitäten der Wirklichkeit führten.

Diesmal war es Veegun sogar gelungen, das Zeit-Zittern stellarkartografisch einzugrenzen. Wenn auch nur grob. Irgendwo im Asteroidengürtel zwischen den Bahnen von Mars und Jupiter hatte sich etwas ereignet, das zur Auslösung des Zitterns geführt hatte.

Veegun kannte die kleinen Konfliktherde, die dort herrschten. Bisher hatte er sie immer für unbedeutend gehalten. Ein Irrtum? Waren diese Geplänkel um dumme menschliche Idealisierungen von Freiheit und Unterdrückung so wichtig, dass sie die Zeit korrumpieren konnten?

Wohl kaum!

Woran lag es dann?

Innerhalb weniger Sekunden kontrollierte Veegun sämtliche Meldungen, die er diesbezüglich in den letzten hundert Jahren aufgezeichnet hatte. Er stieß auf einige interessante Querverweise, die vom Gürtel aus zu mehreren irdischen Großkonzernen führten, was eigentlich zu erwarten war, ihm aber nicht weiterhalfen.

Er musste etwas übersehen haben.

Einen oder gar mehrere winzige Hinweise, die er aufgrund ihrer Entstehung durch menschliche Emotionen oder Bedürfnisse nicht für wichtig hielt. Er analysierte die gesammelten Daten nach Kriterien, die völlig untypisch für ein Geschöpf seiner Art waren. Selbst für so primitive Wesen wie seine Schützlinge, deren charakterliche Eigenschaften sie eines Tages selbst vernichten würden.

Nach knapp einer Minute hatte er seine Untersuchung abgeschlossen. Das Ergebnis überraschte ihn so sehr, dass er es dreimal überprüfte. Das Resultat änderte sich nicht.

Jemand beabsichtigte, ihn zu täuschen.

**CERATERAN – Der Meroth-Zyklus
wird fortgesetzt!**

Mehr dazu unter: www.cerateran.eu
oder auf Facebook

Sabrina Kaufmann
Manga Illustrator & Creative Entrepreneur
Femininity, Fashion & Fairytales

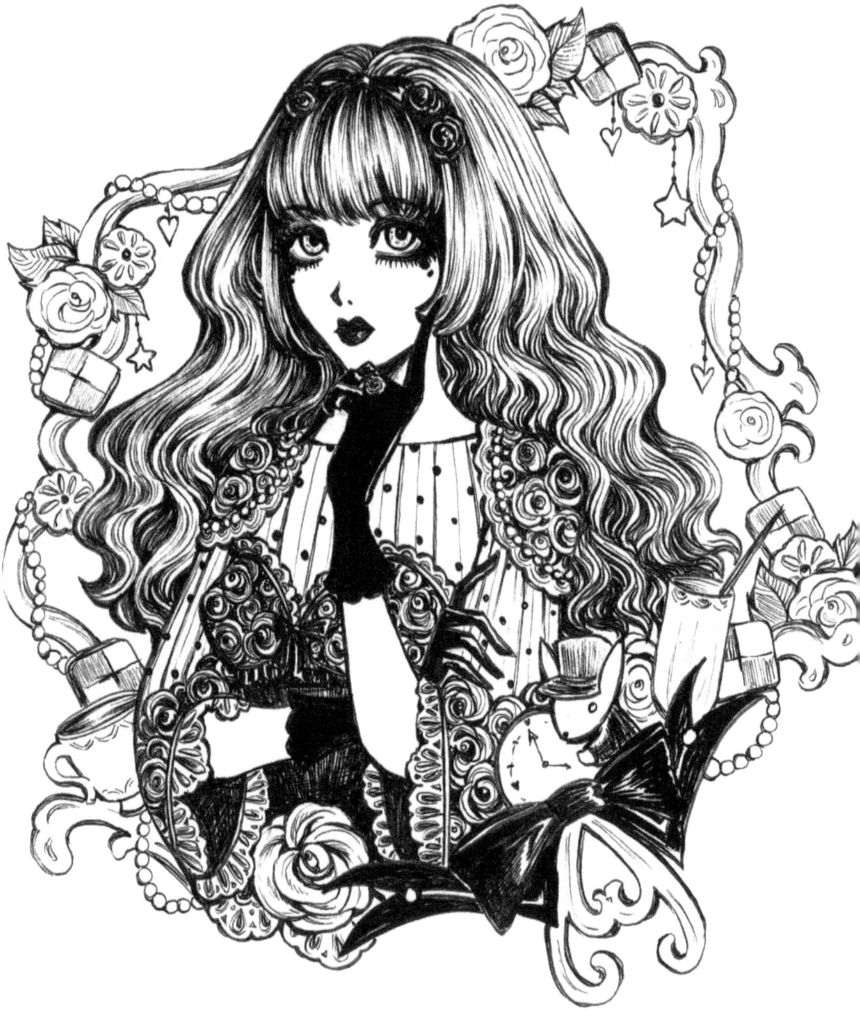

sabrinakaufmann.com

HiMESAMA
himesama.fr

Manga-inspired Fashion & Accessories
for Casual Lolita & Japan Lovers